U0548530

剩斗士郡主

……

—阿辞—

著

图书在版编目（CIP）数据

剩斗士郡主 / 阿辞编著 . -- 北京：北京联合出版公司，2018.3

ISBN 978-7-5596-1293-9

Ⅰ . ①剩… Ⅱ . ①阿… Ⅲ . ①长篇小说－中国－当代 Ⅳ . ① I247.5

中国版本图书馆 CIP 数据核字（2017）第 285100 号

剩斗士郡主

作　　者：阿　辞
出版监制：赵丽娟　杨　琴
责任编辑：李艳芬　徐秀琴
封面设计：白砚川
装帧设计：刘丽霞

北京联合出版公司出版
（北京市西城区德外大街83号楼9层　100088）
北京联合天畅发行公司发行
北京京都六环印刷厂印刷　新华书店经销
字数219千字　710毫米×1000毫米　1/16　15.5印张
2018年3月第1版　2018年3月第1次印刷
ISBN 978-7-5596-1293-9
定价：39.80元

目录

C O N T E N T S

目录

C O N T E N T S

第一章 谁爱和亲谁去，反正我不去

正月初一早上，天光熹微的时候，建康城内的大户人家便已开始梳洗准备。辰时一过，用了早饭，女眷们便三三两两，兴奋地坐上马车往瓦官寺去。

这是新年的第一天，瓦官寺门前，来祈福的车队早早排成了长龙。人群熙攘，好不热闹。其中最引人注目的，还要属下了马车立刻凑到一起的各家女公子们。一众年轻貌美的姑娘，长裙曳地，蜚襳垂髾，妆容鲜妍，雾鬓风鬟。令人远远看着，便觉仙子落凡尘，闻到了馨香袅袅，听到了礼乐飘飘。

她们聊着天，彼此打听今日上香打算求些什么愿望。只有还没睡醒就被母亲揪起来的安阳郡主刘长生一人意兴阑珊，趁人不注意，抬起宽大的衣袖遮住脸，打了个哈欠。

虽然动作幅度不大，心思还是被人看穿了，旁边的姑娘问她："今天还是直接去禅房？"

长生点点头，语气懒散道："你们好好玩，昨儿个守岁累了，我先去歇会儿。"说完，便招呼自己的婢女，径直往后院歇息吃斋的禅房走去。庄严的晨钟声里，一抹鲜亮的水绿自在翩跹，全然不顾身后的指指点点。

她不知这月月礼佛的风气是从什么时候开始兴起的，好像建康城每个人都乐在其中似的，而她始终不信这些。奈何推托不过，只得月月陪着母亲来，权当是为了吃这顿斋饭。毕竟瓦官寺的豆腐烧得也是天下一绝。

想到豆腐，她不禁陷入沉思，暗自猜测今天会是做红烧的，还是清汤的呢？

一边想，一边随手拿起一本书来翻看，发现是看不懂的佛经，又放了回去，百无聊赖地托腮，卷着自己的头发发呆。

约莫过了一个时辰，众姐妹们才回来，纷纷抱怨今天来上香的人实在是太多了。

“不光瓦官寺，我看其他寺庙门前也都是人，堵得水泄不通，等会儿都不知道马车怎么回去。”一个声音如小黄莺般清脆婉转的姑娘娇滴滴道。

坐在她旁边的粉衫姑娘立刻接道：“那就多坐会儿，顺便给我们讲讲你那未来郎君的事呀。”

“瞧你说的，什么郎君？”小黄莺立刻红了脸，娇嗔着去推搡她。

“我可知道，你同高家六郎的婚事已经定下来了，好事将近，嫁衣想好绣什么图案了没？”

“就知道说我，怎么不说说你自己，又拒了第几门亲了？莫不是女红不好拿不出手，想再练两年，抑或是嫌弃人家公子长得不够俊俏？”

话题开个头，大家就生怕它掉到茶汤里泡化了，七嘴八舌地接下去。长生听着，发现全是关于婚姻嫁娶的内容，从斋饭没上一直聊到她差不多吃饱，全然没有换个话题的意思。

她又不明白了，大家都是同龄人，为什么自己就一句话也插不上，觉得同朋友们格格不入呢，难道就因为自己不烧香拜佛？

只有坐在她身边的好友萧槿与她一同保持吃菜的频率，夹了块豆腐放到她碗里，小声道：“今天是红烧的，你爱吃。”

不说话不要紧，一说话，大家好像这才发现把她落下了，为全面掌握八卦信息，又来打探她的婚事：“阿槿，你的婚事到底定了没？我听说先前也是说好了给高家六郎，后来为何又变了？”

萧槿被问得一怔，答不上来。越是不说话，大家便越是想听，尤其是小黄莺。一时间，她莫名其妙就成了全场焦点。七八双眼睛一眨不眨地盯着她看，连筷子们都悬在半空中定格。

禅房里鸦雀无声。萧槿本来就面皮薄，被问的问题又尴尬，更是觉得羞臊难当。众目睽睽之下，眼泪都要出来了，一动不动，僵硬地垂眸盯着红烧豆腐的汤汁，恨不能把自己淹死在里面。

“对了，说到高家六郎，你们知不知道他二伯早年的风流韵事？”关键时刻，习惯了替这个闷葫芦密友出头的长生打破沉默，试图转移话题。

“不知道。”

“没兴趣。”

——失败了。大家还是更关心高家六郎、萧槿和小黄莺之间的三角关系。

一计不成，只好再生一计。长生蹙眉，揉着太阳穴道：“都怪你们上香去了太久，我在这禅房坐得要闷死了，头疼。阿槿，快陪我出去透透气。”说着起身便走。

萧槿旋即跟上，但是身后一片叽叽喳喳的挽留声又让她的脚步迟疑了片刻。

长生可不管那些，抓着她的手，不由分说就给拉了出去。

二人走出去很远很远，萧槿面上的潮红才被冷风吹落，如释重负地吁了口气。

长生抬手，哀其不幸怒其不争地戳她的额头，嗔道：“你呀，以后在她们面前态度要强势些才好，免得总被人拿捏。”

萧槿揉着头，无所谓地笑笑：“我这不是有你么？”

长生一脸无奈：“看你以后出嫁了是不是要把我塞荷包里带着。”

“嘻嘻……”萧槿可不想才出虎穴又入狼窝，反过来问她：“你也来说我。倒是你自己，今年姐妹们都要出阁了，你那边……还没有着落吗？”

“赶紧打住。”长生站定，连连摆手，道：“我的情况你又不是不知道，千万别提。”

萧槿听话地闭了嘴，然而走着走着，又屡次欲说还休。长生怕她说不出来再憋个好歹，干脆打发她去找萧夫人。自己则表示还要再转一会儿，看看院子里的盆栽。

待她走后，独自一人之时，长生方才抿起唇，露出一副不太开心的表情。回想起那间禅房里，聊着婚姻大事的众姐妹，脸上或是羞涩，或是开怀，或是抗拒，或是期待的表情，不由得自己心里也痒痒的。

都是怀春少女嘛，谁还不想嫁人是怎么着？她愤愤不平地想。可是，为什么偏偏自己就与这事儿绝缘呢？简直气得不行，还没处说理。

想着想着，不知不觉走到了大雄宝殿门前。她一抬头，发现大殿里的佛像正慈眉善目地看着她，仿佛在说：有事你来求我，求我呀，求我我就帮你。

长生站定，侧头与那刻意引诱她的佛像对视良久，终于下定决心，转身拐了进去，向僧人讨了三根香。然而从来没有进过佛堂的她根本不知道上香究竟是怎样的流程，只好跟着旁边的人有样学样，心中一本正经地默念着：佛祖啊佛祖，若是您能赐我一门亲事的话，我以后就也考虑考虑，做个信女。说完把香插好，自己都觉得有些可笑，便自嘲地笑了出来。

递香给她的僧侣见她发笑，不明所以，上前求解。

长生尴尬地轻咳一声，道："只是之前许下的愿望佛祖帮忙实现了，前来还愿，觉得很开心而已。"

"原来如此。可是小僧看女施主，却是觉着十分面生，像是第一次见。"僧侣将信将疑。

"定是香火太旺，往来香客众多，大师您记不清了。"长生强行解释道。

佛门重地，虽然自己不信这个，但是刚上完香，还没走出门呢，就在佛祖面前扯谎，到底还是于心不安。长生羞于与他对视，扭头朝殿外看去。只见院中许多僧侣来来往往，有人在打扫，有人在搬运经书，有人在与香客闲谈。其中几个引起了她的注意。旁边的僧人都穿着一样的纳衣，只有这几人的衣着款式明显不同。长相也不似汉人。鼻梁挺拔，眼窝较深，面部轮廓鲜明硬朗，倒有几分北方胡族的味道。

长生好奇地问："敢问大师，外面那几位是什么人？"

僧人朝她指的方向看了一眼，答曰："那是从北方远道而来，求经论道的魏国僧人。"

"魏国人？"长生警觉地皱了皱眉，"魏国僧人，为何会来建康论道？"

要知道，自两国隔江两立以来，一直处于"你看我不顺眼，我就看你更不顺眼"的关系。虽然没有明面上动刀动枪吧，但也绝对称不上往来友好。两岸军民都恨不能随时朝对面招呼几根白菜帮子，只是碍于白菜帮子还得留着喂猪才没动手。

僧侣却笑她不懂佛法，一脸淡然："那些国事、政事、俗事，在我们佛家看来，都是小事。而辩法、证道，是超越俗世界限的大事。说白了就是，学术交流应当不分国界。"

"好吧，大师说得有理，是小女子境界低。"长生嘴上这么说着，心里对于这些僧侣的精神世界却不是很能理解。只希望这些魏国人能在建康安生讨论他们的佛法，最多一言不合互相扔点白菜帮子，万不要惹出什么更大的乱子才好。毕竟建康城富足，白菜管够。

宝殿外的日头已向西沉，长生觉着时间刚好，自己也该走了，便捐了香油钱，向僧人告辞。前脚刚迈出门槛，后脚已经把在门里说过的内容忘了。

而后找到自己马车，与家人会合，准备回府。又见萧槿的婢女来找，给她带了个口信，说萧槿请她到府上去一趟，为感谢她今日解围，要送她一样好东西。

长生说本来就没多大的事儿，用不着谢。婢女却执意称她要是不去自己没法交差。没办法，长生只好又转道去了萧家的马车处。

萧槿已在车里等候多时，一见她，立即上前挽住她的胳膊，神神秘秘道："可不许不去，我特地给你准备的新年贺礼。"怕她再推托，还特地补充了一句："好不容易讨来的珍本。"

长生本想亲自说声不去了就走的，一听这话，屁股又落了回去，稳稳地坐下来，道："那好，去瞧瞧。你的那份下次见面再补给你。"

"一直受你照顾，跟我还客气什么？"萧槿说着，露出一个满意的笑容。

来的时候赶着上香高峰，走的时候又遇回家高峰，堵车堵得厉害。马车走走停停，摇摇晃晃，没多久就把长生晃睡着了。再醒来，已经到了萧府门口。

长生揉揉眼睛，稀里糊涂地跟着萧槿下车。一只脚迈下去，还悬在半空中呢，看清"萧府"两个大字，突然警觉地顿住了，身子向后仰了仰，盯着萧槿问："那家伙，不会在府上吧？"

萧槿赶忙道："不会不会，哪儿能啊。"嘴上虽然这么说，眼睛却心虚地不敢看她，扭过身去，强行同家仆说了些有的没的。

长生总觉得事有蹊跷，狐疑地下来，进了府内，一路以袖挡脸。

路上遇到的人都用好奇的目光打量她。她自己是看不见了，一旁的萧槿十分尴尬，扯扯她的袖子，劝道："还是放下来罢，家兄真不在家。"

"你出去一天了，怎么能确定？"长生有理有据地分析，"万一回来了呢？"

萧槿找不到借口反驳，只好又好气又好笑地说："那你这个样子，他就认不出了吗？"

说到底建康之大，见着萧子律就要挡着脸跑的人，也不过她刘长生一人尔。

"你误会了。"长生认真解释，"我不是怕他认出我，是不想看见他，怕伤眼。"

"……"萧槿无言以对。

直到进了萧槿的房间，长生才把袖子放下来，抻了抻僵硬的胳膊，问婢女讨口茶喝。

“对了，顺便把给郡主准备的那份礼也拿过来。”萧槿趁机朝婢女挤眉弄眼地嘱咐道。

婢女会意而去。

等候期间，长生在萧槿的房间里四处转悠，走到绣架旁，拎起上面挂着的绢布来看了看。上面的图案还没有绣完，从已经绣好的铜赤色的枕、暗紫绿色的羽冠、白色的眉纹来看，不难认出是只鸳鸯。

她刚想问问是给谁绣的，萧槿就赶忙过来，扯了条绸子将绢布挡上，羞道：“别瞧了。”

“不瞧就不瞧，又不是给我的。”长生撇嘴，佯装嫉妒。

萧槿只是笑，不置可否。

过会儿婢女端着茶和点心回来了，还给长生带了一份看上去十分古朴的竹简，拜道：“郡主请过目。”

长生动作轻柔，小心翼翼地将竹简展开，发现里面的文字是楚篆，有些墨迹已经磨损了，看不清晰，仔细辨别了一会儿才读懂，是屈原大夫的《少司命》。

萧槿在一旁解说道：“据说是屈大夫的亲笔手抄本。”

“有可能。”长生将竹简妥善铺展在桌上，埋头仔细盯着上面的文字，从每一个笔锋起落转折之细微处辨析着真伪。

萧槿与婢女趁机交换眼色。婢女示意她事情办妥了，尽管放心。不多时，便有人通传，说是三公子来了。

长生原本沉浸在竹简里光怪陆离的世界中，一听到“三公子”这几个字，当即如临大敌。又想跑，又不舍得竹简，只好先卷起来，抱在怀里，警惕地盯着门口。

一阵玉石敲击地面的清脆笃笃声后，门扉轻启，走进来一个白衣蓝衫，身量颀长的男子。那男子长眉似剑，眸若辰星，英挺俊朗，气度不凡。唯一的缺憾便是，年纪轻轻的，走起路来略显蹒跚。当然，因为有宽袍缓带，从容步态的遮掩，若不细看，也不容易发现。只会被他的右手拄的那根杖身通体洁白，杖头包有镂空云纹银饰的羊脂白玉手杖所吸引。

长生心里咯噔一声，悲伤地想：开年第一天就见着他，恐怕一整年都要倒霉了。

萧槿倒是喜出望外，激动地唤了声："三哥。"

长生深吸一口气，再深吸一口气，又一口，连续运气三次后，才调整好语气，也跟着打招呼："萧三郎。"

萧子律看见她在，俊俏的眉梢微微一挑，眯眼道："哟，不知道安阳郡主也在，有失远迎，有失远迎。"说着便缓缓挪步，坐到了她边上。

长生一看他坐稳，立刻换了个座位。

萧子律轻轻笑："郡主躲什么，臣又追不上你。"

长生哂笑："找个安静地方看书而已。"

萧子律又问是个什么书。萧槿将从父亲那儿讨得个珍本，送给长生做礼物的事儿说了一遭。

萧子律听完颇为感慨："郡主素好收集稀罕文稿，是不是因为与己有缘？听说当年大师给郡主算的那一卦文，也是天下难得。可见郡主也是极其稀罕之人啊。"

极其稀罕的专克异性之人吗？长生悄悄翻了个白眼。

说起这事，还要追溯到她刚出生的那年。那时佛法还没有这么兴盛，南方还活跃着众多道家大师，其中一名大师一见她便说："这女娃娃命不寻常。"

长生的老爹听了还挺激动，急忙问怎么个特殊法。

大师有云："此女七杀过旺命数伶仃桃花稀薄红鸾不兴……"

老爹没听懂。

大师只好又用人话说了一遍："就是恐怕嫁不出去的意思。"

老爹本人和幼年的长生本来都是不信这个邪的。谁知后来佛家的僧侣们来了，长生她娘又去问了一遍，得到的也是差不多的结果。这就比较尴尬了，老爹长沙王感觉自己这一百八十来斤的坚定很是动摇。

长生为了个人的终身幸福着想，当然还是不肯信的。然而，她五岁那年，同隔壁家的小哥哥要好，结果小哥哥意外落水，差点丢了性命；十岁那年，觉得中书令萧大人家的三公子长得真是俊俏，忍不住多看几眼，结果三公子不小心从树上摔下来，断了腿；十三岁那年，与众多兄弟姐妹一同读书，倾慕太子殿下才学品行，结果国舅获罪，一家被连锅端了，连太子和皇后也被贬为了庶人。

至此，就算长生本人再怎么不信，建康城里的人家都信了。再被添油加醋地传上一传，如今在建康城，她安阳郡主刘长生的名号，足以令广大男同胞闻风丧胆。没有几个异性有勇气接近她，包括她养了许多年的那只雄性八哥。

所以小姐妹们纷纷谈婚论嫁的时候，她也就自然而然地“被”置身事外。

至于面前坐着的这位，正饶有兴致地盯着她怀中的竹简，要与她就此物究竟是不是真品一点展开激烈辩论的萧子律，正是当年从树上掉下来的那位三公子。多年来，也是没少实施打击报复。否则连在佛祖面前都敢诓人的长生，怎会一遇着他就唯恐避之不及？

“屈大夫的瑰丽奇伟，磅礴酣畅，缱绻炽情，岂是整天埋头经史典籍的寻常人等能理解的，情绪到位了一激动写两笔错字怎么了？”长生一脸“你不懂就别瞎嘟囔”的表情道。

“郡主明知有恙，还拿个赝品奉若珍宝的博大胸襟，寻常人等也着实不及。”萧子律边说边自愧不如地点头。

长生指着一片竹简道：“你看这句，‘悲莫悲兮与君知，乐莫乐兮君腿瘸’写得多有道理。”

二人你一言我一语，互相不服气。旁边的萧槿看得直着急，忙咳嗽两声，打岔道：“三哥，我找你来是想问，十五快到了，你能不能帮忙绘制花灯？我自己画不好，街上卖的又太烂俗。”

“当然可以，荣幸之至。”萧子律颔首，换了副表情，道：“小事而已。妹子的托付，兄长定然办妥”说这番话的时候无论是耐心的语气还是亲切的神情、低沉质感的嗓音还是不慌不忙的态度，都与面对长生时大相径庭。

长生对于他这炉火纯青的变脸技术也是佩服得五体投地。

“对你而言当然是小事，对我们这些不擅丹青的，可就是焦头烂额的大事了。”萧槿说着，看向长生，问：“长生你说是不是？”

长生做人还是比较实在的，只好回答：“是。”

萧槿要的就是这句，眼眸一亮，又对萧子律提议道：“既是举手之劳，要不三哥帮长生也画一个吧。”

“那就不必了吧”——二人异口同声作答。然后又互相瞟了一眼，对这种默契表示不爽。

有萧子律在，话不投机，长生准备打道回府。将竹简装好后，向萧槿辞行，并拒绝了关于留下吃晚饭的提议。

临行前，萧子律还不忘再叮嘱她两句，回去再找人好好鉴别一下是真是假，别把赝品收藏了，让人笑话。

“真是多谢提醒，萧三郎吃饭也千万小心，别噎着。”长生没好气道。

见她浅浅咬了丹唇，微微蹙起秀眉，玲珑小巧的鼻翼一抖一抖，明显是生气了，萧子律心情大好，顺口又透露给她一个消息：“快回去吧，府上今日会有贵客来，定做了不少好吃的，吃完又要胖三斤。”

贵客？好像没有听说过。大年初一的，谁会来串门？长生不太相信，只当他诓自己。

待到长生走后，萧槿想了想，不太放心地问萧子律：“那份《少司命》真是赝品吗？”

“怎么可能。”萧子律宠溺地拍拍她的头，笑道：“那可是我送给父亲的。刚才不过是为了试试她的斤两罢了。”

萧槿：“……”

回到家中的长生，果然发现有客在，两位客人还都是她的熟人——被贬为庶民流放在外的前皇后和前太子殿下。

她揉了好几次眼睛，才确定自己没有看错人。废后张氏比分别的时候消瘦了许多，不知是不是旅途奔波劳累的缘故，面容憔悴，仿佛老了十岁。废太子刘义符看上去精神倒是还好，只是一双如水清眸不似从前那般熠熠生辉，眼底泛起了几根浑浊的血丝。二人的衣着都很简朴，一看就知道日子不太好过。

见她回来，先是刘义符友好地打了招呼，而后张氏也仔细将她打量一番，感慨道：“长生都长成……咳……大姑娘了。”说话时一激动，剧烈地咳了起来，那阵势，仿佛不把心肝肺咳出来不罢休。

刘义符忙帮她拍背顺气。众婢女上茶的上茶，递手帕的递手帕，好不忙碌。

长生从没想过还能有再见的一天，更没想到再见是这般光景，眼眶微微有些泛红。

老爹长沙王对她解释了一番二人到府上来做客的原因。原来自从离开建康，张氏就一直病重，寻常的郎中束手无策，刘义符写了好几封信向建康求助。说到底毕竟是自己的妻子，当初也只是无辜遭受牵连。皇帝顾念旧情，于心不忍，觉着现如今过了两年，国舅一案的风头也应该过去了，便允了母子二人回京求医。但是不得公开露面，只能借住在长沙王府上。

长生见张氏还在咳，咳得马上就要散架了，着实吓人，不免心生唏嘘。吃完晚饭后又同刘义符聊了一会儿天，打听了他这两年在外的风风雨雨后，更为同情。再想想坊间纷纷传言，太子之所以倒这种八辈子大霉，都是与她亲近的结果，不由得叹了口气，绞着袖口道：“他们都说怪我，我原是不信的，但是……”时至今日，她自己都觉得有点怀疑人生。

刘义符却笑容淡然，反过来宽慰她：“傻丫头，舅舅自己蔑视王法，又不是你怂恿劝说，怎么能怪罪到你的头上？要怪只能怪我没能及时看出端倪，及时制止。”

廊下还散落着些许未化的积雪，昏黄的灯光和着银雪反射的月华照在他脸上，柔和润朗，温情脉脉。长生恍惚间觉着，岁月蹉跎，尘世苦难，仿佛并未在他身上留下痕迹。他依然是自己熟悉的那个才学过人，品行出众，足以表率群伦的皇家太子。只是下一瞬，在他眼底残忍盘桓的血丝还在赤裸裸地提醒她，今日已非往昔。

长生勉强挤出一个笑脸，对他道：“义符哥哥连日赶路辛苦了，早些回去歇息，我就不打扰了。来日方长，有的是时间聊。”想想又觉得这话不妥，补充了句：“不过伯母……令堂一定很快就会好起来，我外公可是堪比华佗再世的神医。”

“嗯。”刘义符应着未动，等她先走。

长生刚刚转身，便感觉到一股温热的气息靠近，而后被一双坚实的手臂稳稳地抱在了怀里。

刘义符在她身后，用下巴轻轻蹭蹭她的头发，音色微哑，低语道：“妹妹长大了，往后就不能这样抱你了。虽然你我并非亲兄妹，但是众多兄弟姐妹中，属你与我最为亲近。如今你肯叫我一声哥，我也就知足了。只是想到你也快出阁了，兄长却无力为你添置嫁妆……”

长生鼻子发酸，忍不住要哭出来了，又觉得大年初一不该落泪，只好憋回去。一转身，扑到他怀里，双手环在他的腰间，也用力抱紧，哽咽道：“胡说，你就是为我添置一双碗筷，我不也会欢欢喜喜地宝贝起来？再说，我哪辈子能嫁出去还八字没一撇。久别重逢，干嘛哪壶不开提哪壶？”

“好好好，不说这些不开心的，是我错了。”刘义符莞尔，“我家妹子这么好的姑娘，怎么可能嫁不出去，想上门的女婿还不得从建康一直排到安阳？”

长生破涕为笑，感慨怕是只有在他眼里是个宝贝，在别人看来却是祸害。

夜色已浓，空旷的长廊里朔风卷着落叶呼啸而过，吹得只穿了一身薄裙的她微微颤栗。刘义符见状，便赶紧同她行礼作别，相约改日再聊。

翌日，初一去上香的人们好不容易能在温暖的被窝里睡个懒觉，长沙王却又赶了个早集，进宫去面见皇帝，交代皇后和太子的有关事宜。

皇帝听说母子平安抵达，放心的同时也不忘提醒他："多关注一下义符，莫教他出府行走。"

这位开国皇帝出身贫寒，崇尚节俭，发达多年仍不忘本，大殿里的暖炉都偷工减料。他自己是挺抗冻的，可怜长沙王冻得直哆嗦，在宽大的衣袖里不停搓着手道："是。"

皇帝见自家弟弟冻成这样，于心不忍，皱着眉头劝他多运动，增强一下体质，顺便命内侍去添了些炭火来。

长沙王烤暖和了，面色也红润起来。皇帝打眼看他，觉着慈眉笑脸的，特像弥勒佛，于是问他："昨天礼佛去了吗？"

"内子和女儿去了。"长沙王答道。

皇帝手里捧着奏章，动作一顿："安阳？"

"是。"

"哦……那丫头，最近如何呀？"

长沙王见他连奏章都不看了，似是很关心长生，便事无巨细地将长生最近又长高了一点，瘦了一点，看了什么书，新发掘了什么好吃的一股脑都说了一通。

皇帝强忍着打断的念头听完了，不动声色地以袖遮掩，挠了挠耳朵，又故作平静问："那她的婚事，还没有着落呢？"

说起这事儿，长沙王也十分头疼，叹道："可不。"

没着落皇帝就放心了，做忧怀满腹状深思了一会儿，突然道："朕倒有个主意。"

长沙王眼前一亮，忙道："但求赐教。"

"去年年底，百济派了个使臣过来，说是他们太子有意求娶一名宗室之女。当时马上就要过年了，朕也没顾上细想。如今一琢磨，觉得安阳就十分合适啊。"言罢还不忘补充一句，"毕竟，她在国内的情况，你也是知道的。"

"这……"长沙王很犹豫。一方面，长生"在国内的情况"他确实十分了解，觉得嫁到百济去也许是个解决难题的好办法；另一方面，又不太舍得她嫁那么远。左右为难，自己也拿不定主意，只好对皇帝说："臣弟这个女儿颇有主见，还得回去同她商议一下才好答复。"

是得商议，毕竟婚姻大事最终还得长沙王做主，他一个做伯伯的，也不好强求。皇帝应允之余，又同他讲了些大道理。

长沙王不敢怠慢，回到府中，朝服都没来得及换，便马不停蹄找到长生，将皇帝要送她去和亲的意思与她说了一遭。

长生听完很无语，将给父亲新缝的作为新年礼物的袖套递给他，哭笑不得道："爹啊，皇帝伯伯这是要拿你女儿当秘密武器，打不动声色毁人社稷的如意算盘呢。他觉得我留在建康，克了谁都不太好，不如去百济克克那个太子。说不定神力显著，还能把人家江山也给断送了。"

"瞧你说的。"长沙王为敬爱的兄长辩解，"你小时候，伯伯就很疼你。"

"不是一码事。"长生觉得自家老爹真是天真得可爱，无奈道："他也很疼爱义符哥哥啊。"

人家如今还在自家住着连门都不能出呢，长沙王没话说了，摇了好几拨头，愁眉苦脸道："你说你让爹怎么办，别人家的闺女这会儿亲事该定的都定了，我们家连个上门来问的媒人都没有。爹也不想让你去和亲，爹是不忍心你孤独终老啊。"

"女儿才十五啊，距离孤独终老不还早着呢么？"长生更无语了，"您看义符哥哥二十五了还没娶妻，我着什么急？女儿还想多陪您和娘亲几年呢。您真把我嫁去了百济，到时候谁给您缝贴心小棉袄？再说，您也知道女儿不甘心受命运摆布，从来不信那些嫁不出去的说法。女儿的缘分呀，只是还没到而已，您就别瞎操心了。"说着站到老爹身后，狗腿地给他捶了捶肩膀。

长沙王也只好依了她，打算改天去回绝皇帝。今日就算了，起得太早，又消耗了许多元气来发愁，困得不行，拖着一百八十多斤的沉重步伐，摇摇晃晃地回去补觉了。

父亲走后，长生又坐着琢磨了半晌，心里始终不踏实。于是站起身，挪步到书架旁，将自己收藏的古籍整理了一遍。一边拿拂尘随意地掸着并不存在的灰尘，一边想着婚事可不能再拖了。刚才说不急，那是让父亲安心的话。要是再不抓紧点，皇帝伯伯还指不定要怎么编排她呢。老爹推了一次，还能每次都推吗？

如今他是深得圣眷，但皇帝心海底针，哪里说得清楚。她可不想拖到不得不认命的那一步。

可是没人上门来提亲怎么办呢？长生思前想后觉着，要不还是自己送上门去吧。

说到做到，还没出五，她就动员自己院里的几个婢女仆从忙碌起来，帮她整理各家适龄公子的资料。

天气很快开始回暖。冰雪初融，雏燕离巢的时候，长生已带着刘义符、萧槿和几个婢女靠在发出新叶的青藤下捧着名单研究起来。

“我看陈家这个小公子不错，年十八，后年加冠就可以成亲了，正好。”长生慵懒的披着发，任三千柔丝恣意流泻，斜靠在廊柱上，指着手上的一张资料单分析道。

“年纪小了些吧。”刘义符不喜欢，觉得照顾不好她。

“那这个呢。沈家公子，年二十二，尚未娶亲，长得不错，咱们见过的。”

“见过，脾气特差，还自以为是。据说一言不合就翻人白眼，还时常教训仆役。”萧槿在刘义符面前不好意思开口说话，纠结半天，凑到长生耳边嘀咕道。

“……好吧，再换一个。杨五郎，这个好，这个好，才貌双全，好多姐妹倾慕过呢。”

“嗯，杨五郎确是人中翘楚，但有龙阳之好，对女子似乎并无兴趣。”又是萧槿在耳根前接的。

“……”长生抽抽嘴角，“萧槿，你是来故意拆台的吧？”

萧槿一脸无辜，揪着衣角，委屈道：“我这还不是……”

“为了我好，我知道。”长生忙打断她，深吸一口气，继续翻下去，“萧……”别的她都仔仔细细看过，唯独这个刚念了一个字就果断放到了不予考虑的那一堆里，还不忘抱怨道：“谁把他塞进来了，真没眼力。”

萧槿一看上头是自家三哥的名字，不大乐意，一时也顾不上拘谨了，撇嘴问：“家兄怎么了？”

“特别好。”长生瞪大眼睛，恳切道：“所以不忍心糟蹋。”

“……唉”萧槿叹气，把手中的资料放在一边，刚想揉揉肩膀放松一下，视线瞄到刘义符，又把手放了下来，再次凑近长生的耳朵，道：“我胳膊都酸了，你要挑到什么时候？我觉着没几个靠谱的，还不如我三哥呢。”

长生心想：除非我死后冥婚，自己做不了主了，否则每个都比那宿敌靠谱。

但是眼见着资料看完一遍了，也没找到十分合意的，她也挺难抉择，看了看身边的两堆，把“可以试试”的那堆纸拿起来，闭着眼睛抽出一张，道：“要不就从这个开始问吧。”

一阵煦风吹来，她鬓角的碎发在那人的名字上暧昧地拂过。萧槿探头去看，只见上面写着两个字：沈琸，确认她当真要去沈府拜访，很是为她的安危担忧。

长生却一脸无所谓：“我怎么说也是堂堂郡主，老爹是王爷，此时不用身份压人更待何时？他就是肯嫁，哦，不，不肯娶我，难道还会把我乱棍打出门？”

说得也是，建康城里谁敢动她刘长生的手指头，再说人家沈公子能不能打得过她还得另说。萧槿也就把这层顾虑打消了，只留一份不盼他俩能成的期望在心底。

刘义符倒是笃定地给她打气道：“一定没问题。”

长生握拳，对二人比了个胜利在望的手势，劲头十足地翻身起来，拿着资料去找父亲，把自己的想法说了。

只要女儿能嫁出去，长沙王怎么都是支持的，当即胖手一挥，决定办场宴席，把女儿看中的男子们都招待过来，让她仔细挑选。

长生一脸黑线，赶忙打住：“这样不好，显得没有诚意，我们还是有自知之明地亲自登门拜访吧。再说，大摆筵席铺张浪费，皇帝伯伯又该说你就知道吃了。”

好不容易当上个王爷，让他再屈尊降贵前去求人家，跟卖女儿似的，长沙王心里是拒绝的。但是拗不过长生，也不想挨批评，想了又想，还是答应带她走这趟。

于是还没出年关，沈大人就忙不迭地招待了这两位贵客。

长沙王先是与沈大人就去年收成和建康经济形势交换了一下意见，而后拐弯抹角地提到自己此番叨扰，是想关心一下沈琸公子的终身大事。

人家都找上门来了，沈大人自是不好直接推拒，只得把锅甩给倒霉儿子，称此事要与儿子商议一下再说。

“好说。”安安静静在一边坐了半天的长生模样乖巧，“择日不如撞日，刚好我与父亲都在，不如沈大人也将令郎叫过来，我们现在就坐在一起聊聊？”

“这……”沈大人擦了把汗，为难道：“好吧。”而后不大情愿地遣仆去把沈琸叫了来。

沈琸听说安阳郡主来了，一开始还挺兴奋，笑容满面地进来看美女。拜会了长沙王后，听说二人的来意，登时脸色就有些发白，说话也开始吐字不清：

“长……王爷、郡主，区区在下不才，怕是高攀不起啊。”

“不高不高。当今陛下不重门第出身，只重真才实学，我们做臣子的凡事也要遵循这个主旨，您说是吧？听说沈公子傲骨疏狂，定是怀才自持，不把寻常人等放在眼里，小女早就佩服不已。”长生早有准备，从容应对。

“其实也没怀什么才。”沈璸硬着头皮坦白，“平日张狂无度，无非是仗着父亲大人的名声……”

沈大人握紧茶盏，神色凛厉，瞪了他一眼。沈璸自知失言，又不知该如何补救，一着急，扑通一声跪在了地上，好像对面站着的不是王爷郡主，而是黑白无常，求饶道：“郡主您放过小的吧，小的再也不敢装腔作势了。”

亲眼看着脸色煞白的沈大人怕是眼看就要控制不住自己的手，要用茶杯砸他一脸了，长生也是想不通，自己到底如何把人家好好一个公子哥吓成这样的。只觉事到如今，也不好继续说什么。万一对方老大不小了再当场尿个裤子，以后低头不见抬头见的，大家还怎么在建康混？再者说沈璸要真是个桀骜不驯的才子也就罢了，脾气差点她也能忍。这种色厉内荏的货色，上门来入赘她都嫌浪费口粮。

这样想着，长生便抬袖挡住脸，一方面是因为不忍直视他，一方面也是方便同父亲说悄悄话，道：“得饶人处且饶人，要不我们还是回去吧。”

长沙王也看不下去，让他娶个郡主，跟赐他三尺白绫似的，摆摆手道：“罢了罢了，此事就当本王没说过。”

沈璸这才松了口气，腿颤抖地打着旋儿，扶着婢女的手，站了三次才成功站起来。沈大人连连赔着不是，再三恳请他们不要将此事宣扬出去，将二人一路送到大门口，还不忘给捎上点回礼。

长生怕今日收了礼改日还得往来，只说奉行勤俭，不收那些贵重玩意儿，拿了两包点心走了。回头带去萧槿那儿一起吃的时候，顺便将此事当个笑话讲给她听。

萧槿听完也是乐得不行，感慨道：“没想到他修炼多年竟被你一句话就吓出了原形。”

“因为觉得娶我就等于要他命吧。”长生摊摊手。

“那你什么计划，还继续抽下一个吗？”萧槿抹着笑出来的眼泪问。

“继续啊。”长生抬袖，懒洋洋地打了个哈欠，道：“我已经抽好了，下一个就去找杨五郎。”

“可他不喜欢女子。”萧槿友情提醒。

长生却说：“那可不一定，人们还常说沈瑸恃才傲物呢。”

提起这个名字，二人忍不住又笑了一通。

笑够了，萧槿问她这次又有什么计划，是不是又要直接上门索命。长生摇摇头：“不了，上次闹的太尴尬，这次我决定委婉一点。”

萧槿疑道：“怎么个委婉法？”

长生抖抖眉毛，一脸“我机智吧，你快夸我”的表情道：“我给他递了名帖，邀他上元节一起赏灯。”

萧槿眼眸一黯，明显有些不高兴，嗔道：“那你不同我一起去了？”

“我这是给你个机会，让你跟麟哥哥好好沟通沟通感情呀。”长生不怀好意地笑。瓦官寺的时候，别人没问出个所以然来，回家之后她可听老爹说起，萧槿同高六郎的婚事之所以都谈得差不多又告吹了，是因为后来康乐侯那边又下重礼来提亲，想让她嫁给自家小儿子。

礼倒是其次，重点是萧槿同高六郎素无往来，与谢麟却算得上青梅竹马。萧大人问她自己的意思，她没好意思说。但了解女儿的萧大人看出来她还是喜欢谢家老二的，便回绝了高家。由于长生素来钦佩康乐侯谢灵运风采，二人常有往来，算是忘年交，便也称他家同侪一句兄长。如此说来，萧槿将来也算是她的嫂嫂了。

“瞎说，他在临川，怎么会来……”萧槿羞恼地甩帕子，埋怨长生调侃自己。

“冤枉，我可特地帮你问了，过两天麟哥哥会随他父亲一同来建康觐见，上元节当然也会在这儿过。”

“快别说了。”萧槿埋头在帕中直跺脚，等到长生忍着笑道歉，才噘着嘴，老大不乐意地原谅她，道：“那你要带的花灯可备好了，要不要让三哥帮你画一个？你看他给我画得多好看。”说着示意婢女把自己的花灯提过来嘚瑟嘚瑟。

不消多时，只见婢女提了一盏圆灯进门。造型初看虽没什么特别之处，但是灯面上画了一幅隽永悠远的瑞雪图。飞雪点点，在秀丽的花园中轻盈起舞。花园里空无一人，只有刚刚绽放的花苞，一只打盹的小兔，几本打开的书卷。气氛祥和平静，观之令人心情安宁愉悦。并且，听婢女解释说，其实灯面糊的是两层纸，外层镂有孔隙。点灯的时候，若是转动外层，露出内层，画面还能起到动态效果。

用心巧妙，画工也精美，长生由衷地赞美了句：“看三郎这画，画得多好，花是花草是草的。”

“……”这是夸人呢么，萧槿无言以对，强行“顺势”问道：“怎么样？你想要什么图案，我跟他说说，现在画还来得及。”

“不必劳他大驾，山人自有妙计。”长生啜着茶汤，调皮地眨眨眼，颇有自信道。

金乌轮转，白驹过隙，转眼便到了上元灯会的日子。按照本朝习俗，未婚的青年男女都可以提灯参加。订了亲的可见上一面，互诉衷肠；没有对象的可趁此机会寻觅称心如意之人。这个美妙的夜晚，只要青年男女间的交往不太出格，父母亲朋官府衙门都是不会管的。

上到公卿贵胄，下到黎民百姓，建康城里的少男少女，都准备好了参加这场盛会。少女们花费一整年的心思，精心准备了花灯，以吸引如意郎君的注意。少年们则为心仪的姑娘备下了亲手打磨的发簪，好代替自己的手指，挽起她如云的秀发。

圆月初升的时候，沿街的店家们便已张灯结彩，张罗起生意来。做点心的小铺子热气氤氲，繁华的酒肆曲调咿呀。爱看热闹的小孩子们兴高采烈地到处奔跑，吵着闹着不要回家。

长生因为与杨五郎约好了时间，并不着急，天完全黑下来才到。

街市早已人流如织，点点灯光汇聚成川流不息的河。她提着一盏纸上绘着桃花，灯芯也加了桃花的花灯，在街头的一株香樟树下安静伫立。今天她特地梳妆过，上身穿了件新鲜嫩芽初生般柳黄无一丝杂色的宽袖盘扣小袄，下身着逶迤曳地的桃红折裥长裙，戴了琥珀雕琢而成的小巧耳坠，涂了淡淡的粉色口脂。乌黑柔亮的秀发只需简单梳理，并系上一根柳黄发带，便已足够耀眼。俏生生地往那儿一站，周身笼罩着桃花甜美香气的少女，宛若桃花灯幻化而成的精灵。只是真容在纱帽下，难得一见。

杨五郎便是凭着这盏事先说好的桃花灯找来的，行过礼后，笑道：“郡主的桃花灯果然是桃花灯。”

长生笑答：“不要笑我，本是风干了拿来泡水喝的。”

“原来都是花中精华，怪不得离老远就闻到一股花香，小生便闻香寻美人而来了。”

长生没想到他还挺会说话，心中对他的好感度高了几分，邀他先逛逛街市，稍后再议正事。

二人并肩走在路上，杨五郎也表现得非常有风度，时常自己找话题聊，从不让气氛冷掉。路上遇到卖好吃的的铺子，还给她买了烤白薯和炸团子吃。长生对他的好感度又高了几分。逛累了到酒家坐下打算喝点热茶的时候，已经觉得二人十分熟络了，大方地坐在他对面，将纱帽摘了下来。

二人这才互相看清对方。长生心想，虽然以前也见过面，但是毕竟次数太少，不曾仔细瞧过。如今一见，杨五郎果然名不虚传。肤质细腻、五官精致的程度绝不输给女子。再加上他大冬天还敞着胸襟，将大片柔滑净白的肌肤裸露在外，并松松散散地披着发，眉眼多情，薄唇诱人，流露出一股慵懒闲适的气息。她差点就忍不住脱口而出：好一个标致的美人。

谁知她没说，对面的人倒对她说了。说完还自觉唐突地道歉，称自己也是第一次这么近距离地看她，从没见过生得这么好看的女子。

“郡主此等家世样貌，不知我大宋哪个男子才配得上。”杨五郎边说边摇头感叹。

长生淡定地反问：“你觉得自己怎么样？”

“小生？”杨五郎摆手，“小生哪有那个荣幸。”

他因为午后刚服了散，身上还热乎乎的，意兴尚酣，言谈举止也都是慢条斯理的，给人一种性格温软，十分好说话的感觉。长生便将自己的来意与他说了。

杨五郎听完，沉吟半晌，确不似沈家那位表现激烈，只是意味深长地勾了勾唇角，笑得魅惑，问她：“关于你我，坊间都有些传言，不知道郡主听说过与小生有关的没有？”

“听说了。”长生老实答。

杨五郎啜了口梅子酒，抛着媚眼问：“郡主怎么看？”

长生耸耸肩：“那你总要先告诉我是不是真的，未经证实的流言蜚语我是不会信的。”

杨五郎把玩着酒盏，反问：“关于郡主的呢？”

长生果断道：“当然不是。”

杨五郎闻言，魅惑多情地笑了一下，道：“那小生的自然也不是。”

长生眨眨眼：“既然不是，我还有什么好看的？”

话题突然就聊不下去了。就在杨五郎寻思着该如何往下接的时候，听到有人唤自己，循声望去，只见一行来了三人。分别是一袭青衫，修长挺拔，凤仪不凡，往人群中一站，一眼就能认出来的萧子律，和曾经有过一面之缘的萧槿，还有一个他不认识的陌生男子。

那男子大冬天穿了双木屐，白衫玉簪，极尽简约，清瘦单薄，表情寡淡。插手站在那里，宛如芝兰玉树，由内而外散发出一股温润不张扬，积淀深厚的华贵之气。即使穿着再朴素，也能从卓尔不群的气度中辨认出乃出身历史悠久的名门望族的世家子弟。

杨五郎被他牢牢吸引住视线，半晌没动静。长生跟着看去，则重点看到了萧子律，脑海中涌起一种不祥的预感，眉毛不自觉抖了抖。

而那名和萧槿站在一起的男子，毫无疑问便是康乐侯谢灵运的二儿子谢麟了。长生同他打了个招呼，邀请他们入座——虽然不大愿意带上萧子律。

两拨人互相拜会过。萧子律玩味地看看二人，再看看放在一旁的花灯，笑道：“我说哪里来的这么浓的桃花香，原来是有人桃花萌动。”

长生懒懒地朝他右手瞥了一眼，呛声道：“萧三郎腿脚不便也没耽误出来凑热闹，真是精神可嘉。”

眼看二人之间的一场唇枪舌剑又要开始，萧槿忙解释是自己硬拉着他来的。因为长生没跟她一起，她不敢自己一个人出门。

关键时刻这小妮子的胳膊肘果然还是向着自家人，长生不满地轻轻哼了一声。

三个人忙着重复上演平常戏码，谢麟则在一边体贴地帮萧槿把花灯放好。谁也没有注意到杨五郎的视线一直定格在他身上。

萧子律听说杨五郎和长生是约好一起来的，做惊讶状，对他道：“兄台，你知不知道，前几日，我们安阳郡主只是去沈府坐了半个时辰，沈璸就被沈大人责罚禁足一个月？据说还给关祠堂里头让抄家训，手指头都要抄折了。”说完还故意抖抖衣袖，把自己的青竹手杖露出来些，暗示他好好考虑考虑与长生结交的下场。

长生心想：杨五郎才不是那种人。

果然，杨五郎只笑眯眯地招呼大家喝酒，全然没有接这个话头的意思。

长生甚为感动，对杨五郎的好感已经上了一个层次。由于心情大好，还拉着萧槿也喝了几杯。

但是很快，她就发现一个问题：众人觥筹交错间，谢麟和萧子律都有关心萧槿不胜酒力，别喝太多，杨五郎却没有提醒她这一点。视线的焦点仿佛不在她身上，而是一直粘在谢麟身上似的。

谢家盛产美男子，天下皆知，爱美之心又人人有之。因此起初长生只是以为杨五郎关心远道而来的客人，怕怠慢了他，才总是跟他套近乎，问了他许多临川的风土人情。

直到亲眼看见杨五郎给人家倒酒的时候，故意碰了碰他的手，才觉得哪里不对。但是其他人都没说什么，包括谢麟本人。她也只好认为是自己眼花，大概是为谣言所害，有了什么先入为主的印象。告诉自己这样不好，不要多想，打消疑虑，继续喝酒。

小酌结束，几人又商议一同去河边走走。

河边商贾云集，灯市如昼，河边的垂柳仿若柔婉多情的少女，侧身搔首弄姿，腰肢款款，青丝摇曳，极尽鲜妍之态迎接早春的来到。长生和萧槿兴奋地走在前头，议论着谁手上的灯好看，哪对男女站在一起显得最般配。三位男子则因为萧子律走不快而落在后面，好像在煞风景地聊魏国僧侣前来建康论道一事。

长生竖着耳朵听见，有意放慢脚步等他们，插入话题，询问关于此事他们了解多少。

谢麟说原本并不知道，只是一路往建康来，遇到了许多魏国僧侣，心中困惑。今日逛灯市的时候又见着了几个，一问子律才得知，都是来建康求经论道的。

看来萧子律对此事关注得比较多，她又去问萧子律。萧子律告诉她自己也是今天偶然看到，偶然感慨一句而已。说完又转移话题问她，皇帝不是想送她去百济和亲么，今天怎么还约了杨五郎出来。

“别提了，想想就头疼。”长生一脸无奈。虽说已经让老爹回复过自己的想法了，但是皇帝还是希望他们再考虑考虑，那意思好像除了她就没有别的合适人选了似的。所以她才觉得自己一日不把婚事定下来，头顶这把利刃就要一日继续悬着。

就在她同萧子律说话的时候，远远地在桥的另一头又瞥见了几抹眼熟的褐色纳衣，正是魏人款式，遂抬手指去，问道：“你看，桥头那儿不是魏国僧人么，他们在干嘛呢？”

萧子律跟着远眺了一眼，看不清楚，提议道：“要不过去瞧瞧？”

长生正有此意。

然而二人聊着天掉了队，刚要叫住前面的同伴，却机缘巧合，又遇到了小黄莺和高六郎一行人。

不知是不是因为高六郎先与萧槿说过亲，后来才改成的小黄莺，小黄莺心里不舒服，而高六郎对萧槿也还有那么点意思。总之这几个人站在一起，长生莫名就觉得气氛不大对劲，拉住萧子律，没有行动。

一群人站在一块儿寒暄，小黄莺叽叽喳喳地说个没完。高六郎插不上话，偷眼瞧着萧槿，觉得她安静乖巧，可真淑女。不像小黄莺，一天到晚吵闹个不停，像身边跟了只八哥似的。自己这一晚上耳朵使用过度，估摸之后的几天都不想听见任何声音了。

小黄莺发现他眼神飘忽，直往萧槿身上去，语气不是很愉快，尖声问道："六郎在瞧什么呢？"

"啊……没什么。"高六郎怕心思被人看穿，赶忙收回视线，哂笑作答。

小黄莺却是不信，越看老实巴交的萧槿越觉得不爽，觉得她今天穿这么好看，还带了如此别致的灯出来，定是为了勾引男子的。她最看不得这种表面闷葫芦似的，内里一堆弯弯绕绕的人，心里盘算着要给萧槿点颜色看看。眼睛滴溜溜转了一圈，望见远处的魏国僧侣在讲佛法，心生一计，提议道："不如我们到那边去看看魏人在讲什么新鲜事？"

正巧合了长生和萧子律的意，表示同意。

同行的路上，小黄莺佯装套近乎，与萧槿走在一起，"不小心"撞了她的胳膊一下。

萧槿的花灯没拿稳，掉在了地上，赶忙停下脚步去捡。由于她的花灯构造特殊，本就留有一些孔隙，灯芯倾斜后，火苗从孔隙中窜了出来，落在绸制的裙摆上，当即点燃。

萧槿一时慌了神，不知如何是好，只顾呆呆地站着。

小黄莺只想把她的花灯撞掉就算了，没想到会着火，吓得惊叫出声。

还好一行人还没走上桥，长生反应迅速，把自己的灯放下，快步跑到河边，用宽大的裙摆兜了水过来灭火。几名男子也闻讯过来帮忙。谢麟二话不说，直接蹲下身，用自己的衣袖去扑打裙摆上的火苗。

众人通力合作之下，及时扑灭了火焰，除了糟蹋了一条好裙子，还算有惊无险。劫后余生的萧槿脸色煞白，抓着长生瑟瑟发抖。长生一边安慰她，一边用不满的目光瞪小黄莺。小黄莺心虚得不敢动作。

“别怕，看我回头好好教训她。”长生将萧槿拉在自己身边护着，附耳悄声道。

萧槿却不愿她生事，只说：“算了，人家也不是故意的。”

“怎么不是……”长生正要解释自己用两只铜铃般的大眼亲眼见证她是有意为之，因为腿脚不快，一直沉稳冷静的萧子律出来稳定了局面。先是安抚大家一番，又表示既然出了这种意外状况，还是不要去凑热闹了，大家都早点回吧。说完礼貌地比了个手势，请小黄莺和高六郎先走。

长生不满地瞪他，只见他在小黄莺转身后，悄无声息地探出自己的手杖，按住了她拖在地上的裙摆边缘。小黄莺没注意，一迈步，“哎哟”一声，结结实实地摔了一跤。

萧子律却像没事人一样，镇定自如地收好手杖，伸臂向前，扶她起来，像模像样地关心慰问了一番。

如此一来，也算是给萧槿报了仇。长生在一旁忍着笑感慨，睚眦必报，雷厉风行，然后还要装好人，果然是他的作风。再去瞧萧槿，发现萧槿正在扯她的衣袖，示意她往被忽略的杨五郎身上看——只见杨五郎捧着谢麟的手，甚是关心他刚才扑火的时候受伤了没有。那动作，那眼神，看得未出阁的姑娘们面上发烫。

谢麟都快被那灼烈的视线烧焦了，皱着眉头，一边努力把手抽回来，一边说着无妨。

这回绝对不是误会，二人交换了一下眼色。萧槿仿佛在说：你看吧；长生用沉痛的目光回答：他七大爷的二舅妈的外甥女婿的……

事态发展到这种局面，除了杨五郎本人，其他人都着实待不下去了，去桥对面看热闹的计划也不得不取消。

萧槿想让萧子律送长生一程，称自己有谢麟陪着就好了。

没想到萧子律似乎喝多了，眯眼一笑，凑到长生耳边，用醉意微醺的魅惑嗓音低声道：“她说了不算，你求我啊。”

求你作甚，你以为你是佛祖显灵啊？长生腹诽着，抬脸朝他咧嘴一笑，毫不客气地用力在他的好脚上踩了一脚，谁也没让送，自个儿回了。

至于和杨五郎的婚事，然后自然也就没有然后了。二人没有交换花灯和发簪等信物，之后也没有再联系。杨五郎大约只是想随便找个异性成亲，好堵住悠悠之口，或跟家人有个交代而已，长生如是揣测。她既不愿去和亲，更不愿在这儿给人当挡箭牌。

两次失败并不能打击长生的信心，她毫不退缩，坚信谁也不能阻止她谈恋爱，什么迷信，什么命运，通通一边去。可后面几次攻略也连续惨遭破坏。不是对方家里刚一听说就赶忙拒绝的，就是一时想不开说考虑考虑，结果被萧子律上门拜访了一遭后又恍然大悟的。总之始终没有人给她一个满意的答复，每个都觉得她要来害自己。

眼看建康城里可以考虑的适龄男子所剩无几，再找不到人嫁就只能被迫去和亲了的长生，得知萧子律没少前去提点，气得七窍生烟，跑到萧府去找他理论。

萧子律倒往曲水环绕的假山高亭中一坐，吹着小风，擦着手杖，振振有词道："郡主且听臣分析。郡主去沈家一趟，沈瑸倒霉了一个月。约了杨五郎出来，听说那日回去后杨五郎就害了相思，茶饭不想，消瘦了好几圈。要是思的人是郡主也就罢了，把您送上门就能解决。可是思的偏偏是别人的夫婿，这就没办法了，恐怕还得持续瘦下去。郡主说这种情况，臣怎能不为广大建康城的男同胞的身家性命和我大宋江山社稷的和平稳定着想？"

"你……"长生插着手，在他面前来回踱步，恨不能一脚把他踹下山去。绕了好几圈，才憋出来一句："这都是巧合、意外，你懂不懂？杨五郎本来就喜欢男人，沈瑸本来就是个怂货，跟我有什么关系？"

"不懂。"萧子律直摇头，"一次两次是意外，次次都是那就叫定数了。"

长生怒极反笑："好，既然如此，那我问问你，我最近总往萧府跑，你怎么还安然无恙？"

"在下已经这样了，郡主还想怎样？"萧子律闻言，难以置信地指了指自己的手杖。

长生无言以对，心想：好嘛，你不是想强调跟我在一起的男人肯定会倒霉么，我就再让你倒霉看看。自萧府拂袖而去后，她便一直惦记着如何杀杀他的威风。

第二章 这位公子，我有个恋爱想跟你谈一下

这一日，碧空万里，阳光晴好，院内的腊梅仍未凋谢，梨树便已花开成雪。极目望去，所见颜色都是清新鲜嫩的翠绿柳黄浅碧桃红，温暖的春风吹得人心尖都在颤抖，是个谋划杀人放火打家劫舍的好日子。

刘义符陪母亲散过步，来长生院里找她，发现她没在院子里舞剑锻炼，而是坐在书房的地上，正把自己埋于收藏的古籍珍本之中，专心致志地翻阅。连放在一旁的书卷早已堆满裙裾，梳好的头发不知何时散落下来了都没注意。

刘义符在门口站了好一会儿，都没有引起她的注意，只好自顾自走进去，轻咳一声，问道："找什么呢？"

长生头也不抬，回道："兵法。"

刘义符不解："找兵法作甚？"

"杀人。"

刘义符噗嗤一声笑了出来，说着："那我帮你参谋参谋。"也坐在了地上。

得知她是要对萧子律实施打击报复，又苦于找不到好的时机和计策。刘义符指点她，搞点故事回头说道说道就行了，千万别搞出什么事故来。并再三提醒，书上写的那些杀人放火打家劫舍的套路看看就算了，真要弄起来也挺麻烦的。若是能想办法挖个坑，坑他一下，图个一时爽快是最好。

长生闻言，脑海中灵光一现，突然有了主意，兀自一笑，起身将书籍放归原位，道："我明白了。不知兄长前来所为何事？"

刘义符一边帮忙整理，一边告诉她，母亲最近吃着药，食欲不大好，偏偏想念宫里一个师傅做的糕点。可是现今自己却非自由之身，无法进宫取来，又觉得在府上打扰已经挺不好意思的了，不想再拿这种小事去同王爷讲。思前想后，只好请她来帮这个忙。

“点心好说，只是……伯母的病情如何了？”长生拉他坐到矮凳上，关心道。

刘义符眸光蒙上一层阴霾，黯淡几许，摇了摇头。想来情况不是太好。长生叹息一声，拍拍他的肩膀，安慰道：“病去抽丝，急不得。你放心，我先不挖坑了，明天就进宫去要点心。”

如今自己都沦落到了需要小妹妹同情的地步了，刘义符也只能苦笑着叫她不要担心，又掐指算了算日子，稍加沉吟，道：“不急，要不你先挖坑，晚几天再去吧。”

“为何？”长生不解地问。不是说食欲不佳，就好这口么，难道还准备再饿几天减减肥？

刘义符朝敞开的雕花木窗外看去，笑容淡淡，低语道：“恐怕这几日那位师傅不得空。”

长生对这个理由仍感到费解，但是既然他都这么说了，想必心里有数，她也就不再坚持己见。将他送回住处，拜访了一下张氏后，便开始了挖坑计划。

她找来几个仆役，给了他们一些银两，对他们耳语一番，并再三叮嘱千万要保密。若是有人问起，切莫提及郡主和王府，只说是自家老爷让办的差事。

交代完毕，数日后，她跟着父亲一同进宫去要点心，好巧不巧地，在宫里遇见了要坑的对象。

长生当时刚刚在宫门处下了马车，见萧子律正从宫门内走出来，穿了整齐的朝服，梳起发髻，戴上玉冠，手持竹笏，看上去格外有精神，连手里的紫檀木马头手杖都显得比平常光亮了许多。

二人打了个照面，萧子律停下脚步，给她身边的长沙王行了个礼，顺带着也唤了声：“郡主。”

考虑到坑已经挖得差不多了，长生突然有了个择日不如撞日的想法，干脆让父亲先等会儿，将萧子律拉到一旁，对他说自己有事找，让他在宫门外稍等片刻。

萧子律警觉地眯眼问她："郡主葫芦里卖的是什么药？"

长生佯装天真，抬手用胳膊肘推了推他，哈哈大笑道："哪儿能啊，我这点斤两，哪敢在萧大人面前班门弄斧。"

萧子律玩味地盯着她看了一会儿，见她态度无比诚恳，方才答应下来。

长生便莞尔一笑，放心地跟着父亲进殿了。

拜见皇帝后，察觉他的脸色不是太好。因为受人之托，有求于他，怕办不妥，长生有意凑过去，依偎在他身边，撒了个娇，甜甜地问："皇帝伯伯又在操心什么，眉头皱得都能挤死人了。"

皇帝无可奈何地拉她在自己身边坐下，拧了拧她的鼻子，叹道："还不是你们这些年轻人，没一个省心的。"

长生机智地反应过来："伯伯是指萧三郎吗？"

"可不是。"

长生乐了："没事，不听话的话，打他一顿就好了。"

皇帝闻言，却侧头看她，反过来问"那安阳不听话怎么治？"

长生厚着脸皮，眨眼道："安阳几时不听话了，安阳这么乖巧，打着灯笼都找不到的。"

"你呀……一直嚷嚷着要自己找个可心的夫婿，怎么着，如此乖巧，可找着了？怕是全建康的年轻男子都要吓跑了吧？"皇帝抚着长须笑道。见她迅速委屈地撇起嘴来，又摆摆手，颇为无奈，换了个语气，道："罢了罢了，今天不提那些惆怅事。安阳最近都在忙些什么，可有读书？"

"有的。"长生乖乖汇报，"最近刚从萧大人那儿得了一本屈原大夫的《少司命》真迹，改天带到宫里来给您瞧瞧。"

在爱好古籍这一点上，二人颇有共同话题，于是深入探讨起来。聊着聊着，皇帝突然感慨道："唉，年初朕有个想法，想把民间尚存的各类古籍都收集起来，整理入库，由朝廷统一保管。那些遗失了的，也好好找找。都是前人留下的宝贝，失去了怪可惜的。但是一时又找不到个可心的人负责。老二吧，心性浮躁，没有耐心，干不了这踏实事儿。老三呢，气量狭隘，容不得人，不适合主持大局……也就只有老大啊……唉。"

提到被废的前太子，大殿里的气氛瞬间变幻，一片阒静。长沙王紧张得连嘴里的花生酥都不敢嚼了。

说来爱好收集古籍这种习惯，长生还是从前太子刘义符那儿习得的。而影响刘义符的，自然就是他这个对文化事业特别上心的父亲。三人之间有着一脉相承的师徒关系。

长生绞着袖子想了想，主动打破僵局，用半是开玩笑半是认真的语气道：“安阳愿为陛下代劳。”

“好好好，回头就交给你了。”皇帝随口一接，全然没有考虑到天子一言九鼎，这句话也给将来的自己挖了个坑。

既然都提到前太子了，在场的也都不是外人，也就没什么可避讳的，皇帝问了问长沙王母子二人的情况。长沙王将前皇后张氏的身子还是不大好的事情交代了一下，犹豫半晌，还是将自己岳父的意思转告给皇上，说是恐怕治不好了。

皇帝听完，把玩着手上的扳指，视线没有焦点地盯着砚台中的一滩墨，发了好长时间的呆，才道：“府上有什么吃的用的，都照看着点罢。反正也没多少时日了，节俭不在乎那么两天。缺什么就跟朕提。”

“是。”长沙王应下了。

长生便趁着这个机会，将张氏想吃点心的事儿提了出来。

皇帝觉得这还不简单，当即传了内侍去御膳房说声，多做一些，好让二人带回去。

长生目的达成，高兴地替母子二人谢过。

长沙王趁机试探性地问：“陛下不去臣弟府上瞧瞧么？今日难得不用处理奏章，得空可以出宫。”

大殿再次被沉默占据。皇帝低着头，把玩着案上的御笔，在手里转了一圈又一圈，将狼毫一根根理了个遍，终于道了句：“不去了，朕累了，先去歇歇，你们拿了点心就回吧。”

“陛下……”长沙王还想再劝劝，皇帝却比了个手势，示意他无需多言，自己决意已定，先行退回殿后休息去了。

长生对于二人神态话语中的遮遮掩掩、点到为止不甚明了。但只偏着头，琢磨了一瞬，便将心思都放在宫门外待宰的羔羊身上了。

又坐了小许，内侍将包好的点心送来，二人道过谢，拿了往宫门去。出了宫门，长生将点心托付给父亲，道：“爹你先回吧，我跟萧三郎到萧府去一趟，回头让萧府的马车送我回去。”说完又附耳对他低语了几句话，交代他切记一回府就告诉自己的婢女后，成竹在胸地迈着欢快的步伐朝萧府的马车走去。

车夫知道自家公子在等她，没有阻拦，长生自顾自地挑帘上了车。

马车里熏了檀香，挂了杜若，有一种令人感到心情淡泊宁静，很想睡觉的味道。萧子律正阖着眼帘，撑头靠在垫子上小憩，手边还散落着几本没看完的书。

他睡着了不会说话的样子，其实还挺好看的。颜如美玉，气质出尘，颇有一种画里假人的感觉。长生迈进来，看到他的第一眼，心中产生了一个这样的想法。难怪建康城有许多不明真相只看外表的天真小姑娘喜欢他，每天看到他的马车经过都要丢过来一堆瓜果。如果了解此人内里的真面目的话，就该扔白菜帮子了。

这样想着，便想趁他不注意在他脸上画点什么。奈何没有笔。长生扫视一周，把挂在一旁的杜若摘了下来，想去扫他的鼻子。结果刚探身向前，就突然被他扣住手腕，“啊呀”一声惊呼，吓了一跳。

“你干嘛呀！”长生愤愤不平地用另一只手拍着胸口，抱怨道。

萧子律睁开眼，手上还握着她的皓腕，缓缓将视线移到她手中的“罪证”上，挑眉不语。

“我……我就想叫醒你嘛。该出发了，再不出发天黑可回不来了。”长生故作正经。

萧子律瞟了她一眼，仿佛在说“还不知道该怪谁”，又问：“郡主说有魏国僧侣的消息，是指什么？”

长生盯着他修长有力的手指，深呼吸三次避免情绪发作，道：“到地方你就知道了，现在能不能先放开……男女有别，萧三郎这样成何体统。”

萧子律这才意识到自己还抓着她的手，动作好像在把她往自己怀里拉似的，遂不落痕迹松开，拎起帕子来擦擦碰过她的手指，淡定道：“不知道是哪个姑娘光天化日之下钻了萧某的马车，对萧某投怀送抱，然后还要同萧某讲男女有别。”

长生也不接话，只安静在一旁坐下来，用皮笑肉不笑的表情回应他，心想：你就得意吧，看你还能得意到几时。

马车一路往城郊去，沿途果然又遇到又傻又天真的姑娘丢了些瓜果上来。长生也不客气，拿了只橘子，剥好后递给他一半，八卦地打听他今日进宫所为何事，并自行揣测道：“好像皇帝伯伯不大高兴的样子，若有意将你贬官远派，当真是大快人心。”说完，还用同情的目光看着他，假情假意补充了一句：“外头条件艰苦，萧大人多保重啊。”

萧子律笑容爽朗，语气气人：“不告诉你，反正不会走。”

长生顺手又把那半个橘子拿了回来。

萧子律总不至于为了半个橘子跟她抢来抢去，捡了个红润的苹果，擦干净后慢条斯理地嚼了起来。虽然动作文雅，但是故意发出清脆多汁的响声，一直到抵达目的地才算完。

长生在一旁看得直咬牙。

按照她的指示，马车来到城郊某山腰一处未完工的建筑工事前。只见地上只挖了几个坑，零零散散堆了许多备用的木料和石头在旁。

萧子律不明所以，问她这是什么地方。

长生告诉他，自己打听过了，此处乃是一个大户人家自己出资兴建的寺庙，而这户人家做的就是北方的生意。

“你的意思是说，是专门为魏国僧人修的？”萧子律抬眼环视一周，心下琢磨着这工地好生奇怪，大白天的，施工的人都到哪里去了？

“只是一种猜测，你说他们是不是打算在建康常驻啊？”长生一边说着，一边朝前走去。

萧子律刚想说工地无人很是蹊跷，要不还是先回去吧，见长生已经肆无忌惮地到处乱窜起来，便没顾上说，改口招呼她注意脚下安全。

“不碍事。”长生说着，一路往前走，走得越来越深，距离马车停驻的位置越来越远。突然，好像发现了什么，大声呼唤：“萧三郎，你快来这里看。”

萧子律撑着根手杖，要在凌乱的木头和石料中穿行可不大便利，花费了不少时间。

然而就在他专心看着脚下，没有注意身后的时候，几个一早埋伏在周围的汉子趁车夫不备发动奇袭，合力将他制住，用沾着迷药的毛巾捂住了嘴。车夫挣扎两下，晕了过去。几个汉子小心地将他放回马车上坐好后，又消失在灌木丛中。

对此全然不知情的萧子律来到了长生身边，看到她身前有一个大坑。这个坑比刚才看到的都要深一些，坑边还摆了一个梯子。

“你觉得这是什么？”长生蹲下来，疑惑地朝里打量着。

萧子律也不是很懂建筑，琢磨着觉得像是为地宫修建的入口。

长生却摇摇头，做出一个更为大胆的猜测："我觉得该不会是个盗洞吧？你有没有听说过，当年曹魏政权称帝之初，搜刮了一批宝物，原打算变卖成军饷，留作后续争略吴蜀，开疆扩土之用。奈何不久便被司马氏篡了权。为了不让宝物落入司马氏手中，曹氏中人便将这批宝物埋在了建康城外。后来适逢乱世，负责埋葬宝物的人被司马政权诛杀了，宝物埋葬地点也就从此成了谜。你说，他们是不是查到了宝物埋葬的线索，打着修寺的幌子，前来偷盗的？那可不得了，据说这批宝藏富可敌国呢。"

历朝历代都有这种关于神秘的前朝宝藏的不实传闻，这个故事也在建康城流传着许许多多个版本，萧子律却是半点没当过真的，见一向这也不信那也不信的刘长生将此事说得一本正经，不免有些想笑。

长生看出他的怀疑，感到很没面子，撇嘴道："你不信算了，我自己下去看看。"说着就把梯子搬了过来，作势要下坑。

萧子律一伸手杖，拦在她面前，劝阻道："别，郡主再彪悍，怎么说也是个姑娘家，摔着可怎么好。"

长生却不依，坚称："不行，我要是不看个究竟，心里不踏实。"

萧子律劝说无果，眼看她就要急得躺地上打滚了，没办法，只好将手杖递给她，挽起衣袖，道："那郡主帮臣拿着吧，臣下去瞧瞧。"

长生感激不已，连连点头，帮他扶着梯子，叮嘱道："小心着点。"

萧子律慢慢挪步，沿着梯子下到了坑底，意料之外，发现坑底果然有一个向侧面打的，半人高的洞口，疑惑地屈身朝里走去。

"你快看看洞里有什么？"长生在上头兴奋地喊，同时赶快抬手招呼人。几个汉子快步跑过来，以迅雷不及掩耳之速将梯子抽了出去。

萧子律艰难地走了几步，发现很快就到了尽头，什么也没有。转念一想，觉得有诈，心道不好，怕是上了长生的当了。

然而洞中无法转身，待他听到奇怪的声响，再退出来时，只见梯子已经没有了，长生正把玩着他的手杖，站在坑外得意地笑。

"呵。"萧子律明知出了状况，也不慌乱，只是靠在坑壁上，眯眼瞧着她，问："郡主这是演的哪出啊？"

"专门为你挖的坑，等着你跳呀，你说算不算瓮中捉鳖？哈哈哈哈……"长生笑靥如花，拎着他的手杖转了两圈，欢快道："你总是费心琢磨如何让我不好过，四处破坏我的好事，我若不好好报答，岂不有负恩情？今日萧三郎就好好在这坑里享受一晚吧，不要太感激我。”说完把他的手杖丢了下去，得意地招呼自己叫来帮忙的仆役们走了。

仆役早驾来了另外一辆马车，替她通传口信的婢女正在车上等她，见她回来，得知事情办妥，心中却有些不踏实。马车往回走了好远，她还在回头张望，不安地问：“郡主，不会出什么事吧？”

长生优哉游哉打着哈欠，淡定道：“放心。给车夫下的药量，最多够他睡到明天早上，醒来自会前去搭救。至于萧子律嘛，除了腿脚不好外，身子骨硬朗着呢，只是冻一晚上而已，没什么大不了。而且我打听过了，附近没有豺狼虎豹出没，安全得很。”

既然自家主人都这么有把握了，婢女也不好说太多，只得祈祷当真这么顺利就好。

这边厢的长生抱着个小暖手炉，在回去的路上睡得暖暖的。那边厢留在坑里的萧子律尝试几次呼唤自家车夫未果后，只得认命地坐了下来，靠在坑壁上闭目养神。眼前浮现出长生刚才那副兴奋得跟什么似的的，小人得志的嘴脸，以及拎着他的手杖来回转圈的样子，不自觉地在她握过的地方用指尖细细摩挲了一遍，勾唇笑道：“这次真是便宜了她。”

计划虽如此，其实今天并不冷，相反因为前几日开始升温，还挺暖和。长生回到家的时候已经傍晚了，身上仍感觉不到凉意，也感慨这么好的天气，真是便宜了萧子律。

然春寒难料，日头完全落下后，气温骤然下降，冷得院内的积水上都泛起了点点冰霜。长生披了一件大氅，手中捧着书卷在房间里踱步，感受着炭火越来越力不从心的制热效果，隐隐感到不安。

她所不知的是，此时此刻，虽然建康城内的人们刚刚感受到寒气，城外已然飘起了雪花。月华之下，细雪仿若碎银，铺洒一地，越积越厚。

官道上，正在踏着积雪进城的，是一支刚刚调任回京的队伍。突如其来的寒潮也打了他们个措手不及。带队的年轻将军搓着冻得发红的手掌，大声招呼道：“弟兄们一路辛苦，马上就能进城喝酒吃肉了，大家加快脚步！”

建康城门近在眼前，将士们都想赶紧暖暖身子，纷纷应着，加速小跑。

就在众人脑海中纷纷浮现出火炉、烤肉、美酒、热腾腾的汤面等画面时，一阵朔风呼啸，山上传来一阵窸窸窣窣的声响，一根圆木随之横空出世，滚落在官道上，发出巨大的轰隆声。

众人以为遇到袭击，立刻警觉。然而摆出迎敌姿态后许久，并不见其他异状，面面相觑，感到不解。

将军策马走来，借着侍卫手上的火把，仔细看了看那根木头，奇道："分明有人为加工打磨的痕迹，像是建筑工事所用，怎会平白出现在这山野之中？"

侍卫也觉费解，抬头往木头滚落下来的方向看看，隐约听到有马声嘶鸣，于是提议："要不属下去探上一探？"

将军想了想，点头道："好，带上几个弟兄。"

侍卫拱手领命，抄起佩剑，招呼身边的两个弟兄，一同披荆斩棘，循着嘶鸣声往山上去。

与此同时，建康城里也终于下起了雪。仆役特地给各院送来加烧的炭火。房门一开，一阵凛冽寒风裹挟着碎雪席卷而来，冻得长生打了个哆嗦，将大氅裹得更紧了些。思前想后，终究放心不下，命婢女再准备两件披风，带上暖炉，备好马车，立即出城去。

一路上，坐在马车里的长生设想了很多种后果。比如明天一早，车夫醒了，找到坑里的时候，萧子律已经冻成了冰棍；比如今天晚上，大风将坑边的圆木吹动，滚到坑里，把萧子律的另一条腿也砸折了；再比如……她摇摇头，比如不下去了，焦急地挑开帘子，嘱咐车夫快点，再快点。

车夫不敢怠慢，猛挥鞭子沿着官道疾驰。突然遇到一队迎面而来的人马，两边速度都很快，差点撞到一起。

车夫赶忙勒马。车身猛地一晃，长生撞了一下头，也顾不上揉，着急地问："为何不走了？"

车夫仔细瞧了瞧，回禀道："郡主，前面好像遇着了一队官兵。"

"官兵？"长生疑惑地将一直抱在手里的披风放下，准备亲自看看。

对面的人已在高声询问："谁家的马车，深夜在城外急行，可是犯了事意欲逃亡？"

车夫赶忙作揖，解释道："禀告将军，小的乃是长沙王府的仆役，马车上坐的是府上的安阳郡主。"

话音刚落，将士们便见一只纤纤素手挑开了车帘，一个身披雪白毛领的狐裘大氅的少女探出头来，问道："对面又是何人？"

别说，挺好看的，看起来好像还真是个郡主。但是好好的姑娘家干嘛半夜不睡觉，非要出城呢？将军纳闷着，拱手自我介绍道："臣乃刚刚调任回京的右中郎将赵怀璧。惊扰郡主，还望恕罪。"

"哦。那好，你让我过去吧。"反正长生也不认识他，并不想多说话。

赵怀璧却困惑地皱着眉，不打算放过她，开口问道："……天冷路滑，不知郡主深夜出城，所为何事？"

长生坦白："我要去坑里捞一个人，不瞒你说，挺急的。"

"坑里"、"捞一个人"……赵怀璧嘴角抖了抖："郡主说的不会是那位萧公子吧？"

"将军怎么知道？"长生奇道。

"……臣已经帮郡主捞上来了。"赵怀璧说着，大手一挥，命队伍分开两列，只见萧府的马车就在队伍中间。车夫药劲未退，裹了张薄毯，还在熟睡。驾车的是赵怀璧帐下的一个官兵。车内阒然无声，不知萧子律是死是活。

长生也顾不上问别人，抱着披风登登登下了马车，一路跑过去，掀开锦帘亲自确认。

只见萧子律一动不动地侧身倒在车内，薄唇发紫，脸色苍白，鬓发缭乱，气息微弱，看上去像是死了。

长生鼻翼一酸，迈进车里，胡乱把披风盖在他身上，双手握紧他的手给他暖着，哽咽道："萧子律你可千万别死啊。"

萧子律不说话，也没喘气，更像死了。

情急之下，长生上前抱住了他，悲伤不已："你要是真出点什么事，我可怎么向阿槿交代。"

萧子律忽然伸出另一只手，用力把她按在怀里，睁开双眸，在极近的距离似笑非笑地与她对视，眸中的柔情与狡黠都映在她的瞳光里，挑眉道："原来是怕阿槿怪罪，就不怕我变成厉鬼来向你索命？"

长生以为他诈尸，已经被吓个半死了，反应过来后恼怒地捶了他的胸口两下，嗔道："讨厌，没事儿装什么死，快把你的脏手放开。"

"也不知道是谁弄脏的。"萧子律松开手，无奈地耸耸肩。

而后长生打听了一下才知道，原来寒风料峭，吹惊了马。马儿不断嘶鸣，想要挣开绳索，又踢掉了旁边的一根圆木。圆木滚到山下，刚好引起将士们注意。前去查探后，便发现了萧府的马车和坑里的他。

当时他正拿着个木棍（手杖），在周围的坑壁上默写《道德经》。虽然冻得瑟瑟发抖，神情还是平静从容的。见到来搭救的官兵，也没有表现出欣喜若狂的样子，只是彬彬有礼地行礼道谢。搞得官兵很忐忑，生怕自己放出来了什么了不得的妖怪。

确认他没什么大碍，只是有些着凉后，长生不得不感慨他还真是命中注定与这位赵将军有缘。

萧子律将身上的衣服理好，冷眼一眯，握紧手杖，用平淡却极为有力的语气道："不然萧某若真是冻死了，郡主岂不麻烦？说来应该好好感谢人家赵将军的人是郡主才对，下次这种害人害己的事还是仔细想想再做罢。"

长生被他说得有点没面子，觉得自己似乎也着凉了，脸上烫烫的，自知理亏，也没还口，支吾两声，道："好啦，我知道了，你回去好好休息。"便下了马车，又谢过赵将军。

赵将军同萧子律一个鼻孔出气，皱着个忧天下之忧的眉头，显然也觉得她此番行事有失妥当，看她的表情略带嫌弃，道："郡主客气了，只是若再有下次，臣不知还帮不帮得上忙。"

长生讪笑："不会了，不会了。"

一行人一同出发，往建康城去。赵怀璧身边的一个士兵凑近他，回眸瞥着长生的马车，八卦道："将军，这个郡主长得可真好看。还没出阁呢，要不您……？"

赵怀璧忙告饶："免了吧，我可不敢。"

回到建康，萧子律当然没把自己被长生坑了的事儿说出去。但是长生再见他的时候，免不了多了几分内疚，好几次被他挖苦都缄默不言。

再说那日撞见的赵将军，不消数日便在建康城出了名。有人说他与以杨五郎为代表的那种文文弱弱的美男子不同，身上有一股英武的阳刚之美，更重要的是没有龙阳之好。有人说他武功盖世，年纪轻轻便已立下赫赫战功，未来定是前途无量。有人说他出身寒门，自幼丧母，全靠自己的战功起家，在建康独自建府，嫁过去的话不用操心婆媳关系……总之赵怀璧来到建康半个月，风头就直逼萧子律，成了建康城内万千少女梦中情人榜单上的第二名。也有说他要优先于萧子律的，毕竟他四肢发达，不用拄拐，腿脚好得不行。

长生当然也没少听说，并且还听说了一个更重要的事。便是赵怀璧今年已经二十有七，眼看快到而立之年，还没娶过亲，一定很着急讨个老婆。

这种紧迫感不是刚好与她一拍即合吗！长生一拍大腿，觉得简直是时来运转，天赐良缘。就在她觉得自己的婚姻大事已经前途一片黯淡的时候，是上天安排赵怀璧突然出现，让她又重新看到了希望的曙光。于是高高兴兴地，又催着老爹上门去了。

赵怀璧刚刚买好宅子，还在布置打点，府上也没几个仆役，只有侍卫帮忙，一起撸胳膊挽袖子将各种家具搬来搬去。长沙王和安阳郡主来了，他也只能随意烧点开水，用吃饭的碗装了，不好意思地挠挠头，说一句："王爷、郡主见谅，下官这儿实在乱的很，本是买好茶碗了的，又找不着放哪去了。"

长沙王擦擦汗，慈眉笑脸地说着无妨无妨，实际上却是不大高兴，心想：这普天之下，就是再贫穷的人家，哪有用饭碗倒开水招待客人的道理，赵怀璧不是怠慢他们还是什么？

长生却觉得这人不错，挺实在的，忍笑捧着饭碗。

二人将来意说明，长沙王的意思是，赵怀璧年纪也不小了，若是对自家闺女有意，不如就趁早把这事儿定下来。只要他一句话，媒人马上就能安排。

赵怀璧连喝了三碗白开水，没直接说不行，也没说行，却道："急不得，下官还得再考虑考虑。"

长沙王面露愠色，不悦道："考虑什么，莫非将军觉得我家安阳配不上你？"

赵怀璧绷着个脸，瞪大眼睛道："王爷莫要冤枉下官，下官可没有这么说。"

"原来将军与那些凡夫俗子一样，也介意关于安阳的传言。"长沙王扼腕，"没想到英勇如将军，竟也是个胆小怕事之人。"

赵怀璧一听这话，老大不乐意，倨傲地扬起下巴，语气高冷："下官不曾这样想。"

"那到底是因为什么？"长沙王不依不饶，非要他给个理由。

赵怀璧挖空心思地解释："因为……婚姻之事本来就不着急。现如今，下官心中还有志向未尝实现。王爷多说无益，请回吧。"说完，将碗啪嗒一声放在桌上，以示送客之意。

"你……"

弥勒佛气得差点变护法金刚。长生忙拉住老爹，把自己那碗水也递给他，让他消消气。自己则盯着饭碗上的鸳鸯戏水图，再看看房间内的摆设，样样成双，感到纳闷：这不是明明挺着急的么，为何还死鸭子嘴硬呢？

而且她还发现，打从自己进屋，赵怀璧看都没看她一眼，大有对她毫无兴趣之意。这份刻意，又总让人觉得有几分欲盖弥彰的味道。

长生在心里画了个问号，对赵怀璧礼貌地表示打扰了，自己带着父亲先回去，给他时间，让他慢慢考虑。而后，把父亲送出赵府，又默默折了回来。让看门的仆役通报一声，说自己不找赵将军，而是要找他最亲近的侍卫。她倒要问问，赵怀璧的脑袋里究竟在想些什么。

看门的士卒道："咱们军中，与将军最亲近的就要数宋夫长了，但是他替将军去老家办了点事，没跟咱们一块儿回来。"

"什么时候回来呢？"长生问。

"这个……小的也说不好。"士卒尴尬地挠了挠头。

"好吧"长生又问，"你们之中，还有没有对赵将军比较熟悉的人？"

士卒摇摇头，道："宋夫长同将军好得跟穿一条裤子似的，旁的弟兄肯定比不上他。"

这可怎么办，长生正为难，准备离去再议，突然听到他喊了一声："巧了，郡主快看，宋夫长回来了。"

长生心中一喜，转头看去，只见一身披铠甲，在阳光照耀下周身银光熠熠的小将正朝自己策马而来。正想着该如何从这位宋夫长的口中套话时，却见他走近后，直勾勾地盯着她看了半晌，用不太确定的语气唤了声她的乳名："长生？"

天，将军身边的人都这么狂啊，一个百夫长都直呼郡主大名……长生瞿然一惊。

尽管她没应声，来人还是确认了她的身份，大步跨下马，手掌按在佩刀的刀鞘上，朝她走来，语气因为激动而跟着刀鞘一起颤抖，问道："长……不，郡主不记得在下了吗？"

熟人？长生颇感意外，仔细盯着他的脸，看了半天也没看出所以然。又上上下下打量一遍，视线落在他手背上的一道伤疤处，若有所思，回忆了一会儿，试探性地问："小哥哥？你是隔壁家的小哥哥……宋安知？"

她还记得自己，宋安知心满意足，连连点头道："对，是我。"

娇艳暖阳之下，故人久别重逢，万千春光都因这一刻的欣喜而愈发明亮，长生忍不住惊呼一声："天呐，你都长这么高了！真的认不出来了。我记得当初你跟我差不多高，瘦瘦小小，病病殃殃，像豆芽菜似的。没想到……"

没想到再见沧海桑田，她已经成了郡主，他也变成了另一个人。长生一边比划自己记忆里的豆芽菜造型，一边看着面前挺拔高挑，宽肩长腿的男子，实在感慨良多。

"现在比以前看起来有精神多了。"最后，她如是总结道。一时也忘了要找他干嘛来着，拖着他一同散着步，聊这些年的经历。

这个宋安知便是当年落水的隔壁家的小男孩儿，救上来后感染风寒，拖了小半年才治好。而后身体就一直不好，面色蜡黄，总是生病。然而羸弱的少年却有着建功立业的英雄梦想。

长生搬走后，一日，北府军中的一个将领经过他家门前，他便背着父母，偷偷投奔了去。一方面为了保家卫国，一方面也是为了强身健体。经过这些年的历练，果然出落成一名英勇神武的男子，跟随赵怀璧左右，打了不少胜仗。

二人说着话，在石阶上坐了下来。长生忍不住托腮感慨了好一会儿，思绪才拉回正事上，问道："那么你跟赵将军很熟了？"

宋安知道："当然，过命的弟兄。"

"太好了！"长生拊掌，高兴地问："那你能不能帮我个忙？"

"跟我还客气什么，但说无妨。"宋安知温柔地朝她笑着。

长生便将今日来找赵怀璧的来龙去脉都同他说了一遭，问他："你可知他今天这是什么意思？"

宋安知手肘杵在大腿上，撑着头，考虑了一会儿，对她道："我还真说不清，这样吧，我回去问问，再给你答复。"

"好啊，一言为定。"长生伸出手来与他拉钩。

没过两天，宋安知果然按照约定，帮她打探了消息，暗搓搓地到王府后门的大槐树下来找她，道："说实话吧，我们将军是挺着急婚事的……但是，似乎对郡主印象不太好。"

"为何？"长生不解。

宋安知便将那天把萧子律捞上来之后，赵怀璧对长生的评价委婉地转述了一下。大意就是说：一来，他觉得长生一个女孩子家的，大半夜独自出城，行为有失妥当；二来，长生主动跑到萧子律的马车上，二人叽叽咕咕的不知道干了些什么，半天才出来，亦有失妥当；三来，单说长生故意挖坑，大费周章地去为难萧子律的做法，他也不敢苟同。他认为做人应当光明坦荡，有什么矛盾不能直接当面打一架解决的，非要背后设计？总而言之，对她不太满意。但唯恐自己在别处也讨不到老婆，又不愿把话说死。

长生听完，虽说不大认同，但也明白了他的想法，于是靠在树上，甩着手里的狗尾巴草，又琢磨了一会儿，问宋安知："那你能不能再帮帮我？"

"如何帮法？"

"简单，告诉我你们家将军喜欢什么就行了。喜欢什么颜色，什么物件，什么玩乐，什么类型的姑娘等等，任何喜好都可以。"

"郡主要知道这些作甚？"宋安知不解。

"投其所好呀。"长生一本正经道，"你看，他急娶，我急嫁，我们本应利益一致，互相帮助。奈何中间有些误会，让他心存芥蒂。那我们想办法，化解矛盾不就行了？没事，我这个人性格很好的，我愿意先退一步，多几步也行。"说完，又将皇帝伯伯打算安排自己去和亲，以破坏百济社稷的事情说了一遭。

宋安知瞧着她，觉得经年之后，虽然她已经成了郡主，自己只不过是一个小小的百夫长，身份已是云泥之别。但是二人相处的时候，她仿佛还是那个与他一同在树荫下玩耍，让他用狗尾巴草和野花给自己编头饰戴的小女孩。想到她就要出嫁了，他颇为不舍，更不乐意帮忙。但是转念又一想，她嫁给知根知底的赵怀璧，怎么也比嫁去百济强，于是答应下来。

二人商议一番，开始了攻略赵怀璧大计。

根据宋安知那儿打探来的情况分析，长生觉得赵怀璧喜欢的应该是娇柔腼腆，惹人怜爱的姑娘。于是在家演练，对着镜子做娇羞状，感觉全身的胳膊腿都不会动了，比划了好几回才觉得有那么点意思，但是自己已经笑场笑得快背过气去。

一旁，被她强行拉来做军师的刘义符都快看不下去了，原本就忧郁的气质变得更加忧郁，连连蹙眉，问她："至不至于这么拼，连自己都不做了？"

长生精心补好被笑出来的眼泪晕花的胭脂，看着镜中自己狼狈的模样，无奈道："这也是没办法的事呀，先嫁出去再说吧。等生米煮成熟饭了，再慢慢做自己不急。"

刘义符不太认同她的逻辑，认为做人应该遵从本心，率性行事，否则自己过得也不快乐——比如他现在这样。

“但是要让我去和亲，我就更不快乐了。”长生如是比较。敛了袖，文静娴雅地坐好。保持了一会儿，觉得自己演得还是不像，撇着嘴，不大高兴。

刘义符守着面前的果盘，剥好了好几个橘子，将其中一个递给她，叹道：“你呀……不过我觉得赵将军未必是你想得那样。”

“哦？”虽然从宋安知那里打听到的内容总结出来就是如此，但长生还是很想知道他的高见，便认真询问他有何赐教。

刘义符分析道：“赵将军出身贫寒，有今日的功绩全靠个人奋斗，一定吃了很多苦。如今又要接济亲族父老，压力想必不小。我想，比起雨打海棠，弱柳扶风的姑娘，他更需要的应该是一个懂他志向，怜他辛劳，能够帮他分担家庭重担的女子。其实你原原本本做自己就很好，只是因着萧三郎一事，大概给人留下的印象过于顽劣了些，稍微收敛便是。”

长生一手拿着犀角梳，一手拿着橘子，仔细琢磨这番话，觉得颇有道理，感慨：“不愧是义符哥哥，懂得就是多。”

“哪里。”刘义符谦虚地笑笑，“不过是比你明白男人的心思罢了。”

说到男人的心思，刘义符剥完橘子，还是想找点事情做，便接过她手上的梳子，帮她梳头，一边梳一边问：“萧三郎后来有没有找你报复？”

偶像亲自给自己梳头，长生很是享受，橘子还是没顾上吃，盯着镜中映出的身影，痴痴看了半晌，才道：“没有，估计是在酝酿什么大阴谋吧。也许你更了解男人，但是我更了解萧子律。”

刘义符笑而不语。因为他站着，比较高，镜子照不到脸庞，这个欲说还休的笑容长生并没有看到。

临走前，他又再三提醒她谨慎行事，千万别再闹得不好收场。长生拍着胸脯保证这回绝不坑人，要坑也只坑自己。而后派人与宋安知暗中传信，打听赵怀璧近日行程，好做准备。

宋安知回信告诉她，赵怀璧领了印绶后，要与友泛舟淮水。长生得知，心生一计。

这一日天气微凉，雾锁寒江，赵怀璧正与友人在舟楫之上觥筹交错，高谈阔论，畅抒胸臆，忽闻大雾弥漫的江面上传来一阵悦耳悠扬的丝竹管弦之声。

众人望去，见一艘饰着纱帐的画船缓缓自雾气中行来。画船上载着众多歌舞伎，正在奏乐舞蹈。

宾客中有人好奇地猜测是哪户人家在郊游。赵怀璧也跟着探头去看，没有看清应当锦衣华服，坐于上位的主人，只看到船边摆渡的艄公和几个空空的钓竿，还有船头三五只傲然而立，羽翼乌黑光亮的鱼鹰。

“想来是哪位公子在渔猎。”有人推论。

在座的也都是武艺高强，身手矫健之人，对于渔猎之事颇有兴致，尤其是赵怀璧。陆续有人提议过去瞧瞧，这家公子技术如何。人群凑到一起就会互相比较，想要一争高下，热血男儿尤甚。赵怀璧自不例外，便招呼自家船夫将船划了过去，隔船相问：“是哪家的公子在此，何不出来喝上一杯，一起热闹热闹？”

画船上没有人搭话。

众人觉得有点没面子。

有人不屑道：“永嘉年间，我父亲在淮河渔猎，曾经钓出过一条十八斤重的鲤子。”边说边比划，“一个鲤子长到十八斤，你们说厉害不厉害？也不知现在还有没有人能钓出此等罕物。”

旁边有人哄笑：“十八斤的鲤子，钓回去敢吃吗，怕是吃河里的死人长大的吧。”

“别说，永嘉那会儿，还有人在河里钓出过玳瑁呢。真是江河逆流，海水倒灌，天下大乱。”

“听他吹吧，还玳瑁，怎么不钓出来个仙女。”

正说到仙女，众目睽睽之下，只见长生一身轻纱缓带，足下生莲，娉婷多姿地从船舷的另一边走了过来。

原来主人不是位公子，而是一个含睇宜笑，窈窕有致的姑娘，一时众人都感到错愕。刚才说到仙女的那位瞠目结舌，脱口而出：“还真钓着了……”

没想到再见面竟是以这样一种方式，赵怀璧略感惊讶：“郡主也喜好渔猎？”

长生站在船舷边，视线从钓竿上扫过，淡笑道：“并不。”

“那这是？”宋安知带头发问。

“这些都是专门为诸位将军准备的。”长生身边的婢女施施然抬手，指了指钓竿，说道：“郡主深感将军们劳苦功高，得知诸位今日在此，特地备下了歌舞表演和渔猎项目，请诸位将军赏玩。”

“竟是专为我等准备？那郡主的一番心意，定是恭敬不如从命了。”

早有人摩拳擦掌，按捺不住，闻言自是兴致勃勃要登船试上一试。宋安知一起这个头，其他人便也不拘束，纷纷谢过长生，大步跨了过来。

赵怀璧自觉与长生之间还因为之前的事存在嫌隙，本不太想来，奈何别人都过去了，也不好自己跟这儿闹别扭，只好跟过来。

长生与宋安知交换一下眼色，确认第一步计划成功。

众人或是垂钓，或是撒网之时正是聊天的好时机。长生凑到赵怀璧身边，探头盯着他臂上的鱼鹰。

“……郡主有事？”一个香气扑鼻的美女离自己这么近，赵怀璧非常不适应，轻咳一声，问道。

鱼鹰也转过头，用一双精明锐利的小眼睛滴溜溜地盯着她。

“没事，我就是随便看看。将军会驯鸟啊？好厉害。”她故意假装不知道眼前猛禽为何物，感叹道。

“……这是鱼鹰，臣小时候家里也养了一只。”

“原来如此，那还真是有缘，我也养过鸟。”

“郡主养什么？”

“八哥。”

“……”

长生哂笑：“虽然叫得不错，但是跟将军这品位比就差远了。”

被夸了，赵怀璧略为受用，吹了个哨子命鱼鹰去捕猎。鱼鹰张开翅膀，矫健的身姿腾空而去，周围歇息的几只也旋即跟着跃入水中。

长生望着乌羽翻飞，水花迸溅的场面，不由得感慨道：“常听人说，雌雄鱼鹰从营巢孵卵到哺育幼雏，都要共同进行。夫妻间和睦相处，相互体贴，历来如同雎鸠和鸳鸯，令人艳羡。”

赵怀璧也负手而立，极目眺望如画山水，想的却非这些儿女情长，只道：“臣还是那句话，要从长计议。”

长生莞尔：“我知道，将军心里装的是更大的天地。”

“哦？”赵怀璧一脸不相信，“那郡主说说，是怎样的天地？”

“是原野萋萋的衰草连天，黄河滚滚的波涛怒号，北方以北的冷雪风霜。将军心里装的，乃是祖豫州未竟的大业。去征讨几个西南小国，根本发挥不出将军的才干。”长生温声细语，侃侃而谈。

赵怀璧心头扑通一跳，嘴上却哈哈大笑两声，道：“桓温都没做成的事情，我哪敢奢望？”

长生粲然一笑：“桓丞相哪能跟将军比，他不过是借北伐讨个名声罢了，并非如将军一般，有着誓要收复失地的壮志雄心。”

这句话算是说到了赵怀璧心坎里，对她的印象也因此扭转了些。长生说想学驯鱼鹰的哨子，他一高兴，便乐意教了。

赵怀璧吹一声，长生跟着学一下，但是没吹出声。赵怀璧又强调了一遍舌头应该怎么摆，气息应该从哪儿出，并重新示范。

长生勤学苦练了半天，可算弄出点动静，赶忙兴奋地拉着他的袖子，道：“快，你仔细听听，这样对不对？”

赵怀璧凑近听了一声，比较满意，评价道：“不错，就是声音太小了。要气沉丹田，哨声嘹亮，像这样……”说着又吹了一遍。

结果这一遍过于嘹亮，正在水里捕鱼的鱼鹰听见，纷纷扑腾着翅膀飞了上来。

长生站在船头，猝不及防，尽管急急忙忙抬袖去挡，还是被甩了一身水，只勉强挡住了脸。就在她惊魂未定，连连拍着胸口念着：“哎呀妈呀，吓死我了。”的时候，训练有素的鱼鹰又整齐划一地，哗啦啦将满嘴的鱼都吐了出来。

活蹦乱跳的鱼儿不但把舢板上的积水又溅起来，个别身强体壮弹跳有力的还扑腾到她身上。长生真没见过这阵仗，一时干眨眼盯着鱼，呆立原地，不知所措。

赵怀璧抹了一把脸上的水，看到她呆若木鸡的表情，差点笑得岔了气。一边捧着肚子，一边弯腰去捡鱼，还对她吆喝道：“愣着干嘛，还不快帮忙？”

反正衣服都脏了，形象基本也没有了，长生今日也就干脆豁出去，露胳膊挽袖子蹲下身参与到捡鱼活动中。奈何鱼身滑腻，自己技术又欠佳，抓一下，滑走一下，再抓，再滑……长生瞪着“跑”得欢腾的大鲤鱼，嘴上气急败坏地喊着：“别跑了！”脚上又忙不迭地去追。虽然摔了两跤，但是觉得玩得很开心，也像赵怀璧一样开怀地笑了起来。

不远处的宋安知本想上前帮忙，见二人乐在其中，也就只好暗暗握拳，按捺了过去的冲动。

长生追着鱼，扑腾得腰部以下的裙裾都湿了，鬓发也散乱了，终于捉住一条，宝贝似的牢牢抱在怀里，兴奋地展示给赵怀璧看："快看快看，我抓住了！"

鲤鱼还在卯足劲儿挣扎。赵怀璧爽朗地一抱拳，由衷赞叹："郡主真厉害！"

围观已久的垂钓群众也爆发出一阵喝彩。

长生得意地倒着小碎步，将亲手擒获的战利品丢进鱼篓里，指着它对赵怀璧道："这条你一定要带回去，虽然没有十八斤，十斤八斤至少要得。"

"好！"赵怀璧说着，还特地走过来确认了一眼。

长生这才放心，一回头，撩起被汗水打湿的鬓发，朝宋安知眨眨眼，比划了个胜利的手势。

宋安知看她那狼狈的样子，真不知道是该哭还是该笑。

眼见船上还有好些鱼，长生又去抓了一尾。

计划进行得非常顺利，最后二人拎着各自的鱼友好道别，相约来日再叙。长生回到府上，高兴地请刘义符吃加餐的红烧鲤鱼，并且再三强调是自己亲手抓的。

刘义符听她描述的鱼凫江影，不由回想起少年时自己泛舟之景。想当年他又何曾不是心怀凌云抱负，说着不光复两都不敢白头。怎会料到今日只能寄人篱下，过着足不出户，谨小慎微的生活，每天在书卷中寻找几分虚幻的慰藉。母亲病重难愈，父亲更是连见面的机会都不给……片刻失神，未察觉长生在唤他。

长生见他目光中所露悲切愍怀，亦有所感，收敛笑意，夹了一块鱼，精心剔去鱼刺，放到他碗中，温声道："有机会我们再一起去，捕更多鱼回来。"

见她明澈的双眸闪亮着，充满认真的期待，虽然不知能不能等到那天，刘义符还是爱怜地抬手摸了摸她的头，道了声："好。"

与此同时，赵府也在吃鱼。赵怀璧与几个同袍围坐一桌，夹住沾满了喷香酱汁的鱼尾，边吃边笑。

宋安知疑道："将军笑什么？"

"啊，我笑了吗？"赵怀璧自己都没意识到，一脸的茫然。

旁边人附和道："笑了，笑得跟怀春少女似的。"

接着所有人都开始哄堂大笑。

赵怀璧在桌下飞起一脚，羞恼道："去你的，浑小子，拿老子开涮。"

结果大家不但笑得更欢了，还对将军竟然也会脸红一事纷纷表示惊讶。

赵怀璧还不信，强行指着自己的脸挨个问："红了吗，红了吗，哪里红？"直到大家告饶着说"没红没红"才罢休。

"吃你们的鱼吧。"赵怀璧哼了一声。

一个侍卫偷笑着，对宋安知附耳低语道："咱们将军这恐怕是有意中人了吧。"

宋安知陪着笑，心情复杂。

要说长生与他里应外合联合策划的这次渔猎之行，到底有多成功呢？其一表现在，小却郡主捕鱼的故事便在建康城传得沸沸扬扬。有人说安阳郡主那天宛若洛水之神，也有人说更像落汤小鸡。更有甚者大为震惊地感慨郡主的"神力"影响之大，泛个舟连河里的鱼都没放过。萧槿还为她给赵怀璧送了鱼，却没有送自己而颇为伤感。其二则表现在，间隔数日，赵怀璧竟然主动约她了。

虽然约的不是很坦诚，只递了一张信笺，含糊其辞地说，听闻江南地区上巳节要进行祓禊活动，自己一个北方糙汉，不懂规矩，在建康又没有什么熟悉的朋友，怕到时出糗，问她能不能与自己同去，指点一二。

长生欣然同意。

草长莺飞，杏花飘雨，万物更新，一片生机勃勃之象的三月三，正是祓禊的日子。人们要在这一天到河边洗涤沐浴，去除污垢与不祥。按照惯例，王公望族子弟还要在这一天临水观花，行曲水流觞之乐。同样，也是个年轻男女约会的好日子。

应赵怀璧之邀，长生会在这天与他一同出游。萧槿上元节就没约成，这次说什么都要一起去。而谢麟已经返回临川，陪她来的任务自然又落在了萧子律身上。

长生体质好，抗冻，这回只穿了一身单薄的藕色外衫和黄白间色罗裙。萧槿还同大部分姑娘一样，外面又套了件披风。赵怀璧与萧子律多日不见，凑到一起叙旧，两个姑娘又走在前面。

长生屡次想找机会同赵怀璧说话，发现明明是他约自己来的，这会儿却好像羞于与她同行似的，一目光交错就立刻闪躲，同萧子律倒是说个不停。

没办法，她只好待在萧槿身边，默默嫌弃萧子律的到来。

萧槿悄悄问她："听说你最近总跟这个赵将军来往。"

"算是吧。"长生随手折了只路边开得热闹的白色小野花，拿在手里把玩着，警惕地听着萧子律的青竹手杖落在石板上发出的哒哒声响，生怕他把自己苦心经营的进展打回原形。

萧槿皱着细细的绣眉，忐忑不安地问："你不会是对他？"

"没有。"长生没等她说完，就摊手道："还差着远呢。"

这么一说萧槿就放心了，然而刚放下，又听她道："赵将军人不错，我倒是挺想嫁给他的，可惜人家不愿意娶我。"

"是么，那可真是遗憾。"萧槿在袖中按按握了握拳，告诉自己一定要努力，再不抓紧时间，恐怕就来不及了。

一路草木葳蕤，繁花锦盛，接天遍地，四人不知不觉就着怡人春光中走了许久。长生感到有些乏累，提议在前面被花海簇拥的群芳亭中休息片刻，顺便找个机会，大家一起坐下说说话。

萧槿先进了亭子，招呼婢女过来，摆上备好的瓜果点心。

萧子律和赵怀璧紧随其后，也坐了进去，反倒是长生本人不见踪影。

萧槿刚才还同她说着话，转瞬就找不见人了，迷茫地四下张望，寻觅无果。当着赵怀璧的面又难以启齿，只好一个劲儿地扯萧子律的袖子，想教他去找找，别把人丢了。

萧子律没有反应，只管擦自己的手杖。倒是赵怀璧与她一道扫视一圈，也是一副想问又无从开口的表情。

少顷，长生再次出现在他们的视线中，鬓角插了一只山茶，怀中捧着一束花草，衣袂翩跹，步伐款款，浅笑盈盈，踏莎而行。

萧槿刹那失神，恍惚间觉得眼前来者与屈大夫笔下追寻山鬼的倩丽美人只差一只赤豹，一只文狸尔。她身旁的两名男子也毫无疑问被吸引住了。

长生在众人的注目下摆弄着手上的花草走入亭中，压根没注意他们眼神有异。

萧子律盯了她半晌，默默转头，若无其事地继续擦拭手杖。

而赵怀璧眸中热忱犹在，突然迎上长生朝自己看来的视线，一时躲闪不及，慌乱中随手拿起面前的一颗苹果，低头就啃，差点呛着，忍着咳嗽的冲动，十分难受。

长生觉得他的样子很有趣，莞尔一笑，从花束中抽了几朵出来，做成一束小型的，送给他，道："将军系在腰间，一定好看。"

赵怀璧嘴上抗议着："男子汉身上佩些花花草草，成何体统。"手却伸过去，老实收下了。

长生又把另外几朵大的分给了萧槿和两个婢女，大家一起插在头上玩儿。最后将剩下的两根狗尾巴草送给了萧子律，还美其名曰：“跟你这身绿衣裳挺般配。”

萧子律挑眉看了看放在自己面前的草叶，并没有拿，只回眸对婢女道：“想必都有些口渴，去打些水来吧。”

婢女领命，刚要离去，赵怀璧为摆脱方才的窘境，起身道：“放着我来吧。”说着不容拒绝地从她手上接过水囊走远了。

萧槿趁机从怀中掏出个帕子来，递给长生，道：“刚好你送了花，我便将此帕作为回礼吧。”

长生接过一看，帕子上绣着的图案，好像就是之前在她房间里见过的那只鸳鸯。于是用诧异的眼神看看她，问：“这个鸳鸯，竟然不是给麟哥哥的？”

“啊……”萧槿赧然，绞着袖口解释道：“其实，我为了练手，绣了挺多的。”

长生噗嗤一声笑了，不疑有他，大方地把帕子系在身上，道：“那就谢啦，给情郎送礼还不忘了我。”

萧槿确认她没有起疑，才摆摆手，哂笑道：“哪里的话。”

萧子律全程眯着眼睛，似笑非笑地看着二人的互动。萧槿心里有鬼，一直没敢朝他看，也闷头吃起了水果。

过会儿赵怀璧回来了，不但带回满满的水囊，还给长生带了一捧大红的山茶，红着脸递给她，也说是回礼，不要太在意。

长生谢过，交给自己的婢女收好，念叨着回去放到沐浴的香汤里。众人分水喝的时候，她发现那束小小的花束已经被赵怀璧系在腰带上，于是满意地笑了。

休整过后，众人继续往河边去，一路上长生觉得有些奇怪。以往只要一同萧子律碰面，这个宿敌定要说几句话找她的不痛快。今天分外安静，倒是让她不适应了。而相反，从前印象中话不多的赵怀璧，今日倒是心情愉悦，十分健谈。先是与萧子律谈物候，谈兵法，谈南方见闻，又来跟她探讨家常烹饪河鲜的各种做法。

到了河边，婢女将准备好的兰枝递上来，供他们蘸水淋在身上之用。

长生接过一根，刚蘸了两下，忽然听到不远处隐约传来一阵哭声。

“好像有个小娃娃在哭？”长生回头望去，念叨着：“我去看看。”

“别，还是臣去吧。”赵怀璧事先也做过功课，知道祓禊之事，最重要的就是这个往身上掸水的过程，中途打断可是大忌，为阻止她，提出自己代劳。

却又被长生拦住，有理有据道：“别，我命运本就多舛，也不差这一次霉头。你们都是国之栋梁，还需多多保重。”说着便走了过去。

赵怀璧握着兰枝，一时跟也不是，不跟也不是，纠结不已。直到看到萧子律跟去，才下定决心。

长生绕到树丛后一看，只见一个四五岁大的小童子，正一个人跌坐在地上，哭得鼻涕眼泪的，凄惨无比。

“小娃娃，你在哭什么呀？”她上前两步，在他身边蹲下来，语气温柔地问。

“哇……呜呜……我……哇……我找不到……阿娘……哇。”小童子一说起话来，哭得更加撕心裂肺。

原来是走丢了。长生四下环顾，确是未见有疑似小童子母亲的妇人，便提议让他别哭了，自己带他去找阿娘。

不料小童子还挺倔强，吐字清晰地大喊一声：“不要，阿娘不让我跟陌生人走，会被卖去做奴隶。”

“……别怕，你看姐姐长得像坏人么？”长生笑得无比亲切，诱哄道。

小童子揉揉被泪水糊住的眼睛，看了她一眼，认真点点头。

一旁的萧子律噗嗤一声乐了出来：“这孩子可真有眼力。”

长生白他一眼，又去哄那小童子，可是怎么也哄不好，小童子卯足全身力气哭闹着要阿娘。

赵怀璧提议要不自己抱着他去。

但是他都不肯跟长生走，见到这个高大威武的男子自然更加害怕，说什么也不愿意，一碰就哭得更厉害了。

长生带不走他，又担心丢在这儿不管，到时真被坏人欺负，只好留下来，陪着他一起等人来寻。

萧子律见状，俯下身来，故作神秘地在她耳边讲了个故事：“郡主有没有听说过淮河边旧时流传的，一个关于噩童的故事。据说啊，祓禊这一天，人们在河边洗涤不祥与噩运。可是这些邪祟不愿意离开人们，没有人心阴暗的滋养，它们就活不下去。于是执念不散的噩运就会聚集起来，变成噩童，专门出现在河边，等人出现。一旦缠上了谁，一整年都要倒大霉。”

长生打了个激灵，看看小童子，再看看他，嗔怪地用胳膊肘怼他：“别瞎说话。”

“臣可没有瞎说。”萧子律做无辜状，“只是好心提醒。郡主可不要好心当成驴肝肺。”

“我才不信。”长生冷哼一声，看小童子哭得实在可怜，脸都被鼻涕眼泪弄成大花猫了，便顺手将腰间的帕子掏了出来，给他擦拭。

小童子被帕子上的鸳鸯吸引了注意，抽泣着，奶声奶气地夸赞：“小鸟真好看。”

长生发现他盯着帕子就不哭了，大方地把帕子塞到他的手中，道：“喜欢的话就送给你了。”

他拿到帕子，当真没那么难过了，揪着帕子把玩起来。后跟过来的萧槿在一旁看得心绞痛。

小童子的家人久久未至，赵怀璧抬头看了看日头，觉得后续的行程怕是要耽搁了，有点担心。萧子律则闲闲坐在一旁的草地上等，全无急躁的样子。

等了会儿，还是没有人来，萧子律才开口对长生说：“郡主要不要沿河去寻一下，看看有没有渡船的船工是已婚的妇人。”

长生不解：“为何？”

萧子律道：“简单。这孩子一身河腥味儿，身上的衣服却都是干的，未曾被河水打湿。想必是在河边长大，衣物常年熏陶，早已带有独特的气味印记，更有可能是在船上。再说他走丢了这么长时间，按理说家里人早就该发现了。孩子这么小，又走不远，为何迟迟没有人寻来？怕是因为今日祓禊，太过忙碌，根本就没注意到。而即便父亲在外，有活计忙碌，看守家宅的母亲怎么会没有注意呢？许是家中根本没有父亲，全靠母亲在外奔波，独自支撑，分身乏术，所以如此。”

“真的假的？”长生听完他的一番推论，感到难以置信，觉得他定然是同刚才说噩童的故事一样，在胡说八道罢了。

又过了半个时辰，萧子律已经小憩了，大家也都坐了下来。长生拿了根树枝在地上写字，教男童识字玩。先写了一个萧子律的“萧”，又写了一个宿敌的“敌”，给他讲解意思时，终于有一粗布麻衣，头戴斗笠，神色焦急的女子朝他们的方向跑过来，一边跑一边用沙哑的嗓音大喊：“二狗子，二狗子，你在哪里？”

小童子一听，立刻站起来，撒着欢，摇摇晃晃地跑了过去，跟着喊：“阿娘，阿娘，狗子在这儿！”

长生担心孩子跌倒，也跟了过去，确认母子团聚，总算放下心来。

妇人得知是她一直在帮忙照看自家孩子，弓着身子连连道谢，感恩戴德道：

“多谢贵人……”

“不必多礼。”长生示意她只是举手之劳而已，没什么大不了的。

“都怪民妇太忙，从早上开始就惦记着趁今天祓禊多挣点钱，忘了给他留口吃的就出门撑船了。结果刚才想起来，回去一看，孩子不见了。民妇还以为是掉到了河里，或者是给人抓去了……这孩子他爹死的早，他要是也没了，我可怎么活哦……”妇人说着，又后怕地抹了一通眼泪。

长生听完来龙去脉，惊讶不已——竟然同萧子律猜测的一模一样。

这智商，长生有点服气了，回去后还主动对萧子律拱了拱手，诚恳道：“佩服，佩服。”

萧子律却没当回事：“原本就很简单，我只是想看看你到底什么时候能想出来。”说完还挑眉，做了个“不听老人言，吃亏在眼前”的表情。

长生干笑两声，觉得自己有时候还挺佩服他的聪明才智，但着实受不了他的嘚瑟。

萧子律休息好了，理理衣衫站起来，见她的袖口都被小童子的口水弄脏了，手上捡树枝的时候也蹭上了一些污垢，没等婢女走过来，便随手掏出自己的帕子递给她，嫌弃道：“快擦擦你那泥爪吧。”

长生也没跟他客气，顺手就接过来用了。

赵怀璧看在眼里，却觉得二人之间的亲密互动分外刺眼。更重要的是，萧子律掏出来的帕子上绣的图案，还同刚才长生送给小童子的那个帕子一模一样。

莫非是二人的定情信物？赵怀璧脑海里飘过这样一个念头。再想想那天长生雪夜快马，担心萧子律安危的样子，二人在马车里可能发生的卿卿我我……越想越别扭，越想越生气。一生气，干脆冷着张脸，好像别人刚才抢了他孩子似的。

几人再往与同伴们约好进行流觞曲水的曲水亭去的时候，长生看出了他的异样，凑过去，不解地问：“将军何事忧怀，刚才不是还挺高兴的，这会儿怎么不会笑了？”

“没什么。”赵怀璧看都没看她一眼，冷冷道。

长生更觉得不对劲了：“明明就有。”

“我说没什么就没什么，难道还有意骗你不成？”赵怀璧突然原地爆炸，恼怒地瞪了她，拂袖气道。

长生怔了怔，闹不清他为何朝自己发这无名之火。

赵怀璧也呆住了，没想到自己一时没控制住情绪，竟然会对一个姑娘家大喊大叫。不但以下犯上，还有失风范，觉得特别没面子，面色燥得通红，干脆丢下句："曲水赋诗这种文雅事，臣一介武夫做不来。郡主还是同萧中散去吧，臣还有事，先行告退。"说完一拱手，不顾众人挽留，执意走了。

不用他说，长生也知道，自己惹他不高兴了。可是想来想去也没想明白，到底是哪里触怒了他敏感的神经。游戏之时，还在琢磨这事，心不在焉，杯子停在自己面前都没注意。

还是萧子律用拐杖戳了戳她，提醒了，她才回过神，拿起杯子来，不走心地把酒喝了，又不过脑子地做两句歪诗。

萧子律忍不住发笑，靠近她问："情郎走了，就这么神思惝恍？"

"才不是。"长生白他一眼，申辩道。

"呵呵……"萧子律显然不信，"郡主那一副思春恨嫁的模样，骗得了谁？"

长生心里想的全是为什么赵怀璧会生气，自己会不会前功尽弃，要是这次再不成功嫁出去可怎么办等一系列重大命题，无心跟他贫嘴，往离他远的地方挪了点，不悦道："就你眼神好，鲜卑皇帝袍子上落了只苍蝇你都能看见。去去去，帮他轰走去，不愿意跟你说话。"

倒是萧子律沉思片刻，颇为正经地对她说："依臣看来，郡主不必担心，赵将军好像还真不信建康城里说的那一套。"

"此话怎讲？"长生听到这句，倒是来了兴趣。

"就是说他挺好的，头脑简单，四肢发达，为人实在，值得托付，你可得好好把握。"萧子律啜着酒，勾唇道。

言辞恳切，嗓音清润，印在了长生心上。彼时她难得地觉得，萧子律这个人，偶尔也是能说两句人话的。

然而万万想不到的是，没过几天，他便将一模一样的话又同另一个姑娘说了一遍。

第三章 以计获君心

那是皇帝第三次召他进宫，与他商议他和广德公主的婚事。广德公主长得漂亮又身世显贵，还没有命运诅咒，按说婚事并不应当令父母发愁才对。可是其人十分挑剔，先后给她物色了七八个男子，她都觉得不满意。实在没有办法，皇帝只好又找到自己最初心仪的对象萧子律，继续进行游说。

“爱卿论才学样貌，都是建康第一人，广德总没什么可挑剔的。”皇帝当个皇帝也是比月老还不易，每个人的婚事都得苦口婆心地劝。

萧子律却淡淡一笑，推却道：“陛下盛情，臣受宠若惊。非臣不愿，而是臣身有残疾，公主殿下何其完美，怎会看得上臣？”

“这个理由你都说了好几遍了。”皇帝很无奈，“朕不是也说了，只是腿上有点小疾而已，拄个拐杖便看不出来了，称不上残疾。建康城上下，哪个议论过你萧子律残疾？不都是夸赞你走起路来沉稳从容，优雅有风仪。”

“臣斗胆问一句，陛下急着安排公主的婚事，莫非有什么特殊考量？”萧子律稍加思索，试探性地问了一句。

皇帝一想到此事就头疼，长长叹了口气，道：“什么事都瞒不过爱卿。还不是胡婕妤天天在我枕边吹风，念叨着想把广德嫁到百济去。广德从小娇惯，性子又软弱，不似长生那么坚强，哪里受得了那个苦。”

萧子律在心里冷笑：广德受不了，某人就受得了么？您老亲疏远近还真是拎得清。嘴上却没说这些，只是更坚定地告诉皇帝，自己目前不想考虑婚事，更觉得配不上广德公主。

再说胡婕妤急着嫁女儿的事，不光皇帝头疼，广德公主本人也头疼，这会子正在寝宫中跟母亲哭闹呢。泪眼婆娑，梨花带雨，漂亮的新步摇和耳坠随着起伏的肩头晃出一道道炫目的金光银线。

胡婕妤一边皱着眉头拍她的背，一边苦口婆心地劝："蕙姬啊，你想想，你就这么一个娘，这么一个哥哥，你要为我们考虑考虑。你哥的德行学问，都比老二要好，为什么你父皇现在迟迟不肯册立储君？不就是因为考虑到老二年纪长，孙修华家中势力又大么？你我命运不济，没有那个出身，只能靠后天弥补。如今百济前来求娶，便是一个天赐良机。你主动请缨，你父皇定能封你个长公主，并且念着这个情面上，升升娘的品阶，再封赏封赏亲族，你哥不就有靠山了？"

广德公主刘蕙姬比长生年长一岁，看起来却要更小一些，有一张稚气未脱的娃娃脸。她穿了一件华美的金丝织锦外衫，极细的金丝交错其间光照在柔滑细腻的锦缎上，反射出绮丽辉光，仿若层层水波流动，煞是好看。葱段儿似的玉指，羊脂般的皓婉，白瓷般的肌肤，令她看起来特别像盛夏里绽放的昙花，珍贵娇弱，经不起一点点风吹雨打，须得人拢在手心，小心呵护。

如今她身子乱抖，真是让人看着心头直跳，生怕一不小心就抖落一地花瓣，把自己哭碎了。她倒是浑然不觉，哭得卖力，悲痛欲绝道："娘，我也是你亲生的，一样是身上掉下来的肉，你怎么就忍心牺牲我，换得你们的幸福。"

"哎呀，你这丫头，娘都说了多少遍了，这不叫牺牲。就算你当真去百济了，那百济王子敢亏待你？再说现在你父皇是忙于北伐，没有精力，将来北伐成功了，还不是要把百济也收回来的。再再不济，你忍个两年，等你哥登基了，也自然会接你回来。你是我亲女儿，我总不会害你。"胡婕妤为自己辩解道。

"不是害我，莫非还是对我好不成？我听人说百济冬日严寒湿冷，盛夏酷暑难耐，连驱蚊的香帐都没有，一年四季还只吃腌菜。我从小身子骨就弱，去了可怎么活……"广德公主说着说着，捂着嘴，哽咽得几乎说不出话来，两行热泪如山洪暴发。

到底是亲骨肉，见她哭成这样，胡婕妤也不忍心再说，只好先安抚着，从长计议。于是伸臂将她搂在怀里，一边给她顺气，一边道："唉，不是娘逼你。你说人家安阳嫁不出去，也就罢了，情况大家都懂的。你也拖着，知道的是你挑三拣四，不知道的还以为你也和安阳一样呢。"

广德公主嘟着嘴，非常委屈，娇声道：“也不是女儿挑，实在是他们一个个的都不行嘛。不是眼睛太小，就是个子太矮，还有说话声音像驴叫的。女儿可是要跟人家过一辈子的，不挑个顺眼的可怎么行？”

胡婕妤无可奈何：“那建康城这么大，你可看哪个顺眼了？”

广德嘴嘟得更高了，能挂二两腊肉，道：“唔……我觉得只有萧家三公子不错，可惜他还是个瘸子。”

“呸，别这么说人家。”胡婕妤佯装生气，稍微用力在她背上拍了一下，责怪道：“没有教养。”

“本来就是嘛。”广德小声嘀咕。

胡婕妤又好奇：“那他若不是瘸子呢？”

“不是的话，女儿肯定乐意呀，早屁颠屁颠嫁了。”广德头枕在胡婕妤腿上，遗憾道：“实在太可惜了。”

胡婕妤便将皇帝一直想给二人说亲的事儿告诉了她，顺便也说了萧子律前两次都没同意，强调这人也是不识相，皇帝都亲自拉下脸面来说第三次了，看样子他好像还是不愿意。

虽说广德确实嫌弃萧子律腿上有残疾吧，一听说是他先开口拒绝的，倒不乐意了。听说萧子律这会儿正在宫里，便找了个借口从胡婕妤那儿告退，跑到宫门口去守株待兔。一见到他，便气冲冲地上前质问他为何不愿意娶自己。

萧子律高挑修长，比身量娇小的广德足足高出两头半，往日看个子比广德高不少的长生都是俯瞰的，在她面前却不摆架子，姿态优雅，谦恭地行了个礼，从容不迫道：“臣自知配不上公主，不想劳公主烦心。错都在臣，所有非议，臣一个人来扛就好。”

广德见他态度诚恳，也就信了，心里得意地想这还差不多，嘴上却得理不饶人，又教训了他一顿。

萧子律老老实实地听着，点头称是，并不还口。

广德说够了，方大度地一摆手，比划道：“行了，你走吧。”

“臣告退。”萧子律行了个礼，刚要走，广德突然想起什么，又叫住了他，问：“都说你是建康第一聪明人，那本宫问问你，本宫……咳，找谁成亲比较合适啊？”

萧子律看她故意把腰板挺得笔直，昂着头，努力做出一副居高临下的姿态，淡淡道："赵怀璧将军腿脚很好，为人实在，仗义热忱，值得托付。"

而被他两次评价"是个值得托付的好人"的香饽饽赵怀璧，自从三月三回来以后，就一直拉着张脸，仿佛别人欠他的钱，打从那天起就一直没还，也不再提长生。只是经常问宋安知，有没有人来府上找他，或者给他传什么口信。

宋安知说了没有。过一个时辰，他练完武，又要来问一遍。三番五次之后，宋安知终于受不了了，试探着问他："将军是不是在等王府的信儿啊？"

赵怀璧一听王府两个字，脸立刻拉得更长，不悦道："本帅跟王府有何关系，让你说得好像我欲与王府结党似的。本帅是那样的人吗？"说完好像更气了，干脆一拂袖，准备离去。

宋安知笑道："可是……属下都没有说是哪个王府啊，将军何必这么激动呢。"

"……哪个王府也不行！"这人怎么回了建康以后就特别不会说话啊，赵怀璧简直气得想跺脚。回去关起门来不让人看见，跺了一顿后，又出来，一边在院中打水磨刀，一边盯着大门看。

宋安知也不拿他打趣了，关键时刻，充分发挥自己内奸的作用，主动帮他挑了桶水，问道："将军可是上巳与郡主同游时，出了什么岔子？"

赵怀璧抄过水桶，一股脑倒下去，哼了声："本帅怎会同姑娘家一般见识。"

宋安知一听这话，便知准没错了，又在一旁打下手，旁敲侧击地问到底是怎么回事。因为长生回来以后，也只说似乎是惹得赵怀璧不高兴了，至于原因，自己也是一头雾水。

赵怀璧沉吟片刻，不好意思把因为吃了萧子律的醋这种事开诚布公地讲出来，思前想后，还是摆摆手，一屁股坐下来，叹道："罢了罢了，谁让咱们是后来的呢。"而后又很气，"只是我想不通，为什么她没事儿要来招惹我？"说着，认真盯着宋安知看，似乎想从他那儿寻求一个答案。

宋安知赶忙猛摇头，假装自己什么也不知道。入夜后，又悄悄跑到王府，将他的话原封不动地转述给了长生。

长生把刘义符叫来，二人一商议，这才弄明白，赵怀璧是小心眼儿闹脾气了。

长生万分无语，觉得他吃萧子律的醋简直吃得莫名其妙，自己就是跟谁有前科，也不能跟他萧子律啊。说她跟萧子律有一腿，还不如说她跟义符哥哥有一腿令人信服。

刘义符却提醒她，不管怎么说，她跟萧子律确实走得近，若是不明真相的人看见了，怀疑二人感情好也是顺理成章，说完还特地问她一遍：“所以你们感情真的不好么？”

长生想也没想便确定道：“那是当然了，断腿之仇不共戴天。”

刘义符心中不以为然，但见长生如此坚信，自知也非寥寥数语能解释清楚，便只说了句玄之又玄的：“醉翁之意，未必在酒。”

长生没明白，痛定思痛地想，以后还是离萧子律远点好了。这家伙在破坏她婚姻大事的道路上不遗余力，就算不说话，喘口气都得掀起一阵风暴。至于赵怀璧那边，恐怕还得花心思从头再来。

再说广德，回去以后，当真特地找人打听了一下赵怀璧将军是何许人也，并起了个大早，偷偷趁他上朝时躲在一只石狮子身后瞧了一眼。

那天春光明媚，鸟语花香，一只偶然经过的蝴蝶落在等待觐见的赵怀璧的肩头，他没有留意。蝴蝶停驻许久，抖抖翅膀，赵怀璧才发现，一回眸，高兴地笑了，露出一口好看的白牙。而后伸手拎着蝴蝶的翅膀将其摘了下来，确认没有受伤后才放走。

广德全程看在眼里，偏着头琢磨一会儿，对这位将军的印象好像还不错。但也只是还不错而已，并没有到可以谈婚论嫁的那一步。

她思忖一番，觉得想要全面了解赵怀璧，在宫里守着人家上朝下朝的空当，时间实在太少了，而且上赶着似的，万一被发现了，也显得自己很没面子。最好还是找个机会，去宫外转转，“顺便”瞧上一瞧。

于是回到寝宫，找了两个小宫女，张罗起出宫事宜。两个宫女得知她要出宫，吓了一跳，嘟囔着胡婕妤有令，不让她出去乱跑，怕她在宫外遇到危险。

广德却不当回事：“有什么危险的，安阳不是也每天在外面玩得快活么，本宫在宫里都闷死了，出去一趟怎么了？”说着便推搡她们抓紧准备，只道是：“哎呀，你们听话就是了，出了什么事，本宫担着。”

不知道从哪儿听的，说是最近外面流行着男装，她也心血来潮，让宫女们去三皇子那儿讨了件素净的月白大袖衫穿，美其名曰掩饰身份，以免打草惊蛇。

而后择个吉日，只带了两个同样乔装成男子的婢女，兴致高昂地出了宫。宽袍大袖的男式外衫，显得她身材愈发玲珑，看上去好像刚刚十二三岁，眉眼初成，白净细腻，雌雄莫辩的美貌少年。

在深深宫墙里憋了许久的广德刚一出宫，有点兴奋，一时把去看赵怀璧带兵操练的原计划抛在了脑后，决定先去街市玩一圈。

建康城的市集，历经百年王朝动荡，风雨飘摇，依然热闹，一片喧哗景象。商铺里的金银玉石琳琅满目，胭脂水粉异香扑鼻，她且行且观，只觉一切都新鲜不已。

而就在她挨个铺子逛去之际，长生已经抢先一步，在校场等候了。

虽然她一直没让人通传，只在旁边默默观看操练，但是其实赵怀璧早早就发现了她，假装不知道而已。

他告诉自己尽管照常操练，不要把她当回事，视线却不听话地时常往她身上瞄，对她来的目的做了一万种猜测。由于心不在焉，本应挨排士卒检查过去，他却将同一排检查了三遍，表情还特别严肃。吓得整排人都以为自己犯了什么错，大气不敢出。

直到他走来第四遍，队首的那名男子终于忍不住，开口询问：“将军，您都看了四遍了，属下们这阵法，究竟是哪里有问题？”

赵怀璧愣了一下，这才反应过来是怎么回事，意识到只要她在，自己就无法集中注意力，只得懊恼地叫宋安知去问问她来作甚。

宋安知小步快跑到长生身边，又小步快跑回去告诉他：“安阳郡主说是来慰问的，给将军带了礼物，还有话要对您说。”

有话要说？赵怀璧有点好奇，但又不想表现得很在意，淡漠地应了声：“知道了。”又拖着，让长生晒了好一会儿太阳才过去。

他故意不与她对视，做出一副百忙之中只能抽出两句话时间给她，不能更多了的架势，拍着铠甲上的扬尘，问道：“郡主想说什么，快说吧，礼就不必送了。”

长生从袖中抽出一方新绣的帕子，托在手上，递给他，道：“原不是什么贵重之物。只是上次渔猎，将军说起小时候养的鱼鹰，模样甚是怀念。长生回去后久久不能忘怀，便绣了一对在帕上，还望将军笑纳。”

原来当时自己言语间的细枝末节都没有被她错过，是否说明，她心里有他呢？赵怀璧心头一跳，有点激动，但还是板着脸，“哦”了一声，没有接。

长生又从腰间解下一个荷包，也递了去，道：“这个荷包里装的，则是将军上巳时送我的山茶。回去后，长生亲手制成了干花，放在荷包里，味道还不错。

统共就做了两个，将军一个，长生一个，可好？”

赵怀璧的心脏又扑通扑通跳了几跳，节奏比刚才更快了。低头看着她左右手托着的两样物事，都能看出用了心，但都不能解答他的困惑，令他十分纠结。

长生看出来他有所动摇，趁热打铁，叹了口气，道：“先前阿槿绣了好几个一模一样的帕子，关系亲近的人都送了，萧三郎和我都有。但是长生比较笨拙，也没有那么多时间和精力，只能绣一张，送给一个人，世间再无第二份同样的心思了。”

“仅此一张、一人、一份心思”这些话语，语气虽轻缓，却犹如重锤，重重地打在赵怀璧心里。顷刻间，所有顾虑都烟消云散了，取而代之的是被这重锤挤压出来的幸福之感，迅速将他整个胸腔填满。

那一瞬间，他看着她说话的时候小心翼翼地窥探他神情的样子，觉得从未见过如此可爱的人儿，一种将她紧紧抱在怀里的冲动油然而生。不过他握了握拳，还是克制住了，换了一种表达热情的方式——将操练事务一股脑丢给宋安知，带她去吃好吃的。

他将她手上的东西都接过来揣好，红着脸道：“那个，既然郡主都亲自跑这一趟了，要不，臣请郡主吃荠菜馄饨去吧。”

“好啊。”目标达成，长生很高兴。

“郡主稍等，臣去换身衣裳就来。”赵怀璧说着，大步往回走，将身上铠甲卸了下来。由于激动，解佩刀时，还不小心掉到地上，砸了自己的脚趾。为了不在长生面前丢脸，强忍着没叫出声。

长生在一旁看着，忍俊不禁地掩嘴偷乐，觉得虽然他快三十了，长得也高大威猛的，心性却像小孩子似的，也很可爱，并为自己的计划成功沾沾自喜。

另一边，繁华的街市上，小贩背着背篓，沿街叫卖：“枇杷，新鲜的枇杷。”

刚好感到口渴的广德对于已被长生抢占先机浑然不知，听见叫卖声，抬脚眺望，只见那枇杷上还沾着露水，看上去新鲜可口，煞是诱惑，打算买几个来吃。于是叫住小贩，悠然自得地挑起枇杷来。

此时此刻，在家害相思病害了两个月的杨五郎也正好出来透气。

却说不久前，他第三次写信向谢家子抒发情愫，说了就算做不了恋人也想做朋友，惟愿时常相见一类的话，结果收到一封谢二郎父亲康乐侯的亲笔回信。

原来谢二先写了一封，而后自觉写得不好，又找老爹代笔。康乐侯谢灵运何许人也，自是辞藻清隽，文采斐然。挥笔作诗，酣畅淋漓写就一首五言。格式精简，意思也很明了：我儿子不想跟你做朋友，我们全家都不想跟你做朋友。

据说还朗朗上口，迅速在临川传开，变成了孩童口中吟唱的歌谣。这下可好，杨五郎追谢家子未果，还被整个谢氏拉黑了的事儿在两地家喻户晓。

杨五郎得知，怄得差点没吐血，在家又闷了好几天，差点投绳自缢。家中长辈看不下去，非逼他出来走走，换换心情，赶紧“改邪归正”，娶个合适的姑娘。

而今，他正巧来到市集，正巧看到女扮男装的广德那粉雕玉琢的侧脸。好看不是问题，要命的是，一袭白衣胜雪，身姿单薄，越看越像谢麟。杨五郎只觉那人生涩地跟小贩砍价这等俗事，也能让自己看痴了去，一时恍惚，竟跌跌撞撞地扑将过去，捉住广德的手便深情呼唤：“谢郎。”

广德吓了一跳，忙叫他放开，一旁的仆役也上前拉扯。谁料杨五郎已被心中痴念折磨得几近疯魔，旁人说什么都听不进去，认定眼前人就是朝思暮想的情郎，不肯放开。甚至激动之下跌坐在地，抱着广德的腿号啕大哭，控诉“他”没有良心。

轰动之举引来众多围观者，很快便将街道堵塞得水泄不通。

广德气急败坏地想去踹他，但是这么多人看着，好面子的她又不好意思，连自己的公主身份也羞于启齿，只好拼命上手掰扯。

然她终归是女子，身边带的也是婢女，力气怎有魔怔的杨五郎大，根本撕扯不过。眼看裤子都快被他拉下去了，广德也好想坐在地上跟他对着哭。

就在这时，突然听到一声“何人在此聚众闹事，王府车舆通行，还不速速让开”的厉喝。广德忙将求助的目光投向声音传来的方向，看清是长沙王府的马车，欣喜万分。

因着自己被杨五郎抓着，脱不开身，便命身边的婢女去看看马车上是何人，带个话叫对方过来帮忙。还不忘小声叮嘱，千万别暴露自己的身份，丢不起这个人。

婢女领命，匆匆前去，询问后得知车里是安阳郡主和郡主的客人。考虑到公主的面子问题，悄声对车夫说，想叫安阳郡主出来说话。

车内的长生听说来人乃是广德公主身边的侍婢，好奇地挑帘探出身来，问究竟发生了何事。

婢女凑上前，低语道："启禀郡主，奴婢与殿下乔装出游，遇着个怪异公子，拖着殿下不放，非叫她谢二郎，还要她还情债什么的。"

长生听罢，只觉此事实在离奇，缩回马车里，忍笑忍到面部表情扭曲的地步，对车里的客人道："前面是一个朋友，遇到点误会，我去帮帮忙，烦请将军在此稍候。"

这位客人嘛，当然是要带她去吃馄饨的赵怀璧——广德公主倒霉的"始作俑者"。

听说长生要过去，赵怀璧也跟着探头看了一眼，皱着眉头道："那拖拽郡主朋友的男子似乎精神不太正常，要不郡主在这儿等着，臣代劳吧。"说着便不顾长生阻拦，自己下车去了。

杨五郎还在那儿不依不饶，广德心中一片悲凉。正在悲凉之际，忽见一英武男子拨开人群，来到她的面前，线条硬朗的俊脸上，一双冷眼睨着杨五郎，揪住他的衣襟，拎小鸡似的就给拎起来了，厉声教育道："人家都说了你认错人，不愿意跟你走了，你还在此纠缠。堂堂七尺男儿，光天化日之下拉拉扯扯，哭哭啼啼，磨磨唧唧，比妇人家还不如。我大宋男儿的脸都让你丢光了，还不快回家照照镜子，考虑重投一胎！"

言罢，朝人群外走两步，一松手，"咣当"一声把他丢在了地上。

杨五郎早上服散服多了，又没怎么好好吃东西，一直精神恍惚着，这会儿揉着摔疼的屁股，抬头看着居高临下的赵怀璧，只觉遇到了面目狰狞的无常鬼使，吓得脸色青白，却还颤抖地指着他，嘴硬道："你……你就算抓我进地府，以油烹、以火烧、以百蚁噬心、万刃凌迟，也无法令杨某人对谢二郎的倾慕之情消磨半分！"

好一份感天动地的真爱，围观群众一片哗然。长安在马车上看着，也不忍直视地抽动嘴角，揉了揉太阳穴。

终于，收到消息的杨府派仆役赶来，将死命挣扎的杨五郎架走了。

被解救的广德视线自始至终仰望着赵怀璧，一时竟看呆了。只觉天神下凡，他披着一身金光，就是专门来解救自己的。一颗雨后春笋般迅速萌发并茁壮成长的春心越跳越快，激烈的声响震得她自己耳朵发麻。

于是她在这一刻，认定了赵怀璧就是自己要嫁的夫君，今生的命定之人。自己在红尘中辗转，一定就是为了遇着他，与他共度情关。处于浪漫幻想中的少女顾不上，也压根没有心思去考虑，到底为何她的真命天子会在长沙王府的马车上。

而对眼前“男子”的心意毫不知情的赵怀璧完成任务，便朝他随意一拱手，大步离去，回到马车上，带长生去吃馄饨了。

临走前长生还特地叮嘱婢女转告广德，别在外面乱跑了，赶紧回宫去，万一再遇见杨六郎杨七郎之流可没人救她。

婢女觉得这种话自家那位只凭自己性子行事的主子是不会听的，但还是尽职尽责，原原本本地转述了。

没想到广德竟然握着她的手，激动道：“对，咱们回去。”

眼看她好像突然变了一个人，婢女很是费解：“校场不去了？”

广德痴痴回味着刚才赵怀璧的英勇身姿，陶醉其中，道：“不用去了。”

那您这一趟到底是来干嘛的啊……婢女皱着眉头，不是很懂。

这边厢，对回宫路上的广德内心之波澜动荡亦浑然不知的长生，正与赵怀璧一同等馄饨。

他熟识的这间小馆子不大，只容得下三张小方桌，来的大多是熟客。赵怀璧告诉长生，店家从他的家乡来，做的是他家乡的味道，因此他才特别流连。

二人坐好，刚聊两句，店家便端上来一大碗热气腾腾的馄饨。白净饱满的胖馄饨，青翠鲜嫩的葱花，几片挺括的菜叶，几只晒干的虾米，汤面上泛着星星点点的油花，看起来很诱人。

但是只上了一碗。店家说，另一份还要现包。

长生大度地让给赵怀璧，赵怀璧又让给她。俩人让来让去，赵怀璧突然笑了：“好男不跟女斗，臣就不跟郡主争了。”说着主动拿起勺子，舀起一个馄饨，送到唇边小心吹凉。刚想自己吃，转念灵机一动，又递到了长生面前。

长生对这个举动稍显错愕，略为害羞地抿唇一笑，才撩了一下鬓角，凑上前去，就着他的手，张嘴把馄饨吃了。

她其实并不喜欢吃馄饨这种清汤寡水的食物，更不喜欢荠菜的味道，但还是在他带着几分紧张和期待的目光中细嚼慢咽，仔细品味一番，夸赞道：“好吃。”

“好吃就好。”赵怀璧松了口气，满意地笑了。

老板好像故意似的，这时才把另一碗端上来。为有来有往，长生也舀起一个喂给他。二人你喂我一个，我喂你一个，一碗馄饨吃了小半个时辰，直到汤全部冷掉才算完。

赵怀璧吃得满足感爆棚，小小的馄饨铺，小小的建康城，小小的天地间，仿佛都要装不下他了。

长生身上也热乎乎的，面色潮红，额上渗出点点香汗。赵怀璧掏出她送给自己的帕子，帮她擦了擦，又小心地叠回去。

吃完馄饨，二人都觉得很饱。赵怀璧提议干脆不坐马车了，散步回去。

长生觉得可行，便叫车夫先行驾车离去，只留了一个婢女远远地跟着，与赵怀璧一块慢慢往回走。

暮色下的建康城古朴而恢弘，白墙黑瓦的房屋座座，宽阔的河道在屋宇间穿行，乌篷船在河面划过，花草古木错落，炊烟袅袅升起，夕阳将这一切勾勒上精致的金边。置身其间，宛如走入一副画卷。

赵怀璧走着走着，又从路边的梨树上折了一根尚未凋谢的花枝递给她。

长生接过来，忍不住笑，问他："怎么又是花？"

赵怀璧挠挠头，想了想，老实道："不知道，见着郡主，就想送花，想把全天下的花都送给你。"

"再带我吃遍全天下的馄饨。"长生点点头，了然道。

"对，哈哈哈……"赵怀璧低头看她，繁花映在他的眸子里，笑得满目春光烂漫。

长生却没看到，手里拿着花，低头把玩，致力于把它修理成一枚发簪的模样，好戴到头上。因为过于专注，没有看清脚下的路，不小心踩着自己的垂髾，绊了一下，身子向前猛地一倾，险些跌倒。

幸亏赵怀璧眼疾手快，伸臂去拉，稳稳地将她扶住，并用力向上提起。长生也在摔倒时下意识地向后仰，应着赵怀璧的动作，撞到了他怀里。

"啊，都怪我不小心。"长生刚连声说着，要从他怀里出来，就感觉到他的胳膊一勒，更加用力地将自己抱紧了。

二人的身体紧紧贴在一起，能够清晰地感受到他炽热的体温，结实的肌肉线条，和胸膛铿锵有力的起伏。向来自命落落大方的她也不免害羞起来，局促地站好，不敢动弹。

一阵微风吹来，卷起散落一地的花瓣，仿若蝴蝶在二人身边轻盈起舞。周围没有人。就算有，也不会被此时此刻的赵怀璧看在眼里。

连河中的流水声仿佛也消失了，世界专门为他静默。时间停驻，空间凝固，都在等他说一句话。赵怀璧用右手，从长生手中把那枝梨花拿过来，再用左手挽着她乌黑柔顺，熠熠生光的长发，挽成一个妇人发髻的样子，并将花枝作为固定用的发簪插了进去。宽厚并带有薄茧的大掌生怕碰坏它似的，轻轻抚摸着这个临时发髻，发出沙沙的声响。

他的嗓音也沙沙的，带着丝丝颤抖，在她耳边问："不知郡主……以后愿不愿意为了臣挽发？"

长生心尖一颤，突然觉得感动得想哭。

过了这么久，花费了这么多心思，她终于等到了这句能够打破命运的诅咒，为自己的前程带来一片光明的话语，一时激动得不知如何是好，急忙抬眸，以赤诚的目光与他对视，热切回答道："愿意，非常愿意。"

赵怀璧的所有不安也都因这个眼神有了着落，看着怀里的人儿，想低头去吻她此刻说出自己最想听的这两个字的娇嫩红唇的冲动无比强烈。但想了又想，还是觉得不妥，控制住了。

他的脸色在她的注视下急促变红，手一滑，扶着她的肩膀，"嗖"地一声将她转了个面，背向自己，咳了两声，语无伦次道："那个……本帅……我……下官……臣……哎呀，反正，时候不早了，郡主该回去了，改日臣再去府上登门拜访。"

长生懵懵的被他转过去，懵懵的被他推开，懵懵的走了两步，眨眨眼，又偏着头，回眸找他确认："将军刚才说得话是认真的吧？"

"当然是了！"赵怀璧闻言瞪大眼睛，被她吓了一跳，语气有些急，"莫非郡主不是？"

"是是是……我也是认真的。将军快点来哦，等你。"长生调皮地一眨眼，生怕自己留下，再说错什么话，又惹得他反悔，抓紧时间告辞了。

堂堂一个郡主，语气怎么好像花娘，赵怀璧无奈地皱着眉头，更觉全身燥热。热得在外头转悠了好几圈，待到脸上的红潮消退得差不多了才回府。

回到府上，宋安知告诉他，皇帝刚刚派人来过，让他明日进宫一趟，说是有要事商议。

赵怀璧以为边境有异变，警觉地问："说没说是哪里出了事？"

宋安知稍加回忆，道："没说。但看他的表情，似乎不是什么坏事，倒像有好消息。"

听说是好事，赵怀璧就放心了，美滋滋地觉得，说不定还能双喜临门。于是第二天一早，高兴地换上朝服进了宫。

上殿后，发现皇帝果然神色如常，不像有噩耗烦忧，只是有那么点说不清道不明的伤感，特地招招手叫他："爱卿啊，过来些说话。"

"是，陛下。"赵怀璧应着，走到了皇帝近旁，低着头，视线落在皇帝椅子后面，与整个宫殿的富丽堂皇格格不入的两件农具上。

皇帝没有说正事，而是顾左右而言他，问起了他的家庭。

"臣出身贫贱，家徒四壁，小时候连衣服都是捡哥哥穿剩下的。不瞒陛下，如今家中父老都靠臣接济。臣连年在外征战，也顾不上照看，打算过两年北伐归来后，再将他们接到建康生活。"赵怀璧说这话的时候，心里已经盘算好了。既然要娶郡主，就不带她到外面去过苦日子了，而是要把自己家搬过来，在建康安家落户。

皇帝满意地评价道："是个孝顺的孩子……"而后低头把玩着手上的扳指问他，"喜欢建康？"

算是吧，主要是喜欢安阳郡主，赵怀璧这么想着，点点头。

皇帝的心思百转千回。

赵怀璧是个非常优秀的年轻人，他心里明白。但是自己就出身微寒，过过苦日子，豁出命去拼搏，好不容易才有了今日的生活，他又怎么忍心让自己心爱的小女儿再去受苦呢？

当初看中萧子律，便是因为萧家即便被削了权，依旧是根基深厚的世族，有家底和名望在那儿摆着。再说以萧子律的能力来看，将来不靠门庭靠自己，也一样能有不凡成就。

他对萧子律的期待有多高？高到都觉得自己身后要告诉儿子严加提防的地步。

可是赵怀璧呢？武艺高强，战功卓著。然武将不比文臣，功勋都是拿命换的。日日刀头舔血，说不准哪天就回不来了。要真到了那会儿，广德怎么办？

这就是他当初没有考虑赵怀璧的原因。

千算万算，却没算到，广德竟然自己看中了他。昨个儿也不知道是中了什么邪，回来就嚷嚷着非赵怀璧不嫁，求父皇下旨定亲。

皇帝怀疑赵怀璧本人在背后做手脚，试探了他一下，结果赵怀璧压根就不认识广德公主这个人。皇帝也是不懂了。思前想后，到底还是尊重女儿自己的想法，对赵怀璧说，想把广德公主许配给他。

赵怀璧一听，傻了眼，半晌没接话。

皇帝以为他是兴奋过头，笑道："小伙子，这可是莫大的恩宠。广德是朕最疼爱的女儿，你做了她的驸马，朕将来定不会亏待你。"不但不会亏待，为了让广德过好，还得大加赏赐呢，他心里嘀咕着。

谁知赵怀璧面色凝重，沉默了一会儿，竟双膝跪地，回禀了句："陛下厚爱，臣感激不尽。但是臣不能娶公主，还望陛下恕罪。"

"为何？"皇帝登时面露愠色，自己都不介怀了，他倒还不乐意。

"这……"赵怀璧想来想去，决定实话实说，道："臣已心有所属，小却便准备上门提亲了。所以不能耽误公主殿下。"

谁家的女儿比公主还有面子，皇帝更不乐意了，冷声问："哦？不知是爱卿看中的，是哪家的闺女啊？"

赵怀璧顶着巨大压力，硬着头皮答："安阳郡主。"

"……"皇帝准备了一箩筐话，都被噎了回去，脸色更加不好看，那架势，好像随时准备提刀冲上前去砍点什么东西似的。

整件事情从复杂，变得更复杂。从情分上来说，他可以从别人家抢女婿，但不好跟自己弟弟抢。毕竟征战在外那些年，一直是这个弟弟代为尽孝，并帮他照顾妻儿。一将功成，不知道欠了人家多少人情。所以长生不能明着得罪。从政策上来说，北伐是目前的头号要务，也是他最大的心病，而赵怀璧是其中必不可少的一环，所以也不能怠慢。从心理倾向上来说，当然也不愿意委屈自己女儿。

皇帝一时半刻也无法从中理清个头绪，只好告诉赵怀璧先不要急着去长沙王府提亲，一切还需从长计议。

赵怀璧强忍娶媳妇的冲动，勉为其难同意了。告退前，皇帝又叫住他，叮嘱他千万别说这话是自己说的。

天下尚无关在门里跑出不去的流言，更何况皇宫里的门每一道都是八卦爱好者的重点关注对象。皇帝还没亲自去跟广德说结果，广德便从别人口中得知——赵怀璧在老家已经有了结发妻子，并不想娶她。

皇帝和胡婕妤来的时候，小公主正躲在被窝里哭，说什么也不肯见人。

胡婕妤强行扭了她的肩膀半天，才看见一双肿成蜜桃的眼，一时心疼，也跟着哭："你说你这孩子，现在该看开了吧，还不如到百济去……"

"我不去百济，我就喜欢赵怀璧！"广德悲恸不已，一说话，眼泪就将苦涩灌了满喉。

胡婕妤还想劝，一旁的皇帝被两个女人哭得心烦，不悦道："都别哭了！你也是，就不能少说两句？自己亲生的女儿，一天到晚想着往外送。"

"陛下，臣妾也是……"胡婕妤又要声辩，被皇帝不耐烦地挥手打断，只得把话咽回去。

广德哭得差不多了，捏着湿透的帕子，回头问皇帝，赵怀璧在老家的发妻是什么样的人，委屈道："我虽并非自小就是公主，但怎么说也是读圣贤书长大的，怎么不比那乡野村妇强，他为何看不上我？父皇您再去跟他说说，若他只是顾念情分，我也不会亏待了那妇人，定会多给些银两，帮她再找个夫君的。"

什么发妻，乡野村妇，哪儿跟哪儿啊，皇帝无奈地叹了口气："赵将军没有发妻，他只是有心上人了。这心上人你还认识。"

广德一听，心中又燃起了希望，忙问："是谁？"

皇帝揉着胀痛的额头道："安阳。"

"竟然……是她。"广德身子一颤，这才想通，为何自己明明看到的是长沙王府的马车，过来帮忙的人却是赵怀璧。

他们进展到什么程度了？同进同出了？广德思前想后，觉得不会。赵怀璧过了年才调任回京，短短三四个月，他们能有什么深厚感情？于是心中更觉有戏，也不哭了，揉着红肿的眼睛，道："那你们都别管，我自己去找安阳说去。"

"你去找她说什么呀？"胡婕妤担心女儿闹事，又引起皇帝的不满，赶忙劝，"能说过人家吗，还是老实在宫里待着吧。"

"娘！"广德觉得她简直无法理喻，一着急高声喊道："我又不是去找她打架，你急什么？你就不能盼着我点好吗！"

"这孩子……"胡婕妤被女儿教训得脸色微红，刚要声辩，又被皇帝打断了。

皇帝不耐烦地打道回宫，丢下一句："得，你们年轻人自己解决吧，朕管不起，不管了还不行吗。"

有他这句话，广德就放心了。

收拾心情，重整旗鼓的广德，打算努力追求自己的爱情。反正长生和赵怀璧还没定亲，只是赵怀璧口头上说对长生有好感而已，还不知道长生那边是怎么回事儿呢。她不去挖挖这个墙角试试，总是不甘心的。于是趁着长沙王府设宴庆祝王妃生辰的时候，跟胡婕妤一起去了。

而长生自从那日得了赵怀璧的承诺，压力减轻许多之后，也不着急了。最近她与担任秘书监的二哥刘义庆已正式接手了主持收集散落在民间的书本典籍的工作，并计划借此机会编撰一本民间故事集。心思专注于此，自然也就不知道皇帝向赵怀璧提过亲，还被赵怀璧拒绝了的事。只是偶尔闲暇，才会想想，赵怀璧怎么还不来。

生辰宴上女眷云集，宗室姐妹纷纷到场，聊些家长里短的琐事。长生则与刘义庆凑在一块儿，商议要不要新买一间院子，召集些门客，好共同编书。

二人聊的内容，将上前搭话的人都挡了回去，只有广德在附近转了好几圈，屡次上前，又屡次退后。长生发现，便与刘义庆暂别，前去问她是不是有事找自己。

“其实也没什么事……”广德酝酿一番情绪，干笑着问：“听说，你最近一直在为婚事发愁，可有进展？”

原来是为这个，长生笑道：“有一点，约莫快了吧。”

虽然赵怀璧还未遣媒人上门，但是她觉得应该没有大碍。

广德听完，眼中泛起一层雾气，凝视着她，小心翼翼地问：“那，你喜欢他么，非常喜欢？”

“嗯。”长生眨眨眼，想当然地随口答道。

“若是他被别人抢走了，你一定很难过吧。”广德垂下眼帘，抿着唇，又问。

长生想了想后果，叹道：“是啊，恐怕要郁闷致死。”

广德一阵沉默。

“怎么了？”长生这时才察觉她有些不对劲，似是要哭，暗道一声“不好”，想要上前安慰。然而手还没碰到对方，广德便捂着脸，哭着跑开了。

长生在原地发了半天呆，觉得她今日好生奇怪。脑海中浮现出街市上，她与杨五郎纠缠不清的那一幕，不由得嘴角一抽，想到她该不会是……看上杨五郎了吧……?

不会不会，怎么想这心动的方式都太诡异了。她宁可相信屈大夫投江是因为以男儿之身无法与楚怀王长相厮守，也不愿相信杨五郎抹在广德身上的那一大滩鼻涕眼泪中能催生出爱情。于是又摆摆手，否定了这个猜测。

真正得知广德之所以行为可疑，是因为也看中了赵怀璧的消息时，已经是半个月之后的事了，告诉她的人还是唯恐天下不乱的那个萧子律。

那日她到萧府去，帮萧槿参谋绣喜袍所用丝线的配色，遇到了他。

萧子律正在家中小花园里与几个友人闲坐清谈，见她来了，远远地打招呼。

长生为没有以袖挡脸深感懊悔，回了个礼，便想赶紧跑开。没想到萧子律叫她等等自己，而后走了过来，问她今日为何事而来。

长生说是帮萧槿的忙，顺便自己也学习学习，说完得意地问他："你知不知道，命运的诅咒被打破了？"

"哦？"萧子律语气挑高了好几度，显得很是惊讶，"难道郡主还不知道？"

长生不明白："知道什么？"

"赵将军和广德公主的事啊。"

长生歪头看看他，愈发不解。

"看来是臣说漏嘴了。"萧子律手中折扇一摇，挡在嘴上，眼神似笑非笑道："郡主口中，打破诅咒之人，莫不是指赵将军？可是臣怎么听到一个说法是，陛下准备把广德公主许配给他，而将军本人也同意了。"

长生不以为然，嗤笑道："不可能，赵将军不是出尔反尔的人。"

萧子律只挑眉，不说话，意思很明显：那可不好说。

两人目光交锋，对弈了好几个来回，萧子律看她表情略微有些动摇，又追问道："那么，赵将军可去府上提亲了？"

长生还真无言以对，思考片刻，决定也不在这儿自己瞎猜了，干脆亲自去找赵怀璧问问。萧子律大方地表示愿意陪她一起去，现场看看新鲜的笑话。

要说赵怀璧也是从事保密工作的一把好手，皇帝不让他说，他还真就把那日在殿上交谈的内容牢牢锁在心底，回来后只字未提。为了不在长生面前说漏嘴，连她的面都没敢见。这么多天过去，也是忍得十分难受。

得知长生找上门来，他一时兴奋，一时又很纠结，在房间里无头苍蝇似的团团转。前脚迈出门槛，想想觉得不妥，后脚又要退一步。如此反复半天，才强行把屁股按在椅子上，硬着头皮让宋安知去回，说他有事忙，不能见。

可是宋安知走后，他又按捺不住，偷偷跟上去，躲在影壁后暗中窥探。

宋安知回到门口，将赵怀璧的说法转述给长生，说军中事务繁忙，将军一时挪不开身，不便待客，有什么事过几日再说。

话是宋安知说出来的，长生信了。但是萧子律在边上好死不死地追问，何事这么忙。

宋安知想了想，觉得他好像每天忙得最多的就是在院子里踱步挠头，这该怎么向外人描述？只好无奈地表示自己也不知道，大概是黄河南北一日未统一，将军就一日吃不下饭睡不着觉吧。

“依萧某看，莫不是反悔了，不知道怎么说，才故意躲着不见我们郡主的吧？”萧子律眉梢一挑，做出一副看好戏的表情。

没等宋安知答话，赵怀璧待不下去了，生怕长生误会，理理衣袖，从墙后绕出来，假装自己是刚刚才到的，哈哈大笑着接道：“萧兄说得哪里话，赵某岂是那等言而无信之人。着实是近日太忙，分身乏术啊。”

既然当事人都到了，萧子律也就把自己听见的传闻说了出来，当面对质，问赵怀璧可有此事。

不能说，赵怀璧暗暗握拳提醒自己，尴尬地笑道：“都是些谣传，谣传。”

“这么说，将军与广德公主之间是清白的咯？”萧子律笑眯眯道，“那还真是在下误会了，多有得罪，还望将军见谅。”

话音刚落，便听远处传来一阵车轮声，一个内侍高声通传：“三殿下到，广德公主到。”

门口杵着的几人面面相觑。

三皇子一挑帘，见大家挤成一团，乐了：“你们都在这儿干嘛呢？”

“随便聊聊。”长生哂笑，心想说曹操曹操还真就到了，天底下的事还真是巧。

萧子律脸上看热闹的表情更明显了。

赵怀璧有那么一点点想死。

之前广德公主要来拜访，他一直称病，如今人家都到门口了，再行伪装为时已晚，赵怀璧只好请大家一同进去说话。

三皇子却说：“不必了，自打将军回京，本宫一直想找将军聊聊，可惜今日才得空。特给将军备了一份薄礼，还望将军赏光，跟本宫去看看。”

赵怀璧不想去，客气半天。后来听三皇子说是上好的战马，又有点心动。

萧子律在一旁搭腔，称自己也素爱宝马良驹，想去看看。

明显没事找事，长生嫌弃地瞟了他的手杖一眼，小声嘀咕：“你爱什么马？”

“呵呵，郡主就不好奇，这二位殿下在打什么主意？”萧子律侧身靠近她，用只有二人能听见的音量轻声回了句。

说实话，有那么一点，长生沉默了。

三皇子大方道：“巧了，既然如此，大家一同去吧。”

于是宋安知备了马车，一行人跟在三皇子的车舆后头，一路来到校场。果然新到一批战马，已经有不少将士凑过去围观了。

赵怀璧不爱锦衣华服，珍馐美馔，对金银玉石也没什么研究，唯独见到宝马良驹，快刀利刃眼睛发直，径直走过去，抚摸着一匹枣红色高头大马的鬃毛，感慨道：“好马，好马。”

“将军快试试。”三皇子趁机提议。

马是给兵营的，又不是给他一个人的，赵怀璧便也敬谢不敏，牵着那匹枣红色大马，英姿飒爽地跨步上鞍，扬鞭在校场内跑了一圈。回来之后又由衷地慨叹一遍：“真是好马。”

“将军喜欢就好。”三皇子很满意，又说来都来了，机会难得，大家不妨都试一试。说着自己也牵了一匹。

萧子律和长生都会骑马，闻言各自选了一匹，跟着翻身上马

只有广德还在地面上，表现得很着急，委屈道：“可是人家不会骑呀，你们都骑马去玩，要把蕙姬一个人丢下吗？”

“好说，让赵将军教你就是了，将军可是骑术高手，现成的师父。”三皇子说着，咧嘴一笑，对身旁的萧子律和长生道，“我们先去跑一圈，比试比试？”

萧子律眯眼笑，瞥着长生，仿佛在用眼神对她说：你看，我说这姐弟俩要搞事吧，而后才回道：“萧某陪殿下比试就好，就不必带郡主了吧。”

“萧兄有所不知，别看安阳是女子，骑术也不一般，本宫还真未必比得过她呀，惭愧惭愧。”三皇子连连摇头，大有必须要带她的意思。

长生也就从了他的意，看看他在搞什么阴谋。三人并列一排，说好比赛一圈，看看谁先回来。

而赵怀璧则留下负责教广德公主骑马，脸上写了一万个不乐意。

三人策马疾驰，骑了一圈回来，长生离老远就看见，赵怀璧还是没能成功让广德骑到马背上。

广德有些胆小，从小就怕，大到八哥小到苍蝇，各种类型可以靠近她的活物，更不要说一匹高头大马。马儿稍微粗重点喘个气，她都要往回缩两下，可怜巴巴地看向赵怀璧。

赵怀璧在一旁鼓励她，告诉她这是一匹训练有素的战马，很安全。

她还是费了好大劲，才克服心理恐惧，爬上马背。马儿摆了下脖子，又把她吓得尖叫，眼泪都快掉下来了。

长生回来的时候，她正好在哭着喊着不玩了，非要赶快下马。赵怀璧忙着安抚她的情绪，对她道："殿下不要一直踢马肚子，容易发生危险。"

不提还好，一提"危险"二字，广德彻底不敢动了，眼泪在眼眶里直打转。

赵怀璧万般没辙，想找三皇子帮忙，让他把这个吓傻了的公主抱下来。三皇子却对自家亲妹子的悲惨遭遇视若无睹，拉着萧子律又跑了一圈，还招呼长生一起去。

长生应下来，故意跑得很慢，回头关注着二人的动向。

眼见广德已经马上就要喊救命了，一刻也不能再等。没办法，赵怀璧只好自己动手，道声："得罪了，公主。"而后单手环腰，稍一用力，便将她从马背上抱了下来。

惊魂未定的广德公主娇呼一声，脚下一软，倒在了赵怀璧怀里，捉着他的衣襟，低声哭了起来。

温香软玉在怀，赵怀璧脸色通红，一时推也不是，不推也不是，僵在原地，动也不会动。半晌才清清嗓，干哑地劝道："公主，那个……没事了，要不，您先放开臣……看看受没受伤？刚才臣动作粗鲁，怕公主扭着……"

广德这才说好，让他扶自己到一旁坐下，抽泣着揉揉脚踝，道："好像撞到了一下，但是不怎么疼，应该没事。"

赵怀璧尴尬地挠挠头："那就好。"

广德叹了口气，又泫然若泣，沮丧道："将军是不是觉得蕙姬特别没用。"

赵怀璧连忙摆手："没有没有，女孩子家本来就不用学会骑马，上马打仗那都是男人们的事。"

正说着，赛马的一行人回来了。长生也学着萧子律的样子，微微挑起眉梢，与他对视一眼。萧子律表情分外妖娆，比他画的画还好看。

三皇子见广德满脸泪痕，仿佛刚刚明白过来发生了什么，急急忙忙下马来安慰，对其他人抱歉道：“既然舍妹受了惊吓，我等就先行告退了，诸位再多玩一会儿。”说着去扶广德，准备见好就收。

赵怀璧总算是松了一口气，却听长生叫三皇子：“义隆哥哥，你留下，你们男人们一起玩吧，正好我也累了，我送蕙姬回去。”说完，干净利落地翻身下马，抖抖衣袖朝广德走去。

三皇子拗不过她，只好同意。

往皇宫去的路上，长生窝在马车里，抬袖打了个哈欠，好整以暇看着广德，问道：“蕙姬刚才，演的是哪一出啊。”

“……我不懂你在说什么。”广德试图装傻，却被长生拆穿，只好绞着帕子，嗫嚅着承认：“不管你怎么想。首先我不知道你也会来，其次我也没想那么丢脸，以为自己能克服恐惧，学会骑马，然后跟他一起骑一会儿来着。”

长生基本明白了：“所以，你对赵将军也有想法？”

广德又绞了一会儿手帕，下定决心，点头道：“对。事到如今，我也不瞒你了，我对赵将军是真爱。不管你们之前有什么，我都得为自己的终身幸福争取争取。”

长生沉默片刻，蓦然一笑：“巧了，我也必须争取。”

“既然如此。”广德紧咬丹唇，咬得快要流出血来，抬眸看她，泛红的眼眶中点燃了几许倔强的血光，道：“我们就一决高下吧。”

“原来今日蕙姬是来向我下战书的。”长生插着手，挑眉道。

“其实生辰宴上，我就已经决定了，哪怕你会恨我。”广德说着放下手帕，开始摧残袖口。

长生想了想，眯着眼睛，笑着应战：“那好，你我今后各凭本事。还望堂姐下次计划进展顺利些。”

此时此刻，她看不到自己的表情，不知道同萧子律习惯性的动作有多像。

从那以后，二人便正式开始了争夺赵怀璧的明争暗斗。

听说长生给赵怀璧送了亲手绣制的香囊和手帕，广德也要绣。

来给她做幕僚的小黄莺赶忙劝阻，说起前年自家二姐出嫁的时候，她特别热情地要给人家绣嫁衣，结果绣完，人家哭了一个多月，想到要穿着那身针脚惨不忍睹的衣服出嫁就觉得不如出家的好，劝她还不如送一条白布的好。

听说长生还和赵怀璧一起去渔猎了，广德也嚷嚷着要让三皇子约赵怀璧一同渔猎，顺便也带上自己。

小黄莺又劝她三思，本来就晕船，要是真去了，到时候是捕鱼还是救她又不好说了。

广德很泄气，发脾气把宫里的花瓶又往地上砸了一遍，带着哭腔问："这也不行，那也不行。你说我到底怎么办，难道就眼睁睁地把他拱手让人吗？"

"非也非也。"小黄莺笑容娇媚，拉着她在铜镜前坐下来，对着镜中的她道："殿下有一样女人最好的武器——眼泪。眼泪是女人魅力的精华，好好运用，定能教赵将军怜香惜玉。试问哪个英雄不爱美人，却会跑去喜欢安阳那种假小子呢？将军之前呀，一定是没怎么接触过女人，才会被她迷惑。只要殿下经常出现在他眼前，他眼里自然就容不下安阳了。"

广德仔细想想，觉得十分有道理。

于是本来就爱哭鼻子的广德公主变得更加多愁善感。鸿雁传书给赵怀璧，字里行间都是深闺愁苦，还抄了曹丕的"明月皎皎照我床，星汉西流夜未央"之类的话。赵怀璧没看懂，就回了几个字，叮嘱她睡觉把窗子关好，她要哭上一哭；邀请赵怀璧同游赏春，赵怀璧去是去了，还招呼了一批同袍，她要哭上一哭；共同赴宴，赵怀璧陪长生说话了，没跟她说话，也要哭上一哭。

一来二去，赵怀璧也很痛苦。

某天，广德公主又到校场来探班，非要亲手给他擦汗，他不愿意。

广德立刻哽咽道："将军连这么点小小的心意都要拒绝，莫不是嫌弃蕙姬……"

别说，小黄莺的理论在赵怀璧身上见效十分显著，他见状立刻放软语气，忙解释并不是这样。

"那是怎样？"广德眼泪汪汪地瞧着他问。

赵怀璧答不上来，只好咬着牙，蹲下来让擦了。

这事儿传到长生耳朵里，次日长生也来探班。不提他昨天跟广德怎样怎样的事，只说自己带了好吃的，让他分给将士们一起尝尝。然后自己拿了一块绿豆糕，掰成两半，与他分着吃。

穿着一身藕色衣裙的少女，简单地用嵌着白玉兰花的木簪随意往光华动人的秀发上一插，气质恬淡清纯，宛若出水芙蕖。她坐在校场的木头架子上，闲闲晃着腿，一边吃糕点，一边同身边倚靠着木架站立的铁锴将军谈笑风生。远远看着，真是一副赏心悦目的画面。

将士们吃着长生带的点心，对于将军受此待遇，都觉得十分羡慕嫉妒恨。有人叹道："安阳郡主活泼开朗，聪慧可人；广德公主柔弱多情，惹人怜爱。别说将军了，要是我选，我也选不出来。"

话虽这么说，但实际上不管广德再怎么努力，有宋安知这个内奸在，长生总能领先一点点。所以广德总是蠢蠢躁动，长生始终有恃无恐。

长生多跟赵怀璧说了两句话，广德就对内容十分在意，总要旁敲侧击地打听打听，并为赵怀璧看长生的一个眼神醋意横飞，事后定要来闹上一通，哭诉自己的郁结。长生对于赵怀璧和广德之间的事，却好像并不在意似的，很少表现出不满。

倒是赵怀璧有点在意，还主动对她说："公主昨天来了，又要学骑马，结果好不容易能在马上老实坐着了，却说什么也不敢碰缰绳。最后没有办法，还是臣上去帮忙牵的，带着她一起骑了一圈算完。"以试探她的反应。

长生听完，笑得前仰后合，问道："吓得哭鼻子了么？"

"倒是没有。"

"那可真有点遗憾。"

"嗯……郡主就没什么别的想说的？"赵怀璧说着，暗自关注她的表情。

"别的？"长生迷茫地转头问，发现他眸光异样，不解地问："你今天怎么了？"

"没什么。"赵怀璧仰头，打开水囊，心情复杂地猛灌了一口。

长生觉得他的语气有些落寞，喝水的姿态也有点落寞。二人之间的空气流速蓦然慢下来，致密地向下沉去。

她也说不清为何会有这种感觉。有种思绪在她脑海中飘忽不定，难以捉摸，直到发生了这样一件事，才教她看得清楚明了。

四月廿三，是萧槿和萧子律的祖父八十大寿的日子。如此高寿，实乃难得，萧府举办了一场盛大的宴席，邀请建康城的公卿贵胄都来参加。长生、广德和赵怀璧也有出席。

管弦丝竹齐奏，舞姬仙袂飘飘，场面好不热闹。

长辈们坐在一边，小辈们坐在一边。长生和广德离得很近。赵怀璧与几个同袍一同去对面祝酒，回来的时候路过二人所在的位置。

胡姬们飞快地旋转着，足上的金饰发出轻快悦耳的叮当声。一片轻纱翻飞，火焰燃烧跳跃般令人炫目的红。

就在这时，刚巧一个身体不适的胡姬转了几圈后有些眩晕，不小心摔倒了。摔倒的时候，又刚好不小心撞到了旁边的同伴。这个同伴刚好撞到赵怀璧。赵怀璧当时正在与身后的人说话，刚好没有注意。两个人的重量突然向他砸来，他一个没站稳，刚好跌倒在长生和广德面前。手上拿的琉璃樽刚好摔在桌角，碎裂时的一枚残片扎到了他的掌心里。

赵怀璧吃痛，不由倒吸一口凉气，迅速将残片拔出来，用力按压住伤口，可是血还是流了一片。

周围人大呼小叫，一惊一乍。他起身想对大家说一点小伤而已，没有大碍，不必担忧。抬头却发现，原来众人并不是对他的伤势做出反应，而是因为碎片中的一个飞溅起来，擦着广德的面颊划过，在她耳根处留下了一道细细的红痕。

将军身上的疤，再大也是小事；公主脸上的伤，再小也是大事。广德又惊又怕，一边颤抖地抚摸着自己的脸颊，一边还不顾身边人的关心，而是拨开人群冲上前，询问赵怀璧伤得重不重，疼不疼。深情注视着他的伤口，眼眶里又起了一层大雾，一场暴雨即将倾盆而下。

伤了个公主，赵怀璧心里有点慌张，也有点内疚。一边安慰她没事，只是擦破一点皮而已，不会留疤的，一边说自己要出去清洗一下伤口，尽快包扎，要不也顺便帮她处理处理。

广德低低抽泣着跟去了。

本抱着相同的想法，欲上前关心慰问的长生则留在原地，低头看了看自己的手，心头滋味一言难尽。

有仆役上前，动作迅速地将东西收拾好。萧子律又过来重新招呼大家落座，宴会很快恢复正常，仿佛刚才只是发生了一个微不足道的小小插曲。

大家以为地上的一滩血都是赵怀璧流的，没有人注意到长生袖口正在慢慢晕开的赤红。

原来赵怀璧摔倒的时候撞到了她的桌子，当时长生正拿着从仆役那儿要来的小刀努力切面前的一块羊腿，失手在自己的虎口上来了一刀。但是她没有叫，也没有哭，只是用另一只手按着，久久沉默不语。不是不想说话，而是看到赵怀璧一脸担忧地扶着广德走出去之后，觉得事情的发展跟自己想得一点也不一样，一时不知道该如何应对了。

正在她发呆之际，突然感到手腕被人用力捏了一下，接着整个人被拖了起来。萧子律一边拽着她往外走，一边骂她："傻的么！流血了都没看见？"

"啊……"长生愣愣的回了句，"没事，不疼。"

萧子律冷眼瞟她："郡主以为萧府的刀都没磨过？"

"你知道我不是那个意思。"长生也回翻他白眼。

设宴的瑞鹤楼离萧子律的住处很近，他干脆把她带到自己的书房里，帮她清洗上药。

萧子律的书房与书架层层叠叠，以安放众多藏书的长生的书房不同，看上去十分简洁有序。最先吸引人视线的是一张宽大的雕花紫檀木桌，上面整整齐齐地摆放着两叠厚厚的生熟宣纸，两只黄杨根雕制成的苍劲枝条造型的笔挂上，挂有由粗到细规格不一的数十只毛笔，又有一白玉石床放置按照长短顺序排列好的各色墨锭五根，供平常书写作画之用。向书桌对面看去，便会发现他的书房里没有书架，取而代之的是一个格子比书架更高的置物架，上面陈列着他的各式手杖。青竹的、紫檀的、黄花梨的、白玉的等等，每一根都擦拭得一尘不染，熠熠生光。

长生看着那一排手杖，头昏脑涨，隐隐作痛，觉得它们好像都在眼前转圈……大概是真的有点喝多了吧，她这么想着，便靠在椅子上，疲倦地揉了揉太阳穴。目光注视着自己手上那道一指长的伤口，有种不真实的感觉。

萧子律半跪在地上，用一种绿色的药膏在上头涂来涂去，冰凉冰凉，引出丝丝刺痛，扎进她的心里。

"疼么？"看她蹙眉，萧子律握着她的手腕问。

长生摇摇头，又点点头："有点。"

"累了就在这儿歇会儿，等会儿臣派人来叫郡主。"大概是因为她受了伤，他才难得温柔地对她说话。

长生却不领情，见他涂完药，便起身道："我还是去阿槿那儿吧，免得回头又有人说我们俩的闲话。"

她可不想再对赵怀璧解释一遍了。

萧子律耸耸肩，站起身来，随意晃了晃手杖，表示都听她的，然后叫了个仆役来，送她去萧槿的住处，顺便嘱咐帮她找身不带血的衣服换上。

待到确认长生老老实实跟着仆役走了以后，萧子律才折返回瑞鹤楼，赵怀璧和广德已经回去了。

赵怀璧见长生不在，四处寻找未果，一打听，听说她是跟萧子律一起出去的，眸光暗了暗，有点不高兴。萧子律一回来，他便第一时间上前，询问长生的下落。

萧子律没有直接回答，而是用一种很好奇的眼神上下打量了他一番。

赵怀璧不明所以地摸摸自己的脸，诧异地问："赵某脸上有东西？"

"没有。"萧子律微微一笑，摇了摇头，道："萧某也不知道郡主去哪儿了。不过，萧某有一句话想跟将军说。"

"请赐教。"赵怀璧客气地一拱手。手上的绷带绑得歪歪扭扭，一看就是广德的手笔。

"郡主她这儿有点问题。"萧子律一边注视着那根布条，一边点了点自己的额头，道："但是她只是不会哭，不代表不会痛。"

赵怀璧面色一沉，诘问道："萧中散这是何意？"

萧子律却不说了，笑道："萧某还要招呼客人，将军自行体会吧。"而后转身便走。

留下本就心里不痛快的赵怀璧抓心挠肝的，更加不爽，自己和长生的事情，什么时候轮到他萧子律来置喙了？

然而不满归不满，又坐了一会儿，见长生还没回来，他终究放心不下，起身欲寻。长生却刚好自己回来了。伤口上好了药，挡在袖中看不出来，又借了一身萧槿的衣服穿，干干净净没有污渍，一切看上去都那么自然。

她若无其事地从门口晃进来，路过他的时候，还笑着朝他挥挥手，然后坐下继续吃羊腿。

旁人问起衣裳的事儿，她只说是因为刚才洒上了酒，对受伤只字不提。

赵怀璧定定地注视着她，目光错综复杂，有疑惑，有不满，亦有所期待。

长生吃着吃着，感觉到这道视线，转头与他对视，又笑了一下，用刀插着羊腿肉，做口型说："味道很好。"

笑容甜美大方，赵怀璧看在眼里，却觉心烦意乱，自己的那份羊腿也没吃好。不知道那只羊哪里得罪了他，看着就生气。

过了会儿，广德嘟囔着身体不舒服，又是头疼又是脸疼的，一个劲地往赵怀璧身边靠，眼巴巴地求他："将军能不能送蕙姬回去？"

"这……不太好吧。"赵怀璧看她喝得有点多，觉得孤男寡女夜半同行，有失体面，教她去找旁人。

广德却不依，扯着他的衣角撒娇，不要旁人，偏要他。

赵怀璧被她磨得稍稍有些心软，犹豫着，朝长生的方向看去，心中似乎期待她来阻止自己。然而她并没有，只是淡淡瞥了一眼，又低头去吃羊腿。

赵怀璧愈看羊腿愈气，后半辈子都不想吃羊了，干脆扶住广德，道："好，那臣就送殿下一程。"

"嗯嗯！"广德高兴地连连点头，一路进了马车，继续粘在他身上。

夤夜悠长，寒露微凉，但他的身边格外温暖，仿佛足以护她一世无忧的，遮风避雨的高墙。广德抬眸凝视赵怀璧的侧脸，难以克制汹涌澎湃的欲望，凑上前，在他的唇边蜻蜓点水地印下一吻。

赵怀璧吓了一跳，闪身推拒："殿下……"

没想这个反应反倒激恼了她。广德委屈地嘟起嘴，娇声娇气道："将军就那么讨厌蕙姬吗？"

赵怀璧拼命摆手："不敢不敢。"

"那为何不愿，蕙姬究竟比长生差在哪里？"广德不服气，干脆心下一横，闭着眼睛，再次上前，不偏不倚，吻住了他的唇瓣。

美人热情似火，赵怀璧承认自己还没修炼到坐怀不乱的境界，也许对她也确有那么点怜香惜玉，因此反手一推，竟然没推动。

广德更加得寸进尺，整个人都扑到他身上，把他压在角落，进一步索取。

柔软湿润的触感令他片刻神志迷离。就这样吧，或许这样也好，有一个娇滴滴的，有些任性的姑娘，依赖他，霸占他，眼里只有他，令他充分感受到自己是被注视，被需要，被爱慕的。而不用耗费心神，在反复推敲对方对自己的爱究竟有几分的过程中饱受煎熬——有那么一瞬间，他脑海中闪过这样一个念头。于是放任了自己的身体，一动不动，任她吻了许久。

直到她暧昧地喘息着，在他身上乱蹭，蹭开他的衣襟，丝丝凉风才吹得他骤然清醒，一把将身上的女子推开，拱手道：“殿下请自重。”

“你……”广德羞愤难当，“哇”的一声开始号啕大哭，歇斯底里地朝他喊道：“赵怀璧，我喜欢你，喜欢你啊！我知道你心里有长生，我比不过她，可是我也劝说过自己几百次要放弃了，就是放不下啊，你让我怎么办？你就不能好好看看我，给我一次机会吗？”

赵怀璧有口难言，好在马车已经驶到宫门口。这个危险的夜晚，有魑魅魍魉在阴暗的角落里蛰伏，诱惑猎物走向深渊。他害怕自己再犯糊涂，行差踏错一步，造成无法挽回的后果。因此不顾她的哭喊，执意将她送下马车，交给宫人接管后，迅速离开。

马车里只剩他一个人，却残留着胭脂的香气与浓情的热度。赵怀璧埋头叹了口气，哑声对外面驾车的人道：“今天的事，就当没发生过。”

临时被长生抓来充当车夫的宋安知压了压斗笠的帽檐，苦笑着应了声：“是。”

宴会结束后，赵怀璧受伤一事便在建康城不胫而走。舆论风向一边倒的支持广德，议论着安阳郡主有多可怕。赵将军在外面打了十年仗，手上从来没受过伤，只是因为跟安阳郡主稍微走得近了些，吃个饭便伤着了。若是再这么下去，哪天万一喝口水呛死，未免也太令人痛惜了。

就连长生最好的朋友萧槿也不支持她，叹着气问：“你说你到底为什么要跟广德较劲，为了一个赵怀璧，值得吗？”

长生一脸震惊：“怎么不值得，要不我就得去百济了。你觉得百济吓人还是广德吓人？”

“可是你又不是只有赵将军一人可选。”萧槿纠结半天，终于下定决心，明明白白告诉她，“我觉得你真的可以考虑一下我三哥。”

长生乐不可支，仿佛听她说了一个天大的笑话，笑得眼泪都出来了，才道：“绝不可能，我对他没有任何好感。一个大男人，因为小时候那点破事小肚鸡肠，一点也不大度。你看宋安知和义符哥哥，还有赵将军，他们都不信那些，也不会成天惦记打击报复。”

“这……”萧槿不知道该怎么解释，半晌后憋出来一句，“三哥他不是你想的那样。”

可长生问她那是哪样，她又说不清楚了，最后只得不了了之。长生告诉萧槿，自己是不会放弃的，即使外面有这些风言风语，即使有广德横插一脚，她也会坚持跟赵怀璧走到一起。

这是一场她和广德之间的战争，她不会认输。

然而话是这么说，留给她们一较高下的时间却不多了。迟迟等不到答复的百济又派了个使团来访，大有催促之意。

皇帝对使团表达了自己的态度，招待他们在京师吃喝玩乐可以，但是婚事还得从长计议。另一边则把压力全丢给了赵怀璧，让赵怀璧做决定，自己则和长沙王约好谁也不插手，做起了甩手掌柜。

赵怀璧万分纠结。来自皇帝的压力、舆论的压力、广德和长生的压力，和心里的犹豫，让他几乎透不过气，干脆每天沉迷操练，谁也不见。

然而长生听说百济又派了人来，却有点按捺不住，三番五次递名帖到赵府。最后，还是宋安知在一旁劝说，反正早晚都要解决，不如快刀斩乱麻为好。赵怀璧才同意与她在渔猎的那艘画船上会面。

二人在船舱内的竹席上，隔着琴案相对而坐。自打萧府寿宴之后，多日不见，再见面气氛有点尴尬。

长生率先试图缓解，抬手给他倒了杯茶，开门见山地问道："将军自从那日说起上门提亲一事，已经过去快两个月了，不知想好日子了没？"

赵怀璧低头看着面前的茶汤，沉默一会儿，反问她："郡主想跟臣成亲，是因为什么？"

长生被问得一愣，旋即失笑，答道："当然是因为心悦将军。"

赵怀璧却用怀疑的目光看向她，声线略沉，道："难道不是因为不想去和亲，打算随便在建康找个人嫁了？"

长生也低头去看茶汤，仿佛能看出什么来似的，心虚道："当然不是。"

"是么，可是臣以为，郡主并不喜欢臣呢。"既然来了，赵怀璧也打算一次把话说清楚。

"为何？"长生放下茶盏，偏头看着他，不明白他想说什么。

赵怀璧叹了口气，不太情愿地说："郡主还记得，上巳那日臣为何突然离去么？是因为臣那时候就有点喜欢郡主，见郡主同萧中散关系亲近，心里不太舒服。"

"我懂。"长生点点头。

"可是郡主呢？"赵怀璧英俊的剑眉说到这里不由自主地皱成了一团，"郡主对于别的女子接近臣一事，好像从来没有过什么反应。臣抱广德公主下马的时候没有；臣扶着广德公主去疗伤的时候没有；广德公主抱着臣哭，臣没有办法只好帮她擦眼泪的时候也没有。”

他说着，苦笑了一声：“郡主总是那么平静，脸上带着笑，张弛有度。从来不会因为这些小事着急上火，情绪失控，是不是？”

长生不说话了，低头啜了一口茶，陷入沉思。

“可是真正喜欢一个人，不是应该像郡主那样的吗？会在意对方对别人的态度，想要将他的身心完全占据。臣能从公主殿下那儿感受到这种强烈的欲望，但是从郡主这里……”赵怀璧一口气把茶喝完，觉得今日的茶特别苦涩，又问了一遍：“所以，郡主是当真心悦臣吗？”

长生动作慢条斯理，缓缓敛袖端坐，看向他，正色道：“所以，将军不怀疑广德的目的，倒是怀疑我了。说得好像自始至终，与百济和亲都只是与我一人有关的事情似的。”

“臣不是那个意思，郡主能不能抓一下重点。”赵怀璧很无奈。

“长生不明白。还是说，将军的重点在于，广德比我表现热情，能哭能闹，更符合将军理想的模样？”长生语气有些急促，深呼吸三次，随手拨了拨琴弦，又恢复平静道：“我不会那些，但我喜欢将军的心意，也是真的。”

赵怀璧注视着她的手指，目光中有深情，也有苦楚和感伤。只觉自己的心也像这根弦，她一个小小的举动便能轻易拨动，震颤经久不停，沉痛道：“那为什么臣感受不到？”

“要如何感受？”长生偏着头问他。

赵怀璧叹着气，摇了摇头。

“像这样？”长生说着，站起身来，坐到他身旁，揽住了他的胳膊。

赵怀璧愣了愣。

“还是这样？”她又继续靠近，仰起头，唇瓣慢慢向他的脸颊靠近。

赵怀璧还没等反应过来，就被自己的心跳声淹没了。

然而长生的动作却戛然而止，发出一声讽刺的嘲笑声，道：“原来将军是好这口，长生确实有负期待了。”

赵怀璧涨红了脸，辩驳道：“并不是。”

他分明已经说好了要娶她，却迟迟不付诸行动，令旁人有机可乘，如今还在这儿为自己的动摇强词夺理，枉费她一番信任。长生也有点克制不住自己的脾气，呛声道："是不是哪个姑娘亲了将军，将军就能感受到爱慕之情，不亲就感受不到了吗？"

"我……"赵怀璧对她得出这个结论的能力简直惊为天人，瞪大眼睛，气得脸色一阵红一阵白。

"如此轻易就能对别的姑娘动情的话，将军对长生的心意又有几分呢？"长生笑意薄凉，突然就觉得，他与自己最初想的不一样了，一股失望之感油然而生。冲动之下，产生了放弃的念头，脱口而出道："将军大可现在反悔，但是不要把责任都推到长生身上，非大丈夫所为。"

说完，她又猛然反应过来，这不是在自毁前程么？

覆水难收，长生恨不能把舌头咬掉，觉得胸中郁结难纾，急需出去透透气，顺便踹自己两脚。于是起身俯视着他，倔强道："言尽于此，将军自己坐吧，长生不陪了。"

"你等等！"骂完人还不听人解释，赵怀璧肺都要气炸了，腾地站起来，拉住她的胳膊。

长生用力挣脱，嗔道："将军放手。"

俩人都来劲了。

"听我说完我就放。"

"我不听。"

"听话！"

"不听。"

长生抽不出手去捂耳朵，只好用力闭眼睛，仿佛这样就听不见了似的。

赵怀璧简直哭笑不得，用力扣住她的手腕，将她按在船舱内壁上，禁锢于自己怀中，无可奈何地认输道："臣爱慕郡主，不管郡主心里有没有臣，臣只喜欢郡主一人。"

长生摇头："听不见。"

"绝非虚言。"赵怀璧腾出一只手来去拨开她眼帘，让她看着自己，道："不是我不想早点娶你，我……我当时恨不能立刻跑到王府去。只是发生了一些意料之外的事情，总之一言难尽。你信我，正是因为太在乎你了，我才会想入非非，自寻烦恼。"

长生执拗地撇撇嘴，以其人之道还治其人之身，问他："那将军又如何证明？"

赵怀璧一介粗人，不善言辞，也背不出风花雪月的情话，沉默稍许，慢慢俯身朝她吻去。动作生涩，却十分轻柔。

长生瞪大眼睛，挣扎了几下。

感受到她的不安，赵怀璧在距离极近的地方停了下来。近到面上细小的绒毛都连在了一起，随着彼此的呼吸交汇，能够感受到一阵轻微的痒。他紧张地舔了舔发干的嘴唇，道："那个……郡主不想就算了。"

长生立刻点头表示同意。

他却半晌未动，想了半天，又道："要不还是试试？"

长生忙想说不用了，自己已经信了。然而下意识地一抬头，柔唇便擦着他的唇瓣滑了过去。

这个动作仿若在平静的油湖里投下一星火焰，顷刻蔓延成火海，一发不可收拾。只听一声压抑的粗喘，接下来她便被他压在墙上，撬开唇齿，激烈索吻，直到二人都气喘吁吁，因为缺氧而满面潮红才罢休。

赵怀璧一把将她抱紧，让她的鼻尖贴在自己的脖颈上呼吸，抚摸着她的长发，产生了一个希望这片刻时光能变成永恒的想法，在她耳边温柔而低哑地念着："长生，我们不吵了。嫁给我吧，好不好，我想明天就娶你进门。"

还好没搞砸，长生吁了一口气，心中不悦来得快去得也快，欣慰地颔首道："好。"而后尴尬地笑笑，推了推他，嗫嚅道："那个……将军能不能先放开，我快喘不过来气了。"

"哦……啊！"赵怀璧好像这才意识到发生了什么似的，松开手，挠着头退后几步，回到刚才坐的地方，举杯喝着不存在的茶，脸一直红到了胸口。

燥热难耐的他，觉得全身上下有一团火在烧，烧得还很旺。头顶如撑沸鼎，咕嘟个不停。

一场热吻，让他确认自己虽然惴惴不安，但更不想失去她。于是决心不再拖延，激动得一宿没睡，差点把被子都抱坏了之后，翌日一早便进宫告诉皇帝，自己一定要娶安阳郡主，谁拦也不好使。

爱情的力量让人不顾一切。皇帝既然当初把决定权交给了他，如今也没法子再说什么，只好同意。

长生又在家里美滋滋地等着赵怀璧来提亲了。按照这回二人拉钩的约定，他晚上就会派媒人来。

谁知是不是她和赵怀璧注定命途多舛。长生一直等到深夜，来的不是媒人，却是宋安知。只见他面色极差，从大门口一路拨开仆役跑过来，告诉她大事不好，广德公主在宫里自尽了。

“什么？”长生以为自己耳背，听岔了。

宋安知大汗淋漓顾不上擦，重复道：“广德公主在寝宫里服毒自尽了，幸好发现得早，也许还有救。陛下把将军叫进宫去了，我特地来告诉你……”

“好了好了，别说了，我们也进宫去看看。”长生干脆打断他，叫自家仆役也备好车，带上他和老爹一起进宫去。

一路上，她的心随着车轱辘在石板路上的起伏七上八下，始终乱糟糟的，坐也坐不踏实，只希望马车快些到，千万不要出什么事才好。

到了宫门口，一行人火速下车，火速入内，一路快步来到广德公主的寝宫，宫人告诉他们，公主暂时还活着，可是什么时候能脱离危险还不一定，如今正高烧呕吐，神志不清，只知道反复念赵将军的名字。

长生想进去看看，宫人不同意，说里面好多太医忙忙碌碌，怕人太多添乱，连公主的亲兄弟姐妹们都不让进。

长生又问“都有谁在里面？”

宫人答道：“只有陛下、胡婕妤和赵将军在内室陪着公主，其他人都在偏殿等候。”

长生没法子，只好与父亲和宋安知一同，也去了偏殿。偏殿内早已聚集一群人，好多皇子公主连衣服都没来得及换，只在寝衣外随意披了个长衫就来了。更有甚者，如三皇子这种，只穿了一个背心，还露着一双胳膊在外面。穿戴整齐的长生和长沙王在人群中显得格格不入。

她又从这些人口中听到了那句熟悉的——都怪你。

第四章 又自作主张送人了

众人从残月压枝等到天光初曙，终于有宫人来报，说广德公主已经救回来了，后续再吃几服药就会好。

一时间屋内“菩萨保佑”、“感谢佛祖”的声音此起彼伏。长生混乱不堪的思绪也随之尘埃落定，扶着直打瞌睡的老爹，道：“广德没事了，我们走吧。”

宋安知上前帮忙，问：“不等我家将军了么？”

长生抬头，勉强挤出一个笑容，反问：“还等什么？”

宋安知有点着急，替赵怀璧解释道：“将军他不是……”

“我知道。”长生见老爹实在乏得很，干脆叫来一个宫人帮忙，带父亲找个地方歇息歇息，回头再送他回去。自己则一边往宫门的方向走，一边道：“你想说的我都明白，但是我需要一个人静静。你留下等他吧，给他弄点吃的。”

“长生……”宋安知不放心她一个人离去，满腹忧愁地叫她。

长生却朝他无所谓地摆摆手，头也不回地走远了。

宋安知回到广德公主的寝宫，按照长生的吩咐，向宫人讨了些吃食给赵怀璧备着。过会儿赵怀璧也出来了，一看就知道忙碌了一宿，神情疲惫，身上还沾了许多疑似呕吐物的污渍。

看见宋安知，他迈着长腿疾步走来，劈头盖脸急问：“你怎么在这儿，不是让你去找郡主？”

“属下去了。”宋安知告诉他长生刚走，顺便把自己这一夜经历的事都说了一遭，暗示他长生过得也很不好。

赵怀璧听完叹了口气，拿起桌上放好的水，一股脑灌下肚，又啪地一声把茶盏放回去，坚定道："你给她带个话，叫她放心，我赵怀璧决定了的事情，必不反悔。至于公主殿下这边，我自会处理妥当。"

只是一时半刻，胡婕妤还不让他走。

另一边，孤零零地离开皇宫的长生迈着迷茫的步伐上了马车，力劲一松，疲惫地靠在垫子上。

车夫问她："郡主，咱们回家？"

长生点点头，想回去找刘义符商量今后要走的路。然而想到刘义符，就想到张氏的病情几度危重，他整日忧心忡忡，自己的事都操心不过来。未免觉得再给他添麻烦的话，不太仗义。而亲哥刘义庆嘛，又是个醉心书本，不通人情世故的痴人，想必也没有什么建设性意见。

可是不找人聊聊，她心里又难受，蹙眉思忖了半天，长生发觉马车迟迟没有动，才意识到车夫看不见她点头，只好倦怠不堪地开口道："不，去萧府。"

"是。"马车应声向前驶去。

萧府的仆役见她来了，以为是要找萧槿，说马上就去通传。长生却道别传错了，自己找的是萧子律。

仆役诧异，又问了一遍，得到确认后还以为自己没睡醒。抬头看了一眼，太阳没有打西边出来，海水也没有悬在天上后，才一边念叨着今天真是遇见鬼了，一边去通报。回来后告诉她，三郎行走不便，在书房等她。

长生跟着去了，但是萧子律没有在书房里，而是坐在长廊中，拿着一张方帕擦白玉手杖。

长生走过去，在离他不远的地方坐了下来，叹了口气。

"怎么，有话想对臣说？"萧子律瞥了她一眼，问。

"我好像把事情闹大了。"长生耸耸肩，将广德昨晚自尽未遂的事情说了个大概，而后道："你说是不是很奇怪，我心里有两个声音，一个告诉我我没有错，另一个却让我有一种深深的负罪感，好像自己捅了个大篓子似的？"

说着，她转头去问他："你说事到如今，我该如何善后？"

萧子律放下手杖，拍拍自己身旁的位置，笑眯眯地招呼道："此事还需从长计议，我腿脚不便，你坐过来点。"

长生一看他这个熟悉的表情，立刻警觉地挪远两步，道："别，我心脏不好，你还是离远点计议吧。"

萧子律也不勉强，撑着手杖起身，缓步走到她面前，一针见血地问："郡主当真爱慕赵将军么？"

"我……"长生张嘴试图阐述自己混乱的内心。

萧子律却摆摆手，道："郡主不用说给臣听，回答给自己便是，而后自然就知道该怎么做。臣帮不上忙，更何况，臣觉得郡主心里已经有数了。"

"我没有。"长生撇嘴。

萧子律也不与她争辩，只说自己还要去接待百济使团，没时间在这儿陪她，但是她大可以留下，爱想多久想多久。说完悠悠然走了。走就走吧，还不忘扬声道一句："放心，臣自会帮郡主打听打听，百济太子长得有没有赵将军英武俊朗。"

长生转身，在背后朝他做了个大大的鬼脸，然后又转回去，烦恼地揪垂在廊上的藤蔓叶子。直到把手边能够到的都揪光后，没有可发泄的了才罢休。拍拍手，起身回家。

而后在家饱睡了一觉，对镜精心梳洗打扮一番，换上那件藕色的外衫，又去了赵府。

赵怀璧劳累一天，刚刚到家。见到换洗干净，妆容整洁的长生，也顾不上自己身上衣服还没换，快步上前拉住她，唤道："长生，我……"

"将军快去洗洗吧。"长生笑眯眯地抬手在他唇上一点，阻止他接下来的话，道："洗好再说，我去给你做点吃的。"

"也好。"赵怀璧闻了闻自己身上的味道，觉得是挺遭人嫌弃的，赶忙去了。

宋安知一头雾水地在厨房帮她打下手，几次打听她有什么计划，长生都说保密。

二人鼓捣半天，只做了四道菜，都是赵怀璧爱吃的，其中还包括一碗荠菜馄饨。赵怀璧梳洗完毕，回来后看到这番心思，颇为动容。

长生自己先倒了两杯酒敬他。

赵怀璧感觉到屋里的气氛有些不对劲，又说不上哪里不对。心爱的姑娘虽然一如既往地笑着，但是总觉得笑容背后的情绪一言难尽。

只见她动作优雅地把酒喝完了，放好酒杯，收敛笑意，郑重其事道：“我今天来，是有一个决定要告诉将军。经过慎重考虑，我觉得还是去百济和亲比较好。”

“噗，别闹了，长生，我知道你不高兴，也没必要开这种玩笑。”赵怀璧一脸的不相信。

“我说的是实话。”长生很无语。

可是赵怀璧显然完全没有当回事，已经动筷子准备吃菜了，还问她荠菜馄饨里放的是猪油还是芝麻油。

长生没有办法，只好三次深呼吸，平定心神，老实道：“好吧，既然将军不信，我只能实话实说了。广德公主可能是真心爱慕将军的，但我不是，至少远没到寻死觅活的那一步。我所作的一切，不过是为了引诱将军刻意设计的伎俩，并非出自真心。”

赵怀璧的筷子停在盘子上，皱着眉头，一副没听懂的表情。

长生进一步解释道：“我利用将军身边的人，打听了许多关于将军的事情。知道将军小时候训过鱼鹰，我便特地带了鱼鹰，挑中时机去渔猎，只为同将军搭上话。知道将军不喜金银玉石，崇尚衣着简约朴素，尤其喜欢淡雅的藕色，我便特地准备藕色衣裳和简单的白玉簪。将军喜欢吃清淡饮食，我说我也是。其实我根本就不喜欢。不喜欢吃馄饨，更不喜欢吃荠菜。我只喜欢吃浓油赤酱烧制的肉类，连豆腐都要吃红烧的。但是为了迎合将军的口味，样样都骗了你。一言以蔽，将军喜欢的，只是长生想让你看到的模样，并不是真实的我。”

信息量太大了，赵怀璧一时觉得难以置信，缓缓放下筷子，两手交叉叠放在桌上，两根食指焦躁不安地互相碰撞，揣摩她话中真伪，干笑道：“我都说了，知道你生我的气了，也知道错了，你用不着这么拼吧？如果当真如此，在船上你怎么不说？”

“我没有生气。”长生很平静很平静地与他对视，道：“长生说的字字句句都是真的，不信你可以问问这位宋夫长，一切的一切，是否是我处心积虑的结果。我不光从他那里打听你的喜好，还了解你的心情和动向，并以此制定计划。包括那天在船上佯装生气，也是为了欲擒故纵。”

“别说了。”赵怀璧皱着眉头，语气有些粗暴地打断她，转过去像宋安知求证，“你说，可有此事？”

宋安知不明白长生在想什么，但是看她朝自己点头，示意自己承认，只好配合地一拱手，道：“郡主所言，全部属实。属下知错，愿受责罚。”

屋内的空气仿佛被骤然抽离了大半，压抑得每个人都只能听见心跳声在颅骨中轰鸣。

终于确定两个人不是在调侃自己的赵怀璧勃然大怒，猛地一推桌子，站了起来，指指他，再指指长生，怒极反笑道：“你……你们，好啊，你们联合起来玩弄我于鼓掌之间。当我赵怀璧是什么人？好玩吗？过瘾吗？”

长生默默站了起来，宋安知也垂首不语。

赵怀璧满心都是被欺骗的羞恼和愤懑。短短两日之内，剧烈的情绪变化摧残着他的心脏，在上面雕刻出龟裂的纹路。然后随着最后这一击，彻底崩溃。信任与爱意，一切过往认知都随之分崩离析。

他无法接受长生与宋安知一直以来联手欺骗自己感情的事实，一激动，扬手便把面前的桌子掀了。瓷盘噼里啪啦摔了一地，菜汤也溅到了长生身上。只听他用颤抖的双唇怒喝道：“滚出去，你们都给老子滚出去！”边说边往外轰人。

长生从他发脾气开始就一直很冷静，丝毫没有表现出慌乱惊吓的样子，只是目光中五味陈杂，给他深深行了一礼，表示歉意，而后走出房间。

走了很远，还能听到身后的赵怀璧在摔东西，气急败坏地朝门口大喊：“刘长生，老子与你从此老死不相往来！”

明明决定好了要这样做，不后悔的，长生不知道为什么，觉得好像被人塞了满满一胸口黄连，又涩又苦。尽管挺直腰板，强装镇定地往外走，却觉得脚下的每一步都踩在河里。自己正在艰难地往河水中央去，马上就要被淹没，不能呼吸了。

她所有的力气都在与水流地搏斗中消耗殆尽。上不了岸，又淹不死，只能饱受胸腔被水压迫的痛苦，肺部拼命想要获得一点点赖以生存的空气的煎熬，艰难地爬回马车上。而后蜷缩在一角，怔怔出神。耳边不断回响着那句“老死不相往来”的话语。有时眼前又会浮现出与他共同经历过的那些画面：他邀功似的捧着一大捧山茶花的样子；他得知自己带她去吃的好东西她很喜欢的时候松了口气的样子；他为她挽发的时候激动得双肩颤抖的样子；他像个孩子一样为了讨好她想把自己最好的东西都送给她的样子；他吻了她然后害羞得不敢见人的样子，幸福的开怀大笑的样子……

晚风吹起锦帘，她忽然觉得脸上有点凉，抬手摸了摸，不知道泪水是什么时候流出来的。

夜还很长，不会因为多流几滴眼泪提前天亮，长生努力深呼吸三次，对车夫道："我累了，回家去吧。"

车辙吱吱呀呀地碾过沉默不语的宽大石板，向王府驶去。这是建康城里最好的一条路，一点也不颠簸，长生却觉得晃得想吐。

打从回了家，她的状态就一直很不好。不是看着看着书就突然发上半个时辰呆未翻一页，就是提笔誊抄三行字里写乱了两行。院里的仆役都吓得不敢跟她说话。

萧子律每天给她写信。告诉她广德公主已经彻底没事了，就是每天卧床不起大补特补，胖了两斤；经过生死考验，赵怀璧意识到了对公主的真爱，已正式向陛下求娶，陛下也同意了,并将二人的婚期定于下月举行，好像生怕再出变故似的；公主府的拟址已经敲定，马上就要开始动工，不知道能不能赶在婚期前修缮完成；小黄莺与高六郎举办了婚礼，广德跟赵怀璧一起去参加……

没有一个人提到她的名字，仿佛安阳郡主一夜之间人间蒸发了一般。只有萧子律自己在信的最末尾顺便说了一句，百济使者听说她会前去和亲，提议有空见上一面。

长生把信折好，都送去当草纸了。

在家百无聊赖，做什么都兴致缺缺的她，决定每天多花时间陪刘义符一起照顾伯母。

前皇后张氏的病情似乎是好了一些，但大家仍不敢掉以轻心，尤其是刘义符，犹记母亲病危时的凶险，只要一回忆起来，便觉胸口闷塞难开。

长生看在眼里，觉得他比刚回建康时更加忧郁了。冬天虽然早已远去，却在他身上留下了冰冻三尺的严寒。

她本意是想活跃活跃气氛，帮刘义符分担一些护理工作，顺便逗母子二人开心，孰料适得其反。

刘义符给张氏盛了碗百合莲子粥来，原准备亲自喂之，长生自告奋勇代劳。结果端着汤勺，送到张氏嘴边就开始发呆。人家都喝完了许久，也不见她把勺子收回去，只是垂眸看着碗里的莲子，一副欲说还休的表情。

张氏以为是自己形容枯槁，长生见之不忍，方才如此。想想儿子还未成家立业，将来不知前路如何，自己却已行将就木，不由悲从中来，又流了许多眼泪，把好不容易才消退两天的眼圈又泡肿了。

刘义符去花园里散了个心回来，就看这俩人喝个粥，喝到一个怀疑人生，一个悲痛欲绝的境界，只觉得头疼不已，这心也是白散了。万般无奈上前，安抚母亲一遭，将长生叫了出来，劝道：“听说义庆已经把院子买好了，还召集了许多门客一起编书，很是热闹，要不你也去他那儿帮帮忙。不必在这儿陪我了，我一个人能行。”

“我不去。”长生赶忙摇头，“他那儿那么多单身男子，我去了，万一房子塌了怎么办？我还是在这儿帮你照顾伯母吧，我不嫌脏怕累。”

刘义符眉心颦起，想了想，又道：“那要不你去找萧槿一起郊游，最近桃子熟了，采一些回来吃吧。”

“我不爱吃桃。”

“你爱吃。”

“那我怕虫。”

“……从什么时候开始的？”

“昨天。”长生说着，用手比划，“我昨天晚上做梦，梦见一只毛毛虫追我，非让我嫁给它。有这么，这么，这么大……”

还没等她把到底多大比划完，刘义符觉得自己已经快要按捺不住打人的冲动了。幸好一个仆役突然出现，通传说，萧府派了人过来，请郡主去一趟。

可算是让刘义符松了口气，亲手把她塞到萧府的马车里，千恩万谢地送走了。

长生就这么一头雾水地被人从自己家撵到了萧府，一头雾水地拿了萧槿的绣框帮她画起绣样。

萧槿见她似乎瘦了一圈，连向来光可鉴人的秀发都黯淡了，甚是担忧，拿起一块花生酥递给她，叹道：“我是不懂你，先前说什么不能输给广德，就是她再会哭，你也不心慈手软。后来怎么又跑去自毁长城。”

“那怎么办，我总不能逼死她吧。若是真到了那地步，你以为我和赵将军还能过上安生日子？虽说陛下想北伐，赵将军也想北伐，二人志同道合，君臣相惜。然对于赵将军来说，陛下是他唯一的助力。反过来，对陛下而言，赵将军可不是天底下唯一一个会领兵打仗的将领。就像当年祖豫州和元帝之间的关系。若因君臣不和，北伐壮志难酬，非我所乐见。”长生接过来，却没有吃，只是认真地低头帮她画绣样，并头头是道地分析着。

萧槿停下手上的活计，感慨道："所以说，还是广德对自己狠。"

长生笑笑，落笔不停，不予置评。

萧槿见状，知趣地不再聊这个话题。尽管心中对于她对赵怀璧究竟抱有一种怎样的感情万分好奇，也把疑惑尽数和着茶汤化在了心里。

夏日的闺房中，轻纱曼舞，驱蚊的香草在雕花银熏炉中燃着，烟雾萦绕，弥漫出一股令人心旷神怡的清香。两个少女埋头忙碌，一个画画，一个理线，半晌谁也没有言语。

还是萧槿率先打破了宁静，揉着酸痛的肩膀，向长生提议出去走走。往日都是长生先坐不住的，这会儿却说不想动。

萧槿又生拉硬拽，才强行将她带到莲花池边散步观花。还要自己站在靠近池塘的一边，生怕她突然想不开跳进去似的。

长生见她那副言辞慎重，举止小心的样子，感到很无奈，不愿被当做第二个广德，便打起精神，提议道："要不我们去摘桃子吧。"

"好啊好啊。"萧槿忙点头，火速吩咐仆役下去准备，不给她反悔的机会。

一炷香时间不到，二人便已收拾好，准备出发了。长生说自家有两个果园，水土不一样，一个种出来的桃子硬脆爽口，一个种出来的软甜多汁，问萧槿想吃哪一种。

"软的吧，我喜欢汁水多的蜜桃。"萧槿道。

"那咱们先去摘软的，再去摘脆的。我给伯母和义符也带点，他们喜欢把脆桃腌渍了吃。"

只要她有兴致，别说摘桃子了，就是去蟠桃会她萧槿也必定奉陪。二人一边商议，一边走出了门。刚准备上马车，突然听到一个熟悉的声音高呼了一句："这边点，再往这边点。哎呀不对，你听不见我说的是这边吗！"嗓门之嘹亮，十道墙都能穿透，更别说梯子上那工匠的耳朵。

萧槿仿佛也被这声线击中了命门，霎时双瞳放大，脸色也煞白，死死握着袖口，恨不能往车轱辘上一头撞死，嗫嚅道："……我，我忘了告诉你，广德新建的公主府，就在我家隔壁。"

长生应声看去，只见萧府隔壁原属于司马氏某位王爷的一处宅邸，空置近三载，终于迎来了新主人。老宅正在翻修，焕发出勃勃生机。广德公主便是来挂新匾以宣誓主权的。匾上蒙着红布，等到整个宅邸修葺完毕才会摘下来，估计那时，周围又会挂上喜庆的大红绸了。

看她叽叽喳喳，上蹿下跳地指挥着仆役的样子，长生面色无波，语气平淡地感慨了一句："还挺有精神。"

萧槿不知该作何评价。

这时，广德也听见了她们的动静，朝二人所在的地方看过来。与长生目光相撞，只那么一瞬，就迅速弹开了，仿佛再加停留就会被烧焦似的。

她没打招呼，长生也没说话。萧槿只想赶快离开这个是非之地，扯着长生的衣角，说好想好想吃桃子，催她上车。

马车徐徐路过公主府门前的时候，隔着木板，萧槿都能感到深入骨髓的尴尬。

大门内，因为"刚刚新修了府邸特别有经验"而被叫来帮忙监工的赵怀璧刚好走出来，针对原有的一处水榭到底拆还是不拆询问广德的意见。见广德神色有异，不解地问怎么回事，是不是工匠们手艺不行，干的活儿让她不满意。

广德摇摇头，瞥了一眼远去的马车，三思之后，还是抿唇道："刚才遇到安阳了。"说完，偷偷瞄着赵怀璧的反应。

只见他脚步稍稍停顿了一下，便大步不停地跨过了门槛，"哦"了一声，再无多言。

广德暗自松了口气，却没看到背向自己的那个男子目光中稍纵即逝的落寞。

长生是没太多感想的，一门心思沉浸在摘桃子的伟大事业中，还拍死了好几只毛毛虫。知道的是自家郡主想吃桃子了，不知道的还以为果园里新来了一个专门灭害的高人。

萧槿不敢爬树，手脚也没有长生利落，只负责在下面接应。长生忙碌一天，出了许多汗，竟然觉得还挺过瘾。于是接连数日，每天都来。

很快，建康城里凡是与长沙王府交好的人家都收到了安阳郡主亲手采摘的鲜桃。连远在临川的谢灵运也收到了一份，还高兴地写了首诗回赠她。与这首诗一起来的，还有给萧槿的聘礼。

眼看萧槿的婚期将近，她最担心的却不是以后嫁去临川，与父母分离，能不能习惯在婆家的生活。而是自己走了之后，长生和萧子律的感情大事谁来操心。

这么多年来，她的夙愿就是让长生嫁给萧子律，做自己的嫂嫂。她觉得二人十分登对，犹如毛笔配笔掭，生宣配镇纸，砚台配墨锭，萧子律的手杖配他的衣着服饰。她就不明白了，为什么二人迟迟意识不到这一点呢？非要在一些不相干的人和事上浪费青春，让她在旁边着急上火。

好在萧子律最近表现还不错，干了件人干的事儿。

按照建康习俗，青年男女大婚当日，双方的兄弟姐妹都要到场，新郎还需一名德才兼备的同侪做为傧相。可是赵怀璧身边没有合适的人选。

广德想来想去，提议找萧子律，觉得他再适合不过。首先，萧子律在同侪之中最有名望，这一点是大家公认的。其次，赵怀璧救过他，他还算是二人的月老，与二人都颇有缘分。而且，他和长生之间的关系不合众所周知，肯定不怕立场尴尬。

尽管赵怀璧对最后一点保留怀疑，奈何一时确实找不到更为中意的，还是拉下脸面登门去请了。

果然遭到拒绝。

萧子律非但不去，态度还很微妙。

赵怀璧不明白自己是哪里招惹了他。

萧子律似乎看出他心存疑惑，眉梢一挑，笑眯眯地问：“赵兄真不知是自己负了郡主在先？如今大婚还办得这么张灯结彩，恐怕不好吧。不是小弟不愿给兄台面子，实在是因为舍妹和郡主的关系，不便前往。”

赵怀璧闻言黑着个脸，愤懑道：“萧中散这就有所不知了，并非赵某有负郡主，实在是郡主她，她……”

她了半天，也没把她诚心套路自己这种话说出口，只道是：“她主动提出的。”

萧子律刚下朝回来，衣服还没换，抖抖袖子，露出藏在袖下的紫檀木马头手杖。每当他这么做的时候，都会令人感到一股盛气凌人，威严耸立的压迫之感。

他的脸上却仍是挂着笑意的，道：“萧某早就同将军说过，郡主心特别大，脑子也有问题。但是她不会哭，并不代表不会痛。将军以为，她真的对你无情，只是有心为之吗？”

“此话怎讲？”赵怀璧在他的气势压迫下感到不安，不由自主皱起了剑眉。

萧子律便有条不紊地说：“赵将军恐怕也听说过关于郡主命硬克夫嫁不出去的传闻，也知道因为这一传言，大家唯恐避之不及。恐怕不知道的是，并非所有人都不愿迎娶。上元之时，郡主曾问杨五郎有无此意。杨五郎原是有的，只是郡主自己没相中人家。包括后来将军回来，其实郡主可以选择的始终不止将军一人。倘若当真只想找个人嫁了，大不了找个没有功名的，比如将军身边那位宋夫长之流，我想她也不介意。但是她没有，她把所有良苦用心都用在了将军身上。说她毫无感情，只是为了成亲而成亲而已，将军自己信吗？”

言已至此，他愀然作色，换了副口吻，继续道：“我与长生相识十五载，知道她是不会虚与委蛇，惺惺作态之人。若是不喜欢的对象，莫要说日夜相伴，同桌而食，就是多说几句话，她都是不愿勉强自己的。”

“是么……”赵怀璧嘴上硬说着不信，可是手上的茶盏中，一圈接着一圈的涟漪已经出卖了他内心的动荡。

萧子律趁机补了最后一刀：“舍妹还对萧某讲过一件事。说郡主前些日子与她一起画绣样的时候，已经在聊姐妹二人将来想生儿子还是女儿的话题了。郡主说，若是将军北伐功成之后得子，便取名叫赵平；若是北伐之前所得，则叫赵望北。取名技术堪忧，令人着实为她的后嗣捏把冷汗。可将军觉得，其中的心意，也是假的吗？”

赵怀璧从来不知长生还想过这种事情，不由虎躯一震，眼眶也跟着泛红。为了不让萧子律看到自己差一点溢出来的眼泪，赶忙放下茶盏，借口不想再讨论与长生有关的事而告辞。起身的时候，还煞有其事的说：“总之都是过去的事情了，不提也罢。”

没想到萧子律也在他身后说：“的确。她能因为广德服个毒就不要你了，说明没那么喜欢你。你能因为她对你使过心机就放弃她，说明也没那么喜欢她。彼此都没到生死不离的地步，回忆过去又何必演出深情？”语气淡漠，言辞犀利，毫不留情。

赵怀璧脾气也上来了，冷声道了句：“萧中散既知如此，还提它作甚？”便拂袖大步而去。

得知赵怀璧来找自己兄长的萧槿早在门口偷听半天了，待他走后，激动地跑进来，用崇拜的语气对萧子律道：“三哥，你说得真好。”

萧子律却重整神态，好像刚才自己没在这屋里似的，一脸迷茫地反问她：“好什么？”

“就是刚才那番斥责赵将军的话呀，听着真解气。”

“哦，我就是陪百济使团陪得无聊，几天没跟人抬杠了，没管住嘴而已。事不关己，胡说八道得可痛快了，你千万别当真。”萧子律说着，起身抻抻胳膊腿，抬手在她的肩膀上拍拍，打着哈欠说要回去睡个午觉。

某个环节萧槿没有弄明白，拉住他，疑惑地问：“等一下，你不是因为要拆散长生和赵将军，才故意把赵将军引荐给广德的吗？”

这回换萧子律惊讶了，无奈地边摇头边揉了揉她的头顶，笑道：“怎么可能，我与长生有那么深仇大恨？”

不知道为什么，看着他那双笑眯眯的眼睛，萧槿觉得他没说实话。

赵怀璧后来寻了半天，找了沈瑸做傧相。这个结果自然是长生喜闻乐见的，还跟萧槿打赌，自己要是突然出现的话，沈瑸会不会大庭广众之下尿裤子。

当然，真到了那天，她称病在家，并没有去。

公主大婚，尽管皇帝厉行节俭，不支持大操大办、铺张浪费，建康城上上下下还是热闹了一天。喜庆的锣鼓声从皇宫一直传到城门口，家家户户笑逐颜开，走上街头凑热闹，找个由头吃点好的，顺便称赞将军和公主多么郎才女貌。

鲜有人知，前一天晚上，赵怀璧披着礼袍，坐在门前的台阶上，彻夜难眠。

等他后知后觉地想清楚自己是喜欢长生的，喜欢她阳光下比三月春风还要明媚的笑容；喜欢她捉鱼的时候奋不顾身的模样；喜欢她不高兴时不自觉撇嘴的小动作；喜欢她标志性的三次深呼吸之后就要搞事情……无论长生如何设计，这些细节都做不了假，而恰恰正是这部分的她最令他着迷的时候，如萧子律所说，已经晚了。

明天，他就要成为别人的夫君。唯一能做的就是在这个心里还能装着她的最后一个晚上，极尽温柔地将有关她的每一份回忆抽出，小心触摸，最后感受一遍心跳的温度，然后全部遗忘。

有那么一个瞬间，他产生了一种就这样冲出大门，去带她走的冲动。但是站起来之后，听宋安知叫了一声“将军”，又不得不退回去坐下了。只得目光定定地看着长生曾经送给自己的手帕和香囊，紧握到早上，出门去接亲前，交到宋安知手里，哑声道了句：“丢了吧。”

而后摇身一变，尽职尽责地在这一天中扮演好了新郎官的角色。他的表情很开心，广德很开心，皇帝也很高兴，婚礼顺利地结束了。

长生则在府上安慰不开心的刘义符。

昨天夜里，张氏又发起了高烧，嚷着胃痛。绝不是什么好兆头，刘义符这样想着，刚踏实半个多月的心又悬了起来，也是整宿没睡着觉，服侍母亲入睡后，就在院子里发呆。

长生早上来看他，给他带了点吃的，他也没有胃口。

见他彻夜散着发，发梢都沾上了晨露，长生也学着他当初给自己梳头的样子，帮他梳理头发，觉得他的身子已经清瘦得风一吹就要飘走了，情不自禁抬手抱了抱他，叹道："我能帮你做些什么就好了。"

然而两个人心里都明白，有些事情，人力所不能及，再想努力也无济于事。

刘义符勉强扯出一丝笑意，拍拍她的手背，道："事到如今，只能尽人事听天命了。你若下月去祈福的时候，能帮我在佛前祷告两声，也是好的。"

长生默默记下，到了月初又陪母亲去瓦官寺祈福的时候，当真破例上香，正儿八经地许愿希望张氏好转。

在大雄宝殿里当值点灯的还是上次的僧侣，见到她笑容和善地打招呼："小施主，又见面了。施主此番心境，可与年初大不相同。"

长生诧异地问他："有何不同？"

僧侣一边给长明灯添灯油，一边道："在佛前见人见多了，谁有心事，有什么心事，一眼就能看出来。小施主年初时还宽心得很，大半年来，恐怕遇到不少烦忧之事吧。"

长生在蒲团上沉思着，觉得"遇到不少"这四个字不大妥当，确切地说，应该是诸事不顺。

僧侣见她撇着嘴不说话，取了一个开了光的护身符给她，道："你我有缘，贫僧便将这护身符送给施主，愿它保佑施主平安。"

长生不忍浪费他的一片善心，尴尬地承认自己并不信这些，这次来上香只是受人之托。

僧侣听完，丝毫没有感到惊讶，只笑着问她为何不信。

长生道："小时候，我跟人打赌，说世界上没有鬼神。他说有，还嗔我不敬，说我会遭报应。于是我就说，那我就是不信了，如果神仙菩萨真的存在，不如要惩罚我，当天晚上就惩罚好了。结果一觉睡到大天亮，什么事也没有。于是我就觉得，自己是对的。"

僧侣会心一笑，道："也许报应在后也说不定。"

长生摇摇头，道："后来我也一直健康活泼地长大了。而且我觉得当神仙是件挺严肃的事情，他们应该不会有那个心思如此捉弄于我才对。"

"哈哈哈哈，那施主可听过一个词，叫做造化弄人。"僧侣觉得同她聊天很有趣，在她对面坐了下来。

长生想了想，道："我相信凡事都有因果，但这因果却并非什么早就安排好了的事情。就像别人都说我的命注定如何如何，我虽然确实有点倒霉，却至今仍是不信的。"

"像施主这么乐观积极地面对人生的态度，也是难得。"僧侣点头，并不强行灌输自己的想法，而是对她说："但是施主的不信并不能令心灵获得安宁，这护身符里的熏香却能，施主还是收下吧。"

他都这么说了，再拒绝未免显得失礼，长生便谢过，揣在了身上。

原以为她会一如往常直接去禅房等豆腐吃的小姐妹，见她也去上了香，还最后一个回来，纷纷表示惊讶。不乏有人猜测她是对终身大事真的上火了。毕竟，百济使团千里迢迢而来，等着要人呢。

却说自打正月之后，才过了半年，小姐妹中有三个已经梳起了妇人发髻，听说其中一个甚至有孕在身。现在的话题已然从对未来婚姻生活的猜测转变为了育儿准备，长生觉得与她们之间的代沟更明显了。

萧槿没有来，其他人聊天她也插不上话，随便吃了两口斋饭之后，便早早与众人辞别，到寺中转悠，去看看那些魏国僧侣还在不在。

谁知没遇着魏国僧侣，倒是遇到了百济使团。

第五章

好像和亲也没那么悲惨

往来人潮中，长生一眼就认出了萧子律手里那根独特的羊脂白玉手杖，再要挡脸已来不及，萧子律带着百济使臣朝她走了过来。

没办法，长生只好深呼吸三次，佯装友好地与之行礼作揖。

萧子律介绍了一下自己身边的二人，分别是百济两次派来的使臣。二人都穿着与汉人的宽袍博带和胡人的窄袖紧服所不同的百济传统服饰。即有黑貂、鹿皮、狐绒等物做为装饰的厚缯白袍，看着就觉得热。

长生只对其中一个笑起来虎牙尖尖，瞳孔呈现浅淡的黄褐色，身材精健，看上去很像雪豹精的年轻男子有印象，知道他是第二批来的使节，有个汉名叫李敬。

李敬称自己一直好奇江南地区的佛家文化，特地让萧子律带自己到香火最旺的瓦官寺来参观，对于能在此偶遇安阳郡主感到十分荣幸。

长生却觉着“偶遇”二字用在此处未必准确，极有可能萧子律是故意挑这一天带他们来的，为的就是制造碰面的机会，因此一边笑着附和，一边瞪人。

萧子律假装看不见，与另一名使臣聊着天走远了，只留李敬和长生一起。

鉴于李敬滔滔不绝地赞美着瓦官寺内的壁画如何精致优美，佛像如何妙好庄严，长生也不好一直保持沉默，便假装好奇，问了一句：“百济也盛行佛教吗？”

“是的，郡主。”李敬刚评论完百济人画的佛像的眼睛与大宋的有何不同，闻言愉快地回答："佛教传入百济，便与百济自古有之的巫祝文化相结合，创作出了保有西域特征的同时，更加威仪狞厉的菩萨形象。不像你们这儿的佛像，看上去都慈眉善目的，很是亲切。不像高高在上的神明，倒像朝中的文武大夫。"说完，似乎终于找到了共同话题，想要继续深入彻谈下去，于是问她："郡主也常来礼佛吗？"

"还好，还好。"长生听完他的介绍，更不想去百济了，干笑作答。

不知李敬是否看出了她的窘迫，故意为之，竟然主动问道："在下听说，郡主是陛下心目中最为合适的和亲人选。既然已有人选，一直拖到现在还没有做决定，是为何故？"

长生很惊讶地看向他，眼帘上浓密的羽扇一眨一眨，仿佛在说"这种话题，一般在我们这儿没有这么直截了当地问的。"

李敬则摊摊手，回了一个"谁让我不是你们这儿的人，就要不按套路出牌呢"的表情。

长生只好硬着头皮回答："主要是因为陛下有一个心愿，欲将民间遗失散落的古籍都整理起来，收归国库，令我中华大地的文化典籍得以完好保存，不至失传。这项工作他想交给自家人负责，然而皇子中却没有十分合适的人选，只好暂时交由长生来主持。长生个人而言，也觉得这是一件关系文化传承的大事，不可怠慢。便想着，待找到可以接手的人之后，再考虑嫁人一事。"

"原来如此。"李敬肃然起敬，赞叹道："在下早就听闻郡主素好读书，更是辨识古文字、修复古籍的好手。不知贵国的贵族女子，都像您这般文化造诣深厚吗？真是了不起。"

被人夸了，长生笑得心里可美，同时来了点兴致，好奇地问他："贵使这么说，长生倒是想知道，贵国的公主们平时都做些什么，不读书吗？"

李敬捋着下巴上的一小撮胡子，动作夸张地思考片刻，有些难为情地笑了："大概也读一点，不过粗通句读罢了。在百济，女子不怎么读书，基本都不识字。"

"是么，那可真是很遗憾。"长生听完，颇为百济女子的命运叹惋，更更不想去了。

又听他补充道："但是她们擅长唱歌跳舞，在厨艺方面也颇有研究。"

"哦？比如呢？"

"就拿酱菜来说吧。百济女子自小学习制作酱菜的工艺，家家户户都有一手独门秘方。光是萝卜，就能用不同部位做出风味不同的十余种酱菜。例如酱萝卜干、酸萝卜块、辣萝卜条等。除此之外，还有酸白菜、腌黄瓜……”李敬提起家乡美食，津津乐道。

长生却越听越糟心，愁眉苦脸地打断他：“快别说了……”

李敬还不明白是怎么回事，很傻很天真地问：“怎么？”

长生扯扯嘴角，手按在肚子上，昧着良心道：“再说下去，就该饿了。”

李敬闻言爽快地哈哈大笑：“那还不容易，郡主将来嫁到我国，每样都能尝个遍，想吃多少吃多少。”

“哇，好棒啊……”这下可好，长生想装开心都装不出来了，笑得十分抽搐，想要尽快结束话题，为此哪怕让她再回佛堂去重新拜一次她都愿意。

奇怪的是，不知道李敬是不是看出了她的敷衍，嘴角虽然挂着笑意，猎豹一样闪耀的瞳仁中，光芒却黯淡了下去，说话的语气也没有方才那么激越了，只是彬彬有礼道：“郡主累了吧，在下就先不打扰了。”

长生可不想给人留下个刻薄无礼，轻慢异国使臣的印象，忙打起精神说不累，还可以再聊一会儿。

李敬本人却执意要先走一步。作别之时，这个白袍黑裘，笑容明朗的男子在佛堂旁茂盛的菩提树荫下期待地看着她，问道：“若是方便的话，郡主能否允在下参观参观您平常修复古籍的工作，在下非常感兴趣。”

又不是什么了不得的秘密，长生大方地答应了，约他改日再见。

他便高兴地作了个揖，在两排石雕佛像的注视下走远，留下丝丝动物皮毛特有的温暖厚重的香气。

萧子律没有再回来找他，长生也不知道他能不能寻到自己的同伴。回去的路上还在想着，万一李敬在瓦官寺走丢了怎么办，被魏国人绑架以挑起两国纠纷了怎么办……想到魏国，她突然意识到，自己原本是要去探查魏国僧侣行踪的，结果碰到李敬之后，完全把这茬给抛在脑后了，不由懊恼地拍了一下自己的额头。

同行的长沙王妃不解地问她：“拍头所为何事啊？”

长生回答：“今天好像没有见到魏国僧侣。”

王妃不明白她找魏国僧侣干什么，不过很自然地抬起玉指，指指外面，道：“路上那些不都是吗？”

长生“咦”了一声，惊讶地挑帘向外看去。发现从瓦官寺回去的这条错落着多座寺庙的山路上，星星散散的开了好几家供上山的香客们休息乘凉的茶棚。几乎每一间茶棚里，都能看到一两个胡人僧侣。他们有的在休息解暑，有的在与过路的香客聊天，有的在闭目打坐，生活自在安然，除了服饰样貌，与普通僧侣并无差异。

粗略统计，长生觉得这一路下来，少说见着了二十余人——这个数字可比年初在瓦官寺遇见的多多了。

说句良心话，她对这些魏国僧侣一直不放心，这种忐忑不安的揪心之感已经困扰她半年了。回到家中，长生终于忍不住去问父亲，对这些魏国僧侣的行迹有没有什么想法。

长沙王却挠挠头，拿着根玉签，将自己院中那一排竹笼里的八哥夜莺挨个逗弄个遍，也说不出个所以然，只道是："会不会是你太草木皆兵了？现今我们与魏国尚在休战，他们忙着统一北方，光死灰复燃的大燕都够他们喝一壶了，更何况还有蠢蠢欲动的新罗、百济和高句丽。哪有空理我们？"

长生并不认为他们忙着窝里斗就不会惦记南下，毕竟江南物华天宝之地，焉不令人垂涎。魏国僧侣在建康大摇大摆随意乱晃的现象蔚然成风，怎么想都不是好兆头。

既然老爹不理解她的忧怀，她又没有证据，不好出去乱讲，没办法，只好又去找刘义符说，盼望他能够有所共鸣。

刘义符听完她从年初观察到现在的情况，也觉蹊跷，摸着下巴，沉思道："当真如你所言，确实让人觉得背后正在酝酿什么大阴谋。"

"对吧！"长生一拍大腿，觉得终于遇着了知音。

可他接下来又说："但又或许没有，只是我们对其心存偏见罢了。"

"然就算仅有万分之一的可能，后果也许就是我们不能承受的。"长生心中坚定地认为，现有的国界一寸也不能向南挪了，边境最后一道防线的所在地只能向北，再向北。

今夜月明星稀，浩瀚月华仿若在庭下铺了一地清雪，雪中盛开的夜来香馥郁芬芳。又如浅浅积水，竹影随着微风，在水面上荡起层层涟漪。拖着月白色长裙的少女苦恼地皱着眉头走来走去，任自己焦躁的步伐扰乱清风明月，为难道："如果有证据就好了，可是到哪儿去找呢？"

她之前倒是"找"着过一个，但那是拿来骗萧子律的，不能算数。

对此刘义符也表示爱莫能助，毕竟自己连王府大门都出不了，要是能出去的话，说不定还能帮上点忙。

长生听到这句话，心中顿生一计，蹲下来仰头问他："你说如果魏国人当真在搞阴谋，然后被我们发现了，防患于未然，算不算立功，陛下会不会褒奖？"

长发逶迤，眉眼忧郁，分明处在温暖的夏夜，却仿佛裹挟着一身凄霜冷雪的男子不像她，纵有万千烦恼，心性不移，垂眸看她，无奈地苦笑道："你呀，就知道要奖励。"

"我才没有呢，你快回答嘛。"长生扯着他的衣袖撒娇道。

刘义符只好回答："算吧，很有可能是大功一件。"

月光照在长生的眸子里，亮晶晶得一闪一闪，仿佛有星子诞生其中。她拊掌道："既然如此，若是你立的功。你说他会不会原谅你们，恢复你和伯母的身份？就算不能复籍，起码允个自由身也是好的。"

刘义符发现她在打歪门邪道的主意，赶忙制止："傻丫头，可别瞎想。到时万一立功不成，还拖累你们，我只有一死谢罪了。"

"哪儿能呀！"长生埋怨他对自己没有信心，撇嘴道："我只是想给你创造个机会进出王府，让你帮我盯着点魏国僧侣而已。这要是真找着证据了，将他们的阴谋扼杀在萌芽之中，不也是利国利民的好事么。再说，要是没有人帮我看着，我以后睡觉也会睡不踏实的。就是嫁到百济去了，都得梦游回来。"

"你呀……"既然长生都把话说到这份上了，刘义符也只好同意。答应她，在母亲身体还可以的情况下，与她的一名仆役互换身份，假扮成仆役进出王府，打探魏国僧侣的动向，以及他们幕后的阴谋。

长生高兴地与他击掌为盟。自己则每天打着去刘义庆新买的小院里参与修书的旗号，把他放在自己的马车里，带出去再带回来。

虽然一时半刻没有什么进展，但是她觉得自从重获自由，隔三差五能出去走走，不再拘束在王府的方寸天地之后，刘义符的精神好多了。她仿佛看见他身上那冰冻三尺，寒冷入骨的积雪开始渐渐消融。他不再每天病怏怏的，偶尔还有心情写写诗，弹弹琴，打理打理花草。

单这一点，她就觉得自己做得非常正确。

而李敬果然按照约定，月末来到刘义庆的编撰院找她。

彼时，长生正在指挥一群人修复一份破损的古籍。据说是失传已久的孤本，大家都格外小心翼翼，生怕出一丝差错。

这间院子是刘义庆专门买下来用于修书的，四周的房屋都布置成了书房，院内也摆了许多桌案、水缸、干草、晾晒架等物事供人使用。他占用了几个屋子，编纂他的故事集；长生占用了另外几间屋子，修复古籍，暂放藏书。由于二人共用同一批门客，共同设立一个办事处，实在合适不过。

这还是长生准备做赵夫人那会儿与他商议的。如今赵夫人没当成，编撰院内却每天忙碌得红红火火。

李敬安静站在一旁，认真观看他们是如何在破损的旧宣纸上蒙上新的，令二者合二为一，将破败处补好，又重新把缺失的文字添加上去的，觉得很神奇。

长生刚指导完这一处，又有人来，送上了几本新收上来的藏书，说其中还有两个孤本，让她鉴别。

长生拿过来随手翻了翻，便将其分门别类放好了，并笑着说这两个所谓的孤本自己手上就有一份，算不上什么稀罕物，但是先人遗留下来的书籍，当然不是越少越好，而是多多益善。

收好了书，又有人来问，在整理诸子百家流派著作的时候，像《孟子》、《墨子》、《老子》、《韩非子》等等大家之言自然要收纳，可是例如法家一派，慎到所著的《慎子》、申不害所著的《申子》、剧辛所著的《剧子》等，是否也要与这些著作并列整理在一起。

长生的回答是："当然了。"

前来询问的那位博士却觉得，申不害虽然变法强韩，然效果只是暂时的，不出数年韩国便为秦所灭，更不要提辅佐燕赵之君的剧辛，说明他们的理论都有欠缺。因此以法家学说为例，有韩非子所著的集大成之作，再加个别出众的代表人物，如商鞅、李悝等人的专著传世就够了。后人只需要了解前人最精华的思想，不需要了解拙劣的部分。

长生对此不敢苟同，对博士强调道："我等作为整理先辈著述之人，不应以主观评判和时代局限作为依据。一个学术中的每一个流派，每一个代表人物，每一部作品，都有他的独到之处。同理，一本书的内容，有些文笔欠佳但寓意深刻，有些辞藻优美但意蕴浅薄，有些虽然写的都是同类事物但是着眼角度和侧重点不同……一字一句共同构成一本书的个性，一名作者的个性。我们所做的就是保存每一份独特，而不是取冠上明珠。只留写得最好的，其他就不要了怎么行。

就好比康乐侯五言诗写的好，我也没把您写的那些都烧了啊。”

博士听完，火冒三丈地黑着脸走了。

李敬在一旁忍着没笑，等到她周围没人了，终于能休息一会儿的时候才上前问：“郡主方才得罪了那位博士，不怕他报复吗？”

长生揉着酸痛的肩膀，无所谓道：“那贵使可就把我朝学者看低了，他最多就是回去也写个藏头诗骂骂我，暗爽一下。观念不同而已，不会上升到械斗层面。”

“原来如此。要是在我们百济，怕是必须得打一架了。”李敬感慨道。

长生心想：这也是我不愿意嫁过去的原因啊！

结束了一天的工作，长生把今天新收上来的可以直接放入国库的书籍和待修缮的书籍分别做好记录后，收拾东西准备打道回府。李敬也在一旁帮忙，一边把她的毛笔清洗干净收进笔帘里，一边道：“在下见方才那位博士用了一个时辰，才修复好几个字。又听你们探讨学问，心中感慨万千，不禁觉得，郡主所做的，当真是一件伟大的工程。不但耗时悠久，而且意义重大。难怪没有时间考虑和亲事宜。”

“不想前人的心血浪费了而已。毕竟一本书还有人看，书里的内容还有人记得，字迹未曾磨灭，那些人和物，情和事，便都存有茫茫宇宙中曾留有痕迹的证据。我捧着书卷的时候时常觉得，那些先人的魂魄还留在书里似的。书活着，他们就活着，在隔着宣纸竹简与我说话。”长生抚摸着案上的一本书，笑言。

“这是不是就是你们汉人说的，文化的传承？”

“大概吧。”

“真好啊。”李敬又开始感叹。

长生觉得听他说得最多的就是这三个字，忍不住笑：“你怎么什么都说好。”

李敬坐下来，也笑道：“实不相瞒，我国太子欲与汉室和亲，利在两国结盟，使彼此可以站在抵御魏国的共同立场，这只是目的之一。”

“哦？”长生闻言，放下手上的东西，认真聆听，等待他的下文。

李敬继续道：“其二便是，希望能够通过和亲的方式，学习中原的文化和技艺。”

说到这儿，他捧着一本书，万般爱护地细细摩挲了一会儿，才继续道：“在郡主心目中，百济是一个又穷苦又偏远的小国吧。那天提起酱菜，郡主一脸鄙夷，觉得食之无味，生无可恋的样子。坦白讲，我们也不想一直吃酱菜啊！也想餐桌摆上更多美味佳肴。当然，这仅代表在下的个人愿望。用太子的话说则是，希望人人都识字，家家有藏书，朝野皆鸿儒，市井无白丁。”

长生看着面前这个目光认真，表情坚韧，侃侃而谈的男子，一时间颇受触动。她觉得血液中有什么长久以来蛰伏着的东西，被这番话激活了，正在奋力挣扎，试图破体而出。每一根毛孔都因此而震悚，激动得不能自已。蓦地，对这个素昧平生的异国太子产生了浓厚的兴趣，停下手中活计，在桌案上撑着头问他：“贵国太子，究竟是一个什么样的人？”

方才还畅抒胸臆的李敬，聊到这个话题，忽然就没那么健谈了，故作神秘地笑笑，露出两根豹子一样的尖牙，反问她：“郡主觉得呢？”

长生耸耸肩：“我又不认识。”

“没关系，以后慢慢会了解的。”他答非所问道。

长生倔脾气上来，心想自己连赵怀璧那么傲娇的人都套路了，难道还套路不了他么？于是提议，要带他去尝尝建康的民间小吃，再多聊一会儿。

“好啊好啊，吃什么？”李敬欣然同意。提起家乡酱菜的时候还一副引以为傲的语气，此时此刻的雀跃却彻底出卖了他的味觉审美。

长生想了想，道：“荠菜馄饨吧。”

二人来到当初赵怀璧引荐的馄饨小铺，长生给李敬要了一碗荠菜的，自己要了份肉馅儿的。

李敬吃了一口馄饨，评价不错。但是喝了一口汤之后，就觉得没那么美味了，品着汤中滋味，道：“若是百济人做这道小吃，定会在汤头上花更多功夫。我们用新鲜的贝类、墨鱼、海参、虾蟹、海菜等熬汤，熬制出来的汤头带着一股浓郁厚重，又不失鲜活的大海的味道，并有一个听起来就很厉害的名字，叫做瀚海十全羹。”

海味总是要比河鲜高级一些的，要不怎么有个词叫“山珍海味”而不是“山珍河鲜”？长生觉得很了不起，附和着点头，转念一想，又觉得哪里不对，疑惑地问：“你们不是都吃酱菜么，怎么还有海鲜汤？”

李敬玩味地挑了挑眉，笑了，目光似正在狩猎的豹子般精明锐利，道：“郡主，在下只说家家都会做很多种酱菜，可从未说过家家都只吃酱菜啊。”

“……”不知怎地，长生觉得好像自己才是被套路的那个，有点后悔请客，不高兴地撇嘴。

李敬见了，连连赔笑，称自己错了，应该早点把百济人还捕鱼打猎的事儿说出来，这样说不定不会给她留下那么大面积的心理阴影。

长生耸耸肩，不置可否。

分别之时，为表答谢，李敬说要送她一样百济的小玩意，约她下次再见。

但是对于要不要再见，长生感到很纠结。

一方面，李敬口中那位百济太子对于和亲一事的期许，和未来的谋划，是有些打动她的。想到自己可以作为一名先驱，为落后的小国带去华夏悠久灿烂的文化，她不禁心潮澎湃，觉得这是一名读书人无上的荣耀。但是理想归理想，精神世界的满足并不能弥补物质世界的缺憾。从个人生活角度考虑，她还是不想远离故土，永远与家人、朋友和熟悉的草木烟雨的气息作别，去吃左一道右一道的萝卜酱菜，和光听名字就腥气扑鼻的汤头。

纠结之际，她又去找萧槿谈心，想知道萧槿对于要嫁去临川一事怎么想。

然而临川离建康那么近，二者之间实在缺乏可比性，萧槿也提供不了什么有用的见解。

长生歪着头，趴在水榭的栏杆上，一脸泄气的表情，用手中的枝条在水上拨开一圈又一圈的涟漪，紊乱的波纹与她内心的纠葛如出一辙。

“还是不要去了。”萧槿劝她。

长生撇撇嘴：“说得轻松，我也想说不去就不去呀，问题不是圣意难却么。我也只能找点理由安慰安慰自己，说去了也挺好，只是目前还不太奏效。”

萧槿刚想说什么，看到刚从外面回来的萧子律正在往瑞鹤楼的方向走，便命自己的婢女过去，把他叫过来给长生出主意。过会儿萧子律跟着婢女来了，长生还在百无聊赖地把一池无辜的潭水搅乱。

萧子律坐下来，听了萧槿说的前因后果，不禁莞尔，取笑长生道：“看不出郡主还有此壮志呢。”

“不瞒你说，我也没想到。”长生翻他白眼，“没想到我的人生追求还比萧中散的价值高尚一些。”

萧子律非但不恼，笑意更深了，放下手杖，理理衣袖，道：“就怕郡主真去了，出师未捷身先死啊。”

“三哥，你怎么能这么咒长生呢？”萧槿听不下去，埋怨道。

长生却无所谓地表示："习惯了，听听又不会胖三斤。"

"并非臣危言耸听。"萧子律挑眉，"现今百济的国运可说不上大好。魏人狼子野心，誓要统一北方。谁知道百济寡民小国，能在强魏攻势下坚持多久。到时候郡主的雄图霸业还未施展，便成了阶下囚，岂不可惜？"

长生不明白："既然如此，陛下为何还要与百济结盟？"

萧子律抖好了长袖，从二人准备的果盘中拿了一颗杨梅，放入口中仔细咀嚼，露出一种对果实清新的酸甜很享受的表情，而后慢条斯理地擦擦嘴角，道："大概只是不想百济过早归于魏人而已，毕竟百济在海上有些实力。不过这只是臣的猜测，具体陛下是怎么想的，百济国王是怎么想的，魏帝是怎么想的，谁知道呢。"

阴谋，到处都是阴谋，国与国之间的交往，唯相互制约与权术较量尔。长生不由叹息，世道险恶，不如回家种桃。

谁知萧子律说完，还摆出了一个笑眯眯的，看上去十分欠揍的表情，补充道："不过郡主要是真想去的话，臣还是很乐意支持的。不但支持，还要申请去送亲，亲眼看看郡主是要怎么个大展宏图法。郡主也知道，臣最爱看新鲜的笑话了，尤其是打着'安阳郡主出品'的招牌那种。"边说边用手比划了六下，刻意强调这六个字。

长生本来最近就不爽，没有心情跟他抬杠，干脆起身，走到桌前，力道十足地在桌上一拍，瞪着他，愠怒道："有什么大不了的，我还不信我在百济就活不了了，你等着瞧，定不会枉费你看戏的热情。"说完从鼻腔里发出一声冷篾的轻哼，拂袖大步而去。

"长生……"萧槿见她当真发脾气，不由皱眉跺脚，朝萧子律埋怨了句："哥，你……我就不明白了，你干嘛每次都要惹她，把她气个好歹的，你究竟能捞着什么好处？"说完，也跟着愤愤地一甩手帕，起身追将而去。

亭中便只剩下萧子律一个人，手中拎着另一颗杨梅，面上的笑意仍未淡去，把玩着那小小的，诱人的果实，自己也问了一遍这个问题：究竟为什么每次都要惹恼长生呢？

眼前饱满多汁，香气袭人的果实，不禁让他想起她生气的时候那咬紧的，因为充血而异常红润可爱的唇。大概就是喜欢看那个表情而已吧，就像有的人喜欢看女性雪白高挺的酥胸，有人喜欢盈盈一握的腰肢，有人喜欢明眸善睐的眼睛……一种普通的男性的审美趣味罢了，没什么特别的。萧子律这样想着，一挑眉，愉快地朝杨梅一口咬了下去。

尽管长生嘴上对萧槿说着自己没事儿，并再三保证并不会一赌气就去跟陛下说马上就要嫁去百济，实际上去萧府的时候郁闷，回来的时候更郁闷了。一进家门，就只想回到房间去，好好洗个澡，睡个午觉。不成想迎面撞上了一个神色慌乱的仆役，险些摔倒。

长生疼得直揉头，不满地问："这是赶着做什么，后院招狼了还是失火了？"

"禀郡主，没有狼，也没有火。小的是急着去宫里，张氏她……"仆役语速同腿脚一样飞快，说到这儿却擦了把汗，仔细思考了一番措辞，才继续道："张氏没了。"

"什么？"长生乍一听，没敢相信，拉住他又问了一遍："你说谁？"

仆役告饶道："郡主去后院问吧，小的着急进宫通传，实在赶时间。"

长生见他模样便知事态必定十分紧急，也顾不上跟他计较或是继续生闷气了，一路小跑到了张氏和刘义符住的院子。只见院中聚集了很多形形色色的人。她还从来没有在这个院中见过这么多人，光是背着药箱的郎中就有三五个，更不要说脚步匆匆的仆役。一看就知道，出大事了。

长生深呼吸三次，让自己冷静下来，再三告诉自己无论进去之后见到什么情景，都要保持镇定，不能给义符哥哥添乱。而后才推门进了张氏的卧房。卧房里也聚集了好些人，其中有她的父亲母亲、刘义符，还有她那被称为妙手神医的外公，每个人都面色凝重。

雕花的卧榻前还挂着她转赠给张氏的护身符，张氏则平静地躺在卧榻上，永远闭上了眼睛。她熬过了归途的艰辛长路，熬过了漫长萧瑟的深冬，却没有熬过这个和煦的盛夏。刘义符在她身边坐着，紧紧握着她的手，目光无限悲凉，一瞬不瞬地注视着母亲的遗容，仿佛自己的一生都在此定格。

长生的父亲母亲都在一旁叹气抹眼泪，外公则摇着头，正在把针灸用的金针都收回鹿皮里。她觉得面前的一切场景都是那么不真实，令人难以接受。

前几天还神采奕奕的刘义符，眨眼变得更为沉郁，好像那浸透骨血的寒冷垂死挣扎地反戈一击终于将他彻底冻僵。前几天还能自己下地走路，到她院子里去看她，夸她摘的桃子好吃，还给她缝了绣着牡丹的漂亮鞋垫的伯母，说去就去了。

世事就是如此瞬息万变，难以捉摸。她怔怔地站了一会儿，才走到刘义符身边，抬手抱住了他的头，想要给他一个依靠。

刘义符没有说话，也没有抬头看她，二人保持这个姿势许久，直到有人通传，说陛下来了。

皇帝还穿着一身朝服，来得匆忙。一进屋，看都没看其他人一眼，便径直通过人群，赶到张氏的床前，颤抖着唤了声："阿容……是我，我对不起你……"

千言万语，都融汇在这一声呼唤里。她是他的发妻，他们患难与共，却没能共享荣华。在她生命的最后时日里，他甚至连见她一面都不敢。

打从回到建康来，并未对这个父亲有过一声怨言的刘义符，此时此刻终于得以相见，却显得极为冷漠，道了句："你是对不起她。"说完，转头看着他，双目赤红如染血，冷声道："母亲早就知道自己命不久矣，之所以执意要回建康，并非是为了什么神医灵药，不过是想再见你一面而已。你却把我们母子丢在这里，丢给你的弟弟照看，自己连个面都不露。你怎配……"

他哽咽着，咬牙切齿，说不出话来了，只用怨恨的目光注视着身披黄袍的男子。

皇帝也不还口，只是坐在榻边，握着张氏的手，沉默着流下一行热泪。

刘义符说张氏挂念皇帝，嘴上说是想吃宫里的糕点，其实是想他，希望他能来与她见上一面。长生这才明白为何糕点带回来了，也没看出她有多开心。同时又不明白，想人就是想人，为何非要说成是想糕点呢?

还有皇帝，明明看上去有很多很多话想对母子二人说，明明此时此刻满脸纵横的热泪能够充分说明他对结发妻子的深情与牵挂，为何从来不说出口，也从来不来照看，只三番五次地让自己的父亲代劳呢?

正巧长沙王招呼外人都出去，留他们一家独处片刻，长生一边跟着父亲往外走，一边诉说自己的不解。

长沙王一副过来人的语气，搂着她的肩道："女儿啊，这世界上有许多人是不善于表达自己的。越是重要的人面前，越是不善言语，甚至口是心非，都是寻常。"

长生皱着眉头，完全不能领会，如何就寻常了。难道寻常不应该是喜欢一个人就对他好，不喜欢一个人就找他茬么……

后来的几天里，王府都在忙着操办张氏的后事。因为张氏已被贬为庶民，无法安葬在皇家陵园。但是皇帝的意思，又不想草率了事，还希望百年之后能同她住得近些，待到不被凡俗琐事所扰后可以互相做个伴，聊聊天。所以如何选址和葬礼按照什么规格筹备，着实让长沙王和王妃费了些脑筋。

长生则每日陪着刘义符，看他时常一边整理母亲为数不多的遗物一边发呆，一日又一日地消沉下去，于心不忍，便对他道："等伯母入土为安后，我们一起出去散心吧。现在天气这么好，你想观花，我们就去观花；想渔猎，我们就去渔猎。"

刘义符却连勉强笑一下也不愿为难自己了，只说："我没事，不用为我操心。"

原本他是因为要陪伴张氏，才被准许留在建康。按说张氏去世后，应该启程返回流放之地才是。可是不知道是出于愧疚还是骨肉亲情，皇帝迟迟没有提及此事。长沙王也就当不知道，让他继续留了下来。

过了几日，刘义符又来找长生，表情已经没有那么悲痛了，对她说道："母亲去世前，我发现那些魏人确有可疑之处，但一时片刻还拿不准他们打的是什么主意。如今母亲的后事处理差不多了，我也不能一直沉浸在悲痛之中。不如你再送我出府，继续查下去吧。有点事做，心情也会好点。"

他能这么想，长生当然高兴，不假思索地同意了，丝毫没有感受到他平静的表象下，愈发风雪交加的内心世界。大概因为，她最近的闲暇时间，心思都花在了与李敬结交一事上。

是日，长生赴李敬之约，来到他和百济使团暂住的驿馆，取送给自己的"小玩意"。看到李敬手上提着一个藤编的箱子出现在自己面前的时候，她心里对于"小玩意"这个词使用的准确性是感到怀疑的。

然后李敬咧嘴一笑，把箱子放在地上，打开盖子，伸手从里面掏出一只毛茸茸的小动物，再炫耀似的拎到她面前……周围的空气都明显惊得屏住呼吸，停滞了一瞬。

长生眨巴眨巴眼睛，李敬手里拎着的那只长条形的毛发灰白，眼睛周围长着一对黑眼圈的大尾巴老鼠也眨巴眨巴眼睛。双方面面相觑，目光中都写着不解，仿佛都在问："你谁啊？"

长生疑惑地抬头看看李敬，再看看长条大尾巴老鼠，不明所以。

李敬扣好箱子，介绍道："这只雪貂，是我国太子殿下亲自饲养的宠物，命在下带来，作为赠礼送给将要过门的太子妃。听萧大人说，郡主也喜欢小动物，在下便觉得，缘分所至，太子殿下这份礼准备得太熨帖了。”说完，他的手又往前伸了伸，示意长生把它接过去。

长生内心十分抗拒，但是看对方盛情难却，又不想拂了这个重口味太子的一番心意，只好硬着头皮伸手去接。

没想到刚抓住小雪貂热乎乎的身子，她还没受惊，小雪貂倒吓得不行，拼命扒着李敬的袖子，企图往他安全的怀抱里爬去，慌乱得小腿直蹬，并发出吱吱的叫声。

它想回去，李敬非给推出来，长生拽着，还不敢用力，怕把它掐死。就这样，经过一番艰苦搏斗，小雪貂才肯乖乖躺在她怀里——与其说是终于沟通好感情，倒不如说是彻底绝望地认了命。

看它刚才扑腾的样子，意外的可爱，长生也没那么嫌弃了，把它放在腿上，与李敬一同在驿馆里巨大的香樟树荫下坐着乘凉。一边捋着它柔软的长毛，一边问：“你们太子为何要养只老鼠，就没别的可养了吗？”

李敬好脾气地再次解释：“不是老鼠，是雪貂，名为海盗。这种有黑眼圈的品种，即便在百济也是很珍贵的。”

“我是说，一般人都养点花鸟鱼虫，或是犬只斗鸡什么的吧。”长生顿了顿，道。

“嗯……大概因为我们太子不是一般人，否则怎会有幸娶到郡主呢？”李敬的语气就好像长生和他家太子的婚事已经板上钉钉了似的。

长生刚想说，凡事不要说得那么绝对，指不定就从哪一环上横生了什么枝节呢——虽然她对再出现一个赵怀璧是不抱什么希望了。突然听到驿馆中传来一瓷器坠地破碎的响声，接下来便有两个人高声争执，语气像是对骂，其中有一个人说的还是百济话。

长生和李敬对视一眼，不约而同起身赶去。到了事发现场得知，驿馆中的一个侍官与一名百济使臣发生了冲突。

原来那名百济使臣去乡已久，特别想念家乡的味道，格外想吃上一口家乡美食瀚海十全羹。但是建康不靠海，夏季海货又不好保鲜，十分难得。即使是公卿贵族，也很少买得着。更不要说当今皇帝崇尚节俭，自己带头不吃山珍海味，下头的人自然也得跟着降低食材档次。没有市场，也就没有商贩愿意冒着变质的风险贩卖了。因此如今的建康，想找齐李敬所说的那些用于熬制海鲜汤头的原材料，难如登天。

侍官将情况如实对使臣说了。对方却觉得是他故意轻视自己，连要口吃的都不行，非给他扣上一个怠慢来使的罪名。

侍官一听，觉得这人简直无理取闹，脾气也上来了，斥责他得寸进尺不知轻重。于是两个人就吵了起来，百济使臣激动之际还把驿馆里的花瓶碰掉了。

一碗海鲜汤虽小，牵扯到一国形象，便兹事体大了。长生皱着眉头，站在侍官这边，帮他说话，动之以情晓之以理地对百济使臣解释道：“我泱泱大国，怎么可能不舍得一口吃食，实在是夏日酷暑，运输不便，难以筹备。万一中途变质，就是运来了，也不好吃了呀，您说是不是？”

百济使臣情绪上头，压根不听她解释，扬言要把这件事儿宣扬出去，教各国都看看，自称华夏正统的大宋是如何仗势欺人的。

“谁欺负你了，分明是你自己欺人太甚。”侍官愤愤道。

“我告诉你，你现在说的每一句话，我都会记下来，留作证据。”百济使臣嚷嚷。

二人愈吵愈烈，谁也不肯退让，大有从就事论事演变成问候对方全家的趋势。长生恨自己嗓门不够大，连句话都插不上，也是没了主意，想找李敬求助。李敬却抱着不知道什么时候跳回他怀里的海盗，挠着它的肚子，一副事不关己高高挂起的样子——看来是指望不上了。

他肯定既不会攻击自己人，也不想得罪她，长生这么想着，心中竟然冒出了一个“要是萧子律在就好了”的念头。

正在她作此期盼之时，周围的吵闹声中夹杂了几声木屐踏在地面上的哒哒声。长生抖抖耳朵，分辨出三声为一段，两声大一声小，于是兴奋地一拊掌，回眸看去，果然是萧子律撑着他那根庄重威严的紫檀木马头手杖，踏着木屐来了。

她觉得自己从来没有这么想见到他过，毕竟不讲理这种事，萧子律比她擅长多了。

只见萧子律从容不迫地走进战场，站稳脚步，整理仪容之后，方才询问侍官发生了何事。侍官将来龙去脉与他道来。萧子律听完，大方地笑了，道：“贵使想念家乡的味道还不容易，建康到处都能买到萝卜，做点酱菜不成问题。”

“我想这位萧大人没有听明白，我要的是瀚海十全羹。”使臣插着手，倨傲道。

“那就请恕萧某难以理解了。贵使既然只是想念一口家乡滋味，为何偏偏要挑一个最稀罕的，而不是最平常的？据萧某所知，贵使口中的瀚海十全羹，需取上百种珍稀渔获，其中单是深海贝类便有十余种，分别通过不同形式加工，再以高山泉水共同炖煮七七四十八个时辰，最后取得一碗精华，所以名为瀚海十全。大量名贵食材和复杂的做法，决定了它非寻常人家能够享用。即便是在宫廷之中，也只有逢年过节，祭祀宴请时才会烹制。贵使以此汤为家乡滋味的代表，莫不是自小在宫里长大的皇室中人？”萧子律说到这儿摇了摇头，遗憾道：“贵国使臣出使居然谎报身份，置出使信用于何地啊？”

使臣一听，急了，忙声辩：“萧大人莫要危言耸听，吾等才没有做这等欺瞒之事。”

萧子律等的就是这句话，凤眼一眯，用手杖重重在地上一点，声调骤然低沉，喝道：“既然没有，那贵使就是故意出难题，刁难我朝侍官了？”

“这……”使臣没话说，一个劲地给李敬使眼色，寻求支援。

气氛骤然从刚才的急头白脸吵吵嚷嚷，变得庄严肃穆起来。被萧子律从一顿饭到底吃什么的争议，正式抬升到政治高度。不管百济使臣说什么，萧子律都能给他扣个帽子。

真是作茧自缚，长生在旁边看得乐呵，忍着笑，心想：想说过萧子律，你恐怕还得修炼个五百年。

“这什么，贵使但说无妨，萧某洗耳恭听。”萧子律还敛袖坐了下来，大有打持久战的架势。

一旁的侍官见状，也跟着坐下了，装出一副同样气定神闲的样子，还给萧子律和自己各倒了一杯茶，互相敬着，慢悠悠地喝了。

使臣偷鸡不成蚀把米，恼羞成怒地又要发作，吵嚷着要见陛下。

然而大局已定，虽然他强行营造出一种“我厉害得不行，尔等都要卑躬屈膝”的气势，实际上不过是穷途末路的跳梁小丑罢了，跳得还一点也不好看。

场面十分尴尬，长生都以袖挡脸，不忍直视了，生怕自己笑出声来。

李敬大约也终于看不下去，出面圆场，笑道：“各位见笑，我等代太子求娶，临行前，太子殿下便招待着吃了一碗这瀚海十全羹，以示重视，命我等尽心竭力。在下以为，多罗兄也不过是怀念那口极具代表性的鲜味罢了，其实并不一定非得是这口。给他随便烧两条海鱼做个汤喝，想必也可解馋。”

使臣沿着他铺好的台阶下，直嘟囔：“就是就是。”

侍官大约是看李敬好说话些，得寸进尺道：“我们这儿没有海鱼，只有河鱼。”

没想到李敬虽然不似同伴那么嚣张，说话客客气气的，但是在原则上也不愿让步，笑容可掬道：“想来，贵国京师物华天宝之地，弄两条海鱼，还不是什么难事吧。否则，若传出去，说堂堂大宋皇室，连两条海鱼都拿不出来，岂不贻笑大方，恐怕还以为是在下诓人呢。”

他的表情得体，趴在他肩头的海盗却不满地朝侍官龇牙，摆出一副战斗姿态。长生看在眼里，越想越觉得耐人寻味。

侍官还想说什么，被萧子律抬手打断了，也礼貌地施了一礼，回道：“贵使说得是，萧某这就命人准备，晚膳必定合诸君口味。”

双方各让了一步，至此一场“外交危机”算是圆满解决。萧子律还友好地约李敬一同切磋棋艺。二人尽释前嫌，有说有笑地在院内的香樟树下摆了棋盘对弈，长生则抱着被李敬无情地塞回她怀里的雪貂观战。侍官在一旁端茶倒水，对萧子律表现得十分狗腿。

由于你赢一盘我赢一盘，下得不温不火，实在无趣，长生看了一会儿觉得犯困，便找了个借口，抱着海盗先行告辞了。回到家中，命仆役给小雪貂做了个藤编的笼子，放在卧房里一个小八角桌上，拿了根竹叶逗弄它玩。

小雪貂显然对植物不是很感兴趣。

长生却锲而不舍晃着手，心不在焉地想，雪貂虽然不似发簪、荷包、环佩等物，但毕竟是百济太子本人所养，应该也算是定情信物了吧。自己既然收了，是不是就等于正式认同了和亲之事呢？

调戏得差不多了，她才按照李敬的叮嘱，命婢女从厨房取了点生肉来喂海盗。小雪貂心满意足地抱着肉条啃起来。长生看着它吃完，挑眉想着：好吧，这个陌生的百济王子，的确勾起了她的兴趣。虽然她不甘心被命运操纵，但是往好的一方面想想，说不定能同这位王子相处得来，成就一段佳话呢？

如她所料，收下海盗后，不知李敬同皇帝说了什么，皇帝再次召见长沙王的时候，已经开始协商婚礼的具体事宜了。所有人都默认，长生很快就要作为和亲公主嫁往百济。

不出数日，宫里便一连发了好几道御旨。先是将她从安阳郡主擢升为平阳公主，又赏赐了许多金银玉器、珊瑚珠宝做为嫁妆。就连出嫁仪式上要穿的喜袍都御赐了下来，长裙逶迤，纱带飘逸，浓墨华彩，庄重威仪，尽显大国风范。

除此之外，长生本人还要赶制一套嫁衣，于是将出发的日子又往后延了一个月。百济使臣不知是不是上次被萧子律吓住了，这会儿又不想家了，好脾气地没有催促。

一个月里，长生要处理的事情实在太多。

她先是到刘义庆的编撰院，将自己离开后的事宜都布置下去，并且告诉他，自己走后，府上的藏书也全部送给国库。而后又在刘义庆的陪同下，挑选一批书籍，准备带去百济。书籍的内容大多以农田水利和生产技术等实际应用为主。

而后又跟着父亲陆续拜访了一些亲朋好友，当做告别。

皇帝也在宫中设宴，邀请宗室全员参加，在宴会上表达了对长生做出此番个人牺牲的感谢，并祝福她在百济平安顺遂。

公主、郡主、县主们纷纷前来向长生道喜，广袖云鬟，往来如流。其中不乏有些未出阁的，带着终于松了口气的侥幸心理。个别讨人厌的还要关心上两句，问她准备好了没有，好像她多乐意去似的。长生逐一敷衍着，感觉明明是好菜好饭，却吃得一点也没有意思。

广德公主和驸马赵怀璧也来了。自从服毒事件之后，三人还是第一次正式会面。

长着一张娃娃脸的广德梳了妇人发髻，仍显稚气未脱，行为举止却比从前少了几分任性，多了几分稳重，似乎成家真的能让人一夕之间长大。

她是最后一个来同长生说话的，低着头，脸色泛红，带了几分愧疚不安的心情，小声道："百济那边的情况，你都了解了吗？听说冬天特别冷，你要多带些厚衣物。过去之后，要是缺什么东西，或者想吃什么，就写信回来，我托人给你寄。"

"谢谢。"那么多姐妹里，还是她说的话中听些，大概是因为二人曾经站在同一条船上，互相能够理解吧，长生由衷谢道。

广德却目光闪躲，容色尴尬，道："不用谢……原本我也是亏欠你些。"

长生大方地摆摆手，道："没什么亏欠不亏欠的，感情的事，谁又能说得清呢？不说这些了，来喝酒。"说着敬了她一杯。

广德得此一言，压在心里的巨石终于滚落，也回敬她一杯，笑道："你不介意就好，否则我心里一直堵得很，觉得你之所以会去百济，都是我害的似的。"

"嗨，怎么能怨你呢，堂姐你想太多了。"长生望天，心里想，明明要怪你爹，面上却笑道："要怪只怪时运不济吧。我一开始心里是有点别扭，现在已经想开了。"

二人把打开话匣子，又聊了一会儿。广德兴奋地告诉长生，自己可能已经有喜了，只是还没确定，叫她先不要往外说，还再三强调她是第一个知道的。

原本赵怀璧也想上前同长生说几句话，见姐妹二人聊得火热，只好坐了回去。后来也迟迟没能找到机会。

直到入夜，众人各自回府后，宋安知来到长沙王府拜访，与她在院中说话。

静谧夏夜，月华初上，庭中一地清辉。晚风徐来，灯笼摇曳，竹影斑驳，远处传来池塘里莲花的清香。长生喝了许多酒，醉意朦胧地伏在案上，努力撑起头看他，问道："赵将军让你来的？"

宋安知点点头，又摇摇头，叹道："都怪我没帮上忙。"

长生笑了，抬手想要去拍他的肩，却没够到，只是胡乱地晃了晃，嗔道："怎么一个个都要把责任往自己身上揽，难道这天是靠你们托着才没掉下来的？这事谁也不能怪，要怪就怪我自己不够坚定……算了，我们不说这个。"

"好，不说。"见她面上笑意淡去，宋安知温声道，"说以后的事。"

"嗯，说以后。"

"将军托我给你带个话，说是……君子一诺千金，他既承诺过要保护你，必不食言。若你在百济受欺负，就是陛下不许，他也会打过去，把你抢回来。"宋安知道。

长生沉默片刻，忽然失笑，说了声："你等一下。"便晃进书房，拿了张纸，大笔一挥，写下"千金"两个大字，又晃出来，递到宋安知手上，道："喏，那你把这千金还给他，让他别记着了。如今他是驸马，是广德的夫君，陛下的女婿，哪能以我为中心。"说着，她打了个酒嗝，"你也帮我给他带个话，说他好好照顾妻儿，保家卫国，就当实现对我的承诺了。大宋好，我就好，这趟和亲才没白去。"

宋安知拿着那张被她捏得皱皱巴巴的纸，一时不知该说什么，情不自禁地一把拉住她的手。

温暖的手掌让她想起遗失在岁月中的童年，那时她还不是公主，不是郡主，不知道家国是什么概念。每天只知道跟在他屁股后头数星星、编狗尾巴草、捉泥鳅，玩到累了就并肩躺在草地上睡上一觉。多么快乐，多么自在。如今拥有了荣华富贵的同时，又有多少身不由己。想着想着，她突然鼻翼一酸，一行清泪流了下来。

宋安知心疼不已，再无比当下更加厌恶自己口齿笨拙的时刻，唯一能做的就是反复轻拍她的肩头，以示安抚。

长生哭够了，揉着红红的眼睛，对他做了个鬼脸。

宋安知哭笑不得，戳着她的额头道："你呀……"

"多少年没在人面前哭过了，多给你面子。"长生撇嘴道。

他最为珍视的，正是时隔多年后二人之间依然保有的这份两小无猜，一时激动，开口对她说道："长生，若是我……"

然而话还没说完，便听周围的竹林中突然传来一阵窸窣的声响。宋安知习惯使然，右手迅速按在刀鞘上，左手将她拉到身后，厉声喝道："谁在那里，还不速速现身！"

长生被他的反应吓了一跳，也朝幽暗的竹影间看去。只见草叶摇晃，片刻后，从中钻出一个圆滚滚的小脑袋，见到她，一溜烟跑过来，用爪子拨她的裙子。

原来是小雪貂不知何时从笼子里溜了出来，长生弯腰将它抱起，挠着它的肚子，笑道:"海盗，怎么能这么吓唬人呢，快给哥哥道歉。"说着把小雪貂举到了宋安知面前。

小雪貂无辜地扑腾了一会儿腿，长生又把它抱回怀里，问宋安知刚才想说什么来着。

宋安知低着头，淡笑道："没什么，我先回去了。"

"好吧。"长生迷茫地看看他的背影，再看看海盗，心想海盗如何惹到了他……这人真是跟赵怀璧在一起时间长了，都染上了喜怒无常的坏脾气。

忙完其他事务，长生专注地在家绣起了嫁衣。萧槿的嫁衣也完工在即，每天来王府陪她一起绣。结果长生还没怎么着呢，她倒哭肿了眼睛。

长生也是很无奈，命婢女拿来冰块给她敷眼睛，叹道："我都没哭，你哭什么，好像你要嫁去百济了似的。"

“我哭我那三哥不争气，你说，若是你们二人的婚事早点定下来，陛下不就不成天惦记着要把你送去百济了？”萧槿真是又气又急，眼泪又如断线的珠子般滚落，绣架上的木头都要被她泡发霉了。

“结果呢？他不但不配合，还要做什么送亲的使臣。”萧槿越说越气。

长生忙安慰道：“哪儿跟哪儿啊……别想了，要指望我也不能指望他啊。再说了，就我这种被命运诅咒的女子，也没办法。”

萧槿不敢相信地看着她，问道：“你什么时候也信命了？”

她不信。当初喊着“封建迷信不能定命运，谁也不能阻止我谈恋爱”口号的那份坚定，时至今日仍未改变。所以她才会花那么多时间去与李敬接触，千方百计了解百济太子是个什么样的人。了解之后，又经过慎重考虑，才自己做出的决定。

但是只言片语也解释不清，长生便拍着她的手，宽慰道：“你放心，我就是那么一说，哪能真信什么诅咒。倒是我已经这么美了，上苍总要给我制造点烦恼，对别人才公平。”

萧槿破涕为笑，嗔她：“你呀，就知道贫嘴，真是跟我那个三哥一模一样。他也常说，自己的腿要是好的话，能文能武，还英俊得不像话，别的男子还怎么活。”

萧子律大夏天的，在假山上的凉亭中画个画，平白无故打了好几个喷嚏，感慨设计园子的工匠心思真是巧妙，纳凉之处的通风效果不能更好。

这幅画是长生委托他画的，确切来说，是一幅地图，她的先祖打下的，汉代江山的版图。云横秦岭，风啸戈壁，冰封长城，雨润江南，故都长安和洛阳，还有现在的京师建康被周围的城池众星拱月，点缀其中。她想把它带到百济去，作个念想。

旁人恐怕一个月之内画不出来这么长的画卷，她只好找被诩为丹青圣手的萧子律。没想到萧子律还真答应了，条件就是让她亲自对皇帝说，选他加入送亲的队伍。

这天长生前来察看进度，虽然不愿意承认，但不得不老实道：“画得真好。”

萧子律正在揉着手腕休息，闻言毫不谦虚地颔首表示那当然。

长生随手拿了支笔，搅着砚中的墨汁，道：“送亲的事，皇帝伯伯已经答应了。”

“嗯。”萧子律应了声，问：“何时启程？”

“等你画完就差不多了吧。”长生道。

“那臣一定抓紧时间。”

“……其实不抓也行的。”

萧子律笑眯眯地看着她，问：“又后悔了？”

“也算不上后悔吧，就是还有点不大情愿，也有点忐忑。”长生答道。

“是啊……不知道百济王子是个什么样的人。”萧子律学着她的样子，撑头琢磨。

“我觉得应该跟李敬挺像的，毕竟李敬是他身边最亲近的侍卫，每天耳濡目染，脾气习惯想来差不多。”长生根据宋安知和赵怀璧的情况如是推论。

“是么？”萧子律吹了一下手杖上落着的蝴蝶，轻笑道。

“你有不同意见？”长生挑眉问。

“没有，在这一点上，臣难得与公主看法一致。百济王子，一定与李敬很像。”萧子律意味深长地看向她，“说来，李敬还挺不错的，不是么？”

“嗯。”长生点了点头。监工完成，墨也搅够了，便回家继续绣嫁衣去了。

萧子律还在歇息，凝视着画作，若有所思，不知不觉就歇了一个时辰。旁边等候的婢女以为他不舒服，上前问他要不要回房去画。

他却拎起手杖，道：“今天不画了，你先放回去吧，我出去走走。”

之后的几天，也都不是很积极。不是有朝中要事，就是与友人把酒。婢女觉得，自家公子好像在故意拖延进度似的。但是询问缘由，他又不承认，只说是前些日子太拼，耗尽了灵感。

可是草图分明勾勒好了，只剩一角就完成，哪里还需要什么灵感呢？婢女费解。

萧子律叼着晚熟的杨梅，叹道：“艺术家的心情，你不懂。”

第六章 但是突然爆发了外交危机

备嫁的时光流逝的速度比飞针走线还快，萧子律没因为画作画不完而着急，长生也没有因为心中忐忑而寝食难安，反倒是萧槿上火了，一连数日除了莲子百合绿豆粥什么也吃不下，常常提着针，一愁眉苦脸就是半个时辰。只要见到萧子律，她就要问上一遍，画什么时候画完，长生是不是一定要走了。

萧子律疼爱地拍着她的头，对她道："别急，长生的性子，你还不了解么，只要一日不出发，还指不定闹出什么幺蛾子呢。"

萧槿想想也是，这才在心里留了希望的火光，不至太难过。

一眨眼的工夫，就到了七月十五，建康城家家送灯祭祖的日子。早上先在祠堂拜祭，而后到寺庙烧了香，再去坟前上供，晚上又要去河边送灯，家家户户忙碌不已，各大佛寺争相爆满。

僧人们也走上街头，化缘的化缘，算命的算命，讲经的讲经，做法事的做法事。其中也包括那些魏国僧侣。

约莫除了长生以外，还有好些人出于家仇国恨，看魏人不顺眼，尤其是北方逃难而来的流民。据说上个月便发生过数次摩擦，只是情节较轻，仅局限于斗嘴和推搡，没有引起重视而已。

如今几个巡逻的官兵也跑去找他们的麻烦，要他们拿出通关文牒。

几个魏人僧侣解释说，放在借住的寺中，没带在身上。

官兵不信，质疑道："尔等当真是僧人吗，不是魏军派来的细作？"

被盘问的魏国僧侣近日来没少遭受怀疑，半路出家，佛法修行得也不到位，闻言略微不淡定，同官兵呛了几句，只道是：“施主莫要以小人之心度君子之腹。”

“我是小人，尔等是君子？可莫要逗人发笑了。”官兵说着哈哈大笑，引得一旁的同伴也都跟着笑了起来。

魏国僧侣觉得与这群流氓之辈没有道理可讲，准备离去。却又被他们拦了下来，不依不饶道：“高僧别急着走啊，既然你说自己不是细作，又没有文牒作证，不妨给我们讲讲佛法，好验明正身。”

“施主想听什么经？”走在最前面的魏国僧侣克制着情绪问。

官兵一脸奸笑，道：“我们不想听经。平日听多了，有些无趣。高僧不妨给我们讲讲您是怎么想起来出家的吧。是长得太丑娶不到媳妇呢，还是房中羞涩，办不好事啊？”

话音一落，又是一片哄堂大笑。

魏国僧侣眉头紧蹙，脸色发白，显然十分愠怒，但又不好发作。

他旁边的一个同伴却忍无可忍，呼天抢地道：“吾辈修行之人，原无心世事，只为证法论道，寻求生老病死之真谛，大千世界之奥义而来。却只因胡人出身，便要无端受此羞辱。世人虽能视物却装眼盲，虽能听声却要曲解，偏见纠纷几时能休？呜呼哀哉，吾今日便以身证法，恳请诸天佛祖开聪明目，救世人于水火之中。”说完便作势向那些官兵扑去。

身边的僧侣也受到他的感召，纷纷效仿。

官兵哪里料到这阵仗，不明白他们要干什么，警惕地横起利刃，以示恫吓，厉声喊着：“退后！”

不料冲在最前面的那个僧侣竟空手夹住对面官兵雪亮的佩刀，用力撞了上去，任凭刀刃刺入自己的身体。

官兵受到了惊吓，其他僧侣也受到了惊吓，场面混乱极了，引起大规模交通拥堵。

远处的魏国僧人闻讯赶来，以为是官兵故意杀人，要为同胞打抱不平。官兵则为了制服他们，也当真动起了手。事态发展近一步恶化，等到赵怀璧带人前来维持秩序的时候，已酿成大祸。约有五名魏国僧侣在骚乱中身亡，两名最先寻衅滋事的官兵也重伤不治。

消息很快传遍各国，引起轰动。属魏国最为愤慨，召集黄河南北大大小小诸国使臣，共同声讨宋军不义之举。

当今之世，佛教在各个国家都占主要地位，社会风气对僧侣尤为尊重。这次闹剧也就理所当然地被各国视为丧心病狂的野兽之行径。舆论一下子将大宋推向千夫所指的风口浪尖，令自称大汉遗脉的皇室颜面无光，处境尴尬。

长生一直关注建康城的魏国僧侣动向，得知此事震惊不已，在书房里一圈又一圈地踱步，蹙眉道："一定是魏国僧侣自导自演的，利用我汉室注重信誉名节，故意制造事端，好教自己师出有名。"

长沙王本来就怕热，急的满头大汗，一边擦汗一边点头，附和着："对，对……但是我们没有证据。"

"早就跟你说了他们不对劲，谁让你当初不听。"长生撇嘴，埋怨父亲。

长沙王尴尬地笑了笑，道："事到如今再说这些也晚了，爹找你主要是想说，现在局势艰难。"

"我知道局势艰难。"长生叹着气坐下来，分析道："随时有可能同魏国开战。伯伯登基以来的短暂太平年景怕是要到头了。"

"对对。"长沙王连连点点头，"不仅仅如此，还有你跟百济太子的婚事……怕是也要告吹。"

"此话怎讲？"长生一心想着魏国如何如何，一时没反应过来，不解地问。

长沙王不知是该高兴还是该难过，热得喘了会儿才酝酿好，道："你看，魏人不是说我们堂堂一个文明古国，竟然行如此野蛮之事，实在让人失望透顶么。虽说是屁话，但好像还真忽悠住了一批人。总之现在好像不跟着他们一起同仇敌忾，就与我们一样，都是野蛮人了似的。所以原来态度不明的诸国也纷纷站到了魏国一边。还有一些怕魏国来打自己的，更是趁机表示愿与魏国一同向我们发难，以求自保。这个节骨眼上，百济怕是……不敢与我们和亲了吧。"

原来如此，各国之间的形势瞬息万变，早已今非昔比，长生倒是没考虑到这一层，闻言也觉得十分有道理。这么一说，难道自己心心念念的转机终于来了？她觉得好像应该高兴，可是怎么也高兴不起来。来的代价，未免太大了些。

事态亢进，如今她也无心在意百济人怎么想，听完之后只是随意点了点头表示知道了，便对父亲说："先不跟你说了，我去找堂兄。"说完拎着裙子便小步往外跑。

长沙王还有话没说完，叫了她好几声，她都没有回头。来到刘义符院中，见刘义符刚刚穿戴好仆役的衣服，正在院里像模像样地浇花。

“怎么样了？”长生一跑进来便问。

先前刘义符已经告诉她，来的这些魏国僧侣中，有人精通佛法，有人却马马虎虎。经过仔细查证，他得知部分僧侣刚刚剃度不久，就到了建康。虽说僧侣们解释是跟着师父来修行的，可是这个理由无法说服他。他顺藤摸瓜查下去，又发现这些人中有些拳脚功夫了得，像是专门习武之人。

彼时长生拍着桌子，激动地推论：“那一定是魏国官兵，混迹在僧侣之中，悄悄行事。”

刘义符也这么觉得，但是苦于没有证据能够证明他们的身份，只能停留在猜测层面。这样的论断，前去找人对质，人家大可以说是他一家之言。或者就算承认僧侣中有人从前服过徭役，也没人规定打过仗就不能出家了不是？

更何况，还不知道他们假扮僧侣在建康这么长时间，究竟在谋划什么，不敢轻易打草惊蛇，所以一拖就拖到现在。

当然，那时候长生也没想到会发展到这一步，如今忍不住再三催促，道：“当务之急是要先证明他们的身份，否则就算他们还有别的阴谋，我们都没有时间从长计议了。”

“我懂。”刘义符颔首，劝她别急：“但是想必魏人精心谋划，也不愿透露风声，我恐怕还需要一点时间。”

长生说着：“靠你了，今日车夫单独带你出去，就说是我让院里的仆役出去采买，你回来的时候记得随便带些布料。我还要应付我爹，就不陪你去了，刚才他好像还有话没说完……”在他肩上重重一拍。

“放心吧。”刘义符笑着揉了揉她的头，便转身，收敛笑意，脚步匆忙朝大门外走去。

魏人的真实身份，没有眼线在魏国的他确实难以查证。但是更重要的是，这段时间以来，他一直在调查另一件事——当初匿名上奏，举报舅舅贪赃枉法，收受贿赂，毁他前程并间接害死母亲的凶手究竟何许人也——如今业已接近真相。

眼下长沙王最为操心的则是，若百济当真退婚，长生该怎么办。长生却劝他凡事要往好的一面想，万一还有转机呢？

她在等待刘义符带来的转机，不光是为了自己，更是为了全体大宋军民。可惜时间却不等人。消息传到百济后，百济很快又派了一名使臣，带来了国王的亲笔信。信中写的是什么，外人不知，只知三名使臣在驿馆里用百济话吵了一架。而后驿馆的侍官前来传话，说是李敬想要与平阳公主私下见上一面。

长沙王气鼓鼓地对侍官说："你告诉他，不见。"大有一句话也不想跟百济人多说的意思。

长生无奈道："爹，咱还不确定人家要说什么呢。"

长沙王只道是用脚趾头想都知道不会说出什么好话，执意不许她出门。

长生便道："就算他们背信弃义，我也要讨个说法呀。"

长沙王觉得这才像话，胖手一挥，道："那倒也是，你去好好教育教育他。"

驿馆中说话不方便，二人相约在馄饨铺附近的七曲桥相会。见面之后，大概都能猜到对方要说什么，但是都没有先开口。

李敬看上去一宿没睡，顶着黑眼圈，趴在桥上，看着底下的乌篷船在河道中来去，搅碎厚重阴云留下的倒影，叹道："太子与公主，恐怕缘分未至啊。"

"是啊。"长生道，语气有一点点伤感，但更多的是不满，道："你们太子动作还挺快。"

李敬叹了口气，解释道："并非太子，是国王的意思。早上新来的使者说我国王后一病不起，找人看过之后，说是与未过门的儿媳相冲所致。国王王后情比金坚，担心王后身体健康，无奈之下，只好取消婚约。"

"还挺会找借口，知道我命硬。"二人之间原本和谐友好的气氛湮灭了，取而代之的是她语气中的敌意。

李敬无奈地苦笑："公主与在下置气，又是何必。大局已变，你我身在其中，都免不了为其左右罢了。若是在下，或是太子拿主意，想必不愿如此，谁教我们人微言轻，做不了主呢？"

长生也知道过不在他，但是不对他发泄一下，又能找谁去说理呢？总得找个人怪罪一下吧，因而继续撇着嘴不说话。

李敬站在一旁陪她沉默。

黑云压顶，低飞的燕子从他们身边掠过，空气沉闷得令人难以喘息。一阵疾风刮过，建康城迎来了入夏的第一场大雨。

二人被暴雨淋的措手不及。李敬想叫长生快些跑去避雨，却见她不但不慌乱，还仰头望起了天。只好站得离她近些，试图帮她挡住裹挟着雨水横扫而来的凉风。

并肩站了一会儿，长生在风雨交加中侧过头去，嫣然一笑，对他说："这雨来的快，去的也快，一会儿就停了。然后出大日头，衣服马上就能晒干。"

"嗯。"李敬点点头，揽过她的肩，推着她往桥下走，边推边道："但是免不了一场风寒发热。"

"唉，唉，唉你别推我呀……别推……啊啊啊啊！"

桥体颇抖，下了雨路又滑得很，长生猝不及防，吓得一路尖叫，幸好小步紧倒腾才没摔倒。下了桥，立刻实施打击报复，绕到他背后去推他在石板路上跑。

李敬无奈地直告饶："哎哟我的公主，在下知错，知错了……我这老腰，您行行好，可别推了。

长生一心软，他立刻又反过来推她。

长生便嚷着："好啊，你这骗子。"再推回去。

二人打打闹闹，很快便跑到了驿馆门前。

雨也在这时候停了。

长生站定，身上湿哒哒的，头发和袖子都在滴水，在破云而出的金光中笑着对他道："再见了。"

李敬跨进门槛，对她一拱手，也道："再见了，公主。"

第二天，百济使臣便进宫，同皇帝说了国王的意思，再三表示平阳公主是个好姑娘，对于这种结果他们也觉得非常遗憾。

虽然萧子律针对这种墙头草的行为极尽挖苦讽刺之能事，但是人家都说不娶了，我们总不能上赶着嫁吧。他扮了半天黑脸之后，长沙王又出来扮红脸，说着算了算了，好聚好散，正好闺女也舍不得离开家。

最后焦头烂额的皇帝大手一挥，也说罢了，和亲一事就此作罢，但希望两国友好关系能够长久保持下去。

李敬带头连连称是。

于是困扰长生半载的和亲风波，就像这盛夏暴雨一般，来得快去得也快地结束了。意料之外的程度，令她半天缓不过来，直到为百济使团送行的时候，整个人还有点云里雾里。

驿馆边的依依杨柳下，百济使团已带着皇帝赏赐的赠礼整装待发。长生同李敬说好了，自己也会来送他，又给他添了两辆马车的行李，对他道："这些都是我之前准备带去的书籍，虽然人不去了，书还是可以去的，就当做礼物赠予贵国太子吧，也算是缘分一场的纪念。”

李敬朝她深深鞠了一躬，感激不尽。

长生忙扶他起来，道：“不必客气，我也是看在贵使的面子上，毕竟朋友一场。”

李敬笑道：“对，朋友。我们以后还会是朋友的。”

考虑到现在的形势，长生对于这句话其实不抱什么希望，只叹道：“我现在唯一的心愿就是能够尽快查明真相，洗清国冤。但求比魏国军队的动作快些才好。至于百济……”

李敬认真道：“公主放心，回国之后，在下也当倾尽全力，维护两国邦交之好。至少不让公主看到百济的军队出现在贵国境内。”

不管能不能做得到，他有这番心意，长生就很感动了，朝他粲然一笑。

二人说话的时候，海盗一直在她肩头不安分地窜来窜去。一会儿试图跳到李敬身上，一会儿又舍不得离开她退缩回去，小爪子挠来挠去，把她的头发抓得乱糟糟的。

长生拎着它，从自己身上揪下来，递过去，道：“海盗你也带回去吧……毕竟贵国太子是当做定情信物送给我的，如今我留着它也不合适。”

话虽如此，但是多日相处，她早已喜欢上了这个活泼机灵的小家伙，现在忍痛割爱，心里还是挺难受的。因此别过头去，不愿看它，生怕自己反悔。

夏风吹得杨柳沙沙作响，小雪貂瞪着黑溜溜的小眼睛，扭头看看她，再眼巴巴地盯着李敬。

李敬将小雪貂拎了起来。

长生手上一空，心里也空落落的，不自觉地撇起了嘴。

李敬看在眼里，会心一笑，摸摸小雪貂的头，又将它塞回她的怀里，道：“公主自己留着吧，当个念想。”

“不妥不妥，回去你不好向太子交代。”长生嘴上这么说着，心里却高兴得不行。

李敬朝四周看看，确认其他人都在忙碌，没有人注意到他俩，遂凑到她近旁，一张精明的笑脸在她的瞳孔中无限放大，对她附耳道：“没关系，本宫说送你，就送你了。”

长生惊愕地张大嘴巴，只见他又站了回去，朝她眨了眨眼，好像刚才什么也没有发生过似的，咧嘴笑道："现在公主该对在下有点信心了吧。"

原来他就是百济太子本人……难怪海盗同他那么亲近，难怪其他使臣那么听他的话，难怪他对太子的事了如指掌，还说自己什么都是跟太子学的。长生抬手扶额，苦笑一声，完全不明白这人脑袋里头到底是在想些什么。

旁边的使团已经准备出发了，有人在招呼他上车，马儿也在车夫的牵引下发出催促的嘶鸣，分别的时刻真的到了。李敬又趁人不备，对长生低语道："以后你只要带着它，就可以直接来找我，不会有人阻拦。"而后拱手，郑重道："那么公主，后会有期了。"

长生理了理被抓乱的鬓角，也回礼道："后会有期。"

婀娜烟柳下，一人一貂，默默伫立，目送车队一行缓缓向北驶去，直至消失在视线之中。长生摸了摸小雪貂的头，温声道："海盗，我们回去吧。"

回去还有风波等待平定。

一直负责接待使团的萧子律也来为他们送行，刚才没打扰二人告别，这会儿才在背后叫住长生，与她一同回去，路上问她："怎么，舍不得？"

长生抱着海盗，仔细考虑一会儿，道："也称不上。"说完去看萧子律，发现他倒是浅笑盈盈的，看上去心情不错，诧异地问："怎么，看不成好戏了，不难过？"

萧子律一挑眉，回道："毕竟臣现在更关心国家大事。"

"哟，真看不出来萧中散还有这等觉悟。"长生说着，觉得不吐不快，压低音量，故作神秘问他："对了，你知不知道，那个李敬是……"

"是百济太子。"没等她说完，萧子律便颔首道。

长生吃了一惊："你怎么知道？"

"臣还想问，公主怎么一直没意识到呢。"萧子律挑衅地挑起眉梢。

"我……这叫天真无邪，懂不懂？倒也不是没觉得蹊跷，就是没往那方面想。"长生尴尬道。

萧子律嗤笑："分明就是缺点心眼。"

"你这种满肚子坏水的人是不会理解的。"长生白他一眼，想想又觉得不对，问他："既然你早知道他是百济太子，怎么还让陛下这么轻易地把他放走了？"

"不放怎么办？"萧子律反问她，"扣做人质，好坐实'礼仪之邦却行龌龊之举'的罪名么？"

"那倒也是。"长生叹气，现在的舆论压力已经泰山压顶了。

萧子律玩味地瞧了她一会儿，道："臣倒是觉得那百济太子真是可怜，方才公主还跟人家依依惜别，这会儿就后悔没把人扣下了。"

"你不说话，没人以为你是哑巴。"

"臣自己啊。"

"……"

长生特别后悔跟他一起走。

随着百济使团的离去，大多国家都与大宋划清界限，并参加了魏国组织的大规模声讨运动，与魏国共同派了来使。

魏军则打着救助本国僧人的旗号，气势汹汹地向我边境集结。

朝野已紧急调兵遣将，值此用人之际，赵怀璧将军却因为案件受到了牵连。因他兼领了京中左卫营将军之职，魏人矛头直指，非要将他处决。

现今萧子律正就此事与以魏人为代表的使团周旋。

广德公主不知为此流了多少眼泪，皇帝也大为头疼。先是发妻辞世，再是外交危机，如今北伐还没准备好，人家却快打上门来了，还要拿他女婿开刀，分明就是欺人太甚。皇帝毕竟也上了年纪，终于扛不住，积郁成疾，在朝堂上病倒了。

尽管经过御医抢救，暂时没有大碍，却仿佛一夜之间步入了风烛残年的行列。

然而风烛残年的他，还是没有册立储君。

一直蠢蠢欲动的二皇子和三皇子在这个节骨眼上，愈发想要表现自己，纷纷请命带兵出征，还彼此指责对方不行。

"打什么打，你们哪个是带兵打仗的材料！"皇帝气得挣扎着从病榻上站起来，用摆在龙床边的农具将两个不争气的儿子打了出去。而后颤巍巍地躺回去，满心懊悔，想着要是老大还在……当初若是不曾为了杀鸡儆猴而严惩国舅的话，该有多好。

他觉得对不起大儿子，大儿子近日来又何尝不是这么想？

长生同刘义符坐在一起，见他面相忧郁，缄默不语，以为只是苦于没有找到魏人在幕后操纵了僧侣事件的证据，不疑有他，叹了口气，道："实在不行，只有硬着头皮，去碰碰运气了。学习萧子律，单靠一张嘴皮。明天我就同父亲一起上朝，当着各国使臣的面，把真相说出来。你以为如何？”

刘义符摇摇头，觉得没什么用处。就算她巧舌如簧，魏使又何尝不是老谋深算之人，怎会被她空口白牙地糊弄过去。她手上始终缺少一份关键情报，就像他现在的处境一样。

但是他还是同意她去试试，道：“我去一趟泥台县，也许能找到证据，但需要几天时日，你若是能拖延三日是最好。”

“好说。”长生郑重道，“你尽管去，胡搅蛮缠的事交给我。”

翌日，魏人要求交出赵怀璧的最后期限，长生特地梳洗打扮，束起发髻，系好腰带，穿着一身庄重的鸦青裙衫，与父亲一同上殿了。

庄严的大殿之上，她镇定自如地站在一众持笏的大夫和持节的使臣当中，语气沉着地叙述了自己自年初便暗中留意魏国僧人动向，发现个别魏国僧人形迹可疑一事。

一时朝野议论纷纷，心存疑虑的显然不止她一人，只是大家都拿不出证据来。

魏使也深谙此理，闻言不但丝毫没有紧张退缩之意，反倒恼怒非常，质问她为何如此血口喷人。

长生在魏使面前落落大方，不卑不亢道：“贵使称本宫污蔑，又可有反驳的证据啊？”

魏使冷哼一声：“事实面前，无需证据。殿下此乃诡辩之术，吾等可不会掉进坑里。”

哟，还挺机智的，长生微微挑眉，又道：“贵使眼里有贵使的事实，长生眼里也有长生的事实。既然你我各执一词，不如将滞留在建康的贵国僧侣叫来，再选上两名武官，当场对质。”

“就算魏僧会些拳脚，以作防身之用，又能如何？”一旁的别国使臣明白她的意思，给魏使帮腔道。

长生轻笑一声：“既然诸位大使也承认，魏国僧人也许会些拳脚。那么中元节一事，究竟是谁先对谁动的手，谁出于自卫而亡，是不是就难以盖棺定论了呢？也许真相未必像魏使说的那样。而是魏国僧侣先行袭击我大宋官兵，才会导致流血事件发生，也有可能不是？”

“这……”帮腔的使臣一时间回答不上来。

魏使在一旁反问道："敢问殿下，我魏僧来建康求经论道，共议佛法，若不是尔等欺人在先，他们又究竟为何会平白与大宋军民过不去？"

"贵使这话说得就不对了。正如本宫猜测，所谓欺人在先，也不过是贵使自己的猜测罢了，也并无证据呀。"长生以其人之道还治其人之身，道："吾等只能根据事实分析，既然双方都有些武艺在身，便谈不上是我朝官兵单方面欺压贵国僧侣。中元节祭祀乃举国要事，若是魏人引发混乱，禁卫军出面协调，也再正常不过。至于协调过程中双方如何动起手来，又如何喋血当场，恐怕只有已故的当事人清楚。你我作为外人，皆无从得知，再各执一词下去也讨论不出结果。你可以说是我官兵蓄意为之。但我官兵所图为何？只为争一时意气这个理由，怕是难以服众吧？我也可以说是你官兵乔装打扮，混迹僧侣之中，大做文章，而这不恰恰正是贵国如今所为吗？所以说，我与贵使的推论，究竟哪个更有道理呢？"

她说话时不急不躁，语气却越来越冷傲，到最后已是充满挑衅和轻蔑的意味。

不少朝臣也随之附和，一时间魏使成了众矢之的，每个大夫手里握着的竹笏都仿佛化作了一根利箭，嗖嗖嗖地朝他射去。

魏使不明白从哪儿冒出来这么个诡辩精，也是恼得不行，声辩道："殿下莫要强词夺理，有本事拿出证据来。照殿下这么说，若是他国来客走在大宋境内，莫名其妙就被官兵杀了，还要怪自己没走好路了？岂有此理！今日若贵国不给个说法，难平民怨。"

他坚持要朝廷今天交出赵怀璧不松口。长生也咬住疑点不放。双方僵持不下，最后有他国僧侣代表出面斡旋，表示愿再宽限几天，弄清楚事件原委后再行审理。并揉着被吵痛的额头强调，但是若到时朝廷再拿不出证据来，可没人愿意再听一遍抬杠了。

魏使气势汹汹道："三日，最多三日。"

"三日就三日。"长生虽然心里没有底，还是挺直腰板，从容应对，装出一副十分有把握的样子。

于是皇帝宣布退朝，她和魏使往宫门走的过程中，互相又用目光杀死了对方好几回，才在宫门口冷哼一声，各自拂袖去了。

然而三天期限，若是刘义符找不到证据来呢？赵怀璧怎么办，她又该如何自处？长生心中并没有底。

第一天，她还一遍又一遍地告诉自己要相信刘义符，相信天道有公理正义，总会向着正直的一方的。可是转念想想“上天”是怎么苛责自己的，又有点动摇。

第二天，她在院里团团转了一天，深呼吸了三次，三十次，三百次，心还是没踏实下来，琢磨着如果，只是如果，刘义符三天后当真没带回足以扭转乾坤的证据，她指望谁去？难道眼睁睁地看着赵怀璧引颈就戮，魏人洋洋得意？

不成，长生想着，至少要先帮他逃出去，避避风头再说。为此，她觉得自己应该去广德的公主府一趟，同被软禁在府中的赵怀璧商议商议。毕竟私自出逃搞不好就是隐姓埋名改头换面一辈子的大事，需要当事人配合。都收拾好东西准备出门了，突然想起赵怀璧曾经说的“老死不相往来”，又停下了脚步。最终还是犹豫一番，转身走回去，坐到书桌前，写了一封信，托宋安知给他带去，并再三叮嘱不要说是自己写的，就说是自己的老爹长沙王想助他一臂之力。

没想到赵怀璧傲骨不屈，回信称广德也这么提议过，被他拒绝了，自己男子汉大丈夫，做不出临阵脱逃之事。再说魏人无非是想找个替罪羊，自己若是跑了，他们又要找另一个倒霉蛋，到时候自己的良心便再也别想安生了。

长生对他很无语，又问宋安知怎么看。宋安知不愧是跟赵怀璧穿一条裤子的兄弟，也说此计不妥，非君子所为。

他们一个个都是正人君子，搞得好像就她刘长生一人是卑鄙小人似的！她撇着嘴抱怨道：“我还不是为他好，为整个大宋的江山社稷好，这份爱才之心，又有谁能懂得？”

宋安知帮被软禁的赵怀璧打理军中事务，近来也是疲惫不堪，闻言只摇头叹气，干涸龟裂的唇瓣瓮动半晌，说不出话来，只用力把自己的刀鞘握得更紧，更紧。

第三天，三日之期眼看就要结束了，刘义符还是没有回来。明天的朝堂之上，究竟该如何应对，长生一人拿不定主意，思前想后，决定找萧子律商议对策。

没想到萧子律也不在。

萧槿告诉她，他七日前就离开建康了。

难怪朝堂对辩那天没见他说话，长生想，不是让他跟使团周旋么，怎么还把自己周旋出城了？中看不中用的家伙，关键节骨眼上撂挑子……她腹诽着，泄气地往榻上一坐，随手把平常逗弄海盗的竹篾丢在了地上。表情之恶劣，吓了海盗一跳，送进嘴里的肉条又掉了出来。

小雪貂经历了一番内心挣扎后，叼着肉条跑过来，坐在她腿上，把肉条递给她，似乎在用自己的方式安慰主人。

长生感动地抱着它，亲昵地摸了摸它的头，呢喃道："海盗，你说要是其他国家的人，都像你的主人一样，与邻友好，天下大同，该有多好。"

蜡烛的棉芯发出噼噼啪啪的响声，流下一行行红泪，不知道是否是在同情饱受战乱纷争之苦的芸芸众生。长生自己也知道，所谓大同，不过是个美好的愿望罢了，把肉条还给海盗，又发出了一声长长的叹息。

第四日的朝堂，又变成了没有硝烟的战场。魏使叫嚣着要么交人，要么交证据。长生深吸三口气，准备开口再厚颜无耻地争取争取使团中其他国家使臣的支持。

皇帝这些天听他们吵架听得耳朵已经起茧了。长生刚做出要说话的口型，他的太阳穴便疼得突突直跳。

所幸，就在这时，殿外传来一声嘹亮而富有穿透力，令人闻之一震的高呼声，禀报道："启禀陛下，臣有证据。"

语气从容中透出几许威严，嗓音清润犹如珠落玉鸣，长生不用看就知道，来的人是萧子律，竟然意料之外的心头一喜，将送到嘴边的话又咽了回去。

大殿当即安静下来，萧子律便在众目睽睽之下，撑着手杖，迈着沉着的步伐走进来。

他的身后跟着几名官兵，两两押解着一名男子。其中有着短衣，戴布巾，做平民打扮者；也有着宽袍博带，戴小冠，做我朝官员打扮者；更有着胡服，戴纱帽，做魏国官吏打扮者。

魏使一看，难以置信地吹胡子瞪眼睛。

还没等他开口，萧子律便好整以暇地瞥了他一眼，拱手道："贵使莫慌，且听萧某道明原委。至于得罪之处，还望多多见谅。"

公然绑架魏国命官，魏使根本不知道怎么见谅，一时气得话都没接上来。

皇帝也好奇他这是什么阵仗，又不想表露得太明显，只好皱着眉头催促："爱卿快说说，这是怎么一回事啊？怎么……怎么还把人家魏国县令绑来了……"

“是，陛下。”萧子律说着，向殿上众人挨个介绍自己带来的几个人的身份。

只见他先走到一那个平民打扮的男子身边，道：“诸位大人，此人来自泥台县，年二十五，名为王先。”

一听王先二字，人群中又爆发出一阵议论声。有鬓发花白的老者以为自己突然耳背了，诧异地问身边同僚：“那个死掉的官兵，不是也叫王先吗？”

“就是啊，这么巧。”身旁年轻一些的大夫回答。

议论声中，萧子律从容不迫地对王先道：“尔且告诉陛下和殿上众臣，尔是何人。”

“是。”王先低头重重一叩，道：“草民原乃左卫营中一名伍长。”

“怎么连官职也一样？”老者又惊了一惊。

朝堂上爆发出一阵更大的议论声。

“肃静。”皇帝被吵得心烦，大喝一声，对王先道：“抬起头来，让朕看看。”

“是。”王先领命，局促不安地抬起了头。

只见他同那名死去的“王先”长得也是几乎一模一样，所有见过死者的人无不哗然。

萧子律命他将自己为何擅离职守的事情说与大家。王先便称，自己年初的时候，遇到一个校尉，莫名其妙就说自己在巡查中犯了大错，惹了某位公卿，恐有杀身之祸。

“当时草民信以为真，惶恐不已。那位校尉便对草民说，他也因我受到了牵连，为脱罪，愿帮助草民逃逸。于是给了草民一笔盘缠，劝草民连夜逃回家中，再不要抛头露面。草民一时糊涂……”王先说到这儿，已懊悔不跌地连连叩首，“草民知错，半年来在家中从未睡过一个安稳觉，还望陛下恕罪，恕罪啊……”

话说到这份儿上，大家都明白了，意思是真正的王先早就被人赶回家了，后来留在军中的一直是个冒充者。

魏使不信，对王先的身份提出质疑。

萧子律早有准备，另外叫来了泥台县的地方官吏、乡亲和几个认识王先的官兵作证。

乡亲称王先早年曾经断过小指一段指节，而仵作证明，死去的“王先”并没有这一特征。

魏使又坚持声称这些大可以都是萧子律蓄意安排的，有意蒙骗众人。

萧子律便笑道：“不忙，那么我们再来问问死去的王先又是何人。”

说着，他掏出两份户籍记录，交给内侍官念给大家听，并呈予皇帝一阅。

其中一份户籍记录记载，有一洛阳人士，在洛阳光复后，清理人口时下落不明，且户籍上的画像跟王先长得有九分相似。

另一份则是魏人的户籍记录，登记的是平城一个汉人商贾，户籍上的画像与王先也有九分相似。

“毫无疑问，此人便是那名死去的‘王先’了。他在洛阳动乱时向北逃到了平城，后于平城定居，并为魏人所用。好一出调包伎俩。”长生终于看到自己心心念念的证据了，激动地替萧子律说道。

魏使还是不承认，依然说萧子律伪造。萧子律抓来的魏国官吏便派上了用场。有魏国皇帝御赐的印绶证明其身份，再有他的言论证明户籍的真实性，这下魏使也无话可说。

一旦承认此“王先”非彼“王先”，幕后阴谋也随之变得昭然若揭了，孰是孰非不再需要通过诡辩判断。

长生十分高兴，而魏使的脸则黑得宛如祖传三代大铁锅的锅底。

舆论之风逆转，变成其他国家的使臣炸了锅，尤其是各国僧侣代表，矛头转向魏使，质问他魏国到底是什么意思，这不是明摆着拿他们当猴耍嘛。

有僧侣义愤填膺道：“尔等这是对我佛的大不敬！”

立刻有我朝大夫帮忙补充：“非但不敬，还肆意利用，藐视伦常，十分龌龊。”

“就是就是。”

大殿之上又吵开了，这回吵的内容却让皇帝听着挺高兴。

魏使脸上红一阵白一阵，气得上前踹了那名胳膊肘往外拐，毫无骨气的本国县令一脚，又马上被侍卫拉开，押回了驿馆。

皇帝可算是松了口气，大肆褒奖了长生和萧子律一番，并命各国使臣先行返回驿馆，等待后续进一步审理此案的结果。

吵吵闹闹的早朝变成了衙门，一直进行到晌午，总算告一段落。萧子律带来的人也都在他的吩咐下被押解下去。

长生小跑两步追上他，由衷赞叹道：“你可真厉害，这些人都是怎么找来的？”

萧子律挑眉一笑，仿佛在说大宋要是靠她那点雕虫小技早就亡国了，道：“公主不是也知道，臣也很早之前就在关注魏国僧侣了么？还奉陛下之命，早早往魏国派了眼线。”

“那你怎么不早点把人带来，害得我们受了这么长时间冤枉。”长生撇着嘴，为自己操心掉的头发感到惋惜。

“臣也没办法，总要等人证物证都凑齐了，一举反攻，不留任何反手的余地才好。”萧子律笑眯眯的，道：“哪能像某些人似的，空手套白狼，到处都是漏洞。不过还是要多谢公主，帮臣争取了三天时日，臣才赶得及。”

长生讪笑着，无言以对，半晌才嘟囔一句：“不必客气，我这也是受人之托。”

“义符吧？”萧子律点点头，表示理解。

长生也跟着点点头，点完突然反应过来哪里不对，惊讶地问：“咦，你怎么知道？”

“臣主要的精力都放在调查死去的‘王先’的真实身份上了，能够找到真正的王先，当庭对质，还要多亏义符去了趟泥台县。”萧子律解释道。

原来是这样，长生心中感到无比欣慰，看来这一功劳，义符哥哥是领定了。再三叮嘱萧子律不要把刘义符参与其中的事儿拿出去乱说之后，她不免好奇：“对了，那个魏国人，你是怎么给人家洗脑，让他帮你说话的？”

“简单。绑了他家老小而已。”萧子律语气平淡，说得好像请人家全家吃了顿饭一样轻松。

“……算你狠，就不怕人家议论你不择手段？”长生哭笑不得。

萧子律转头看她，用一副教育的口吻道：“非常之时，当行非常之事。在小人面前还要拘泥于章法礼教，吃亏的只能是自己，懂了吗，公主？”

长生听得一愣一愣的，似懂非懂地点点头：“懂了。”

“嗯，孺子可教。”萧子律玩味地感叹着，抬手在她肩头拍了一下。

长生后知后觉地反应过来，好像又被他占了便宜，不由翻了个白眼，快走几步，丢下句：“那也不会跟你学坏。”便愤愤不平地与他拉开了距离。

自从萧子律此番找来人证物证，给予魏人重重一击，尽管魏人说什么也不肯承认整个事件都是他们一手策划的阴谋，但是重重疑点令他们原来的说辞也无法再说服世人。

魏国人在道德制高点上站不住脚了，联合使团也随之分崩离析。

皇帝趁机大度地表态，对于被魏国蒙蔽的诸国不予责怪，愿重修旧好。

魏国使臣占不到便宜，在一片声讨中领着被萧子律绑来的官吏灰溜溜地回国了。为表歉意，萧子律还装模作样地赔了那县令不少银两，并慈眉善目地安慰了哆哆嗦嗦的他一句，早就把他的家人放了。

此番危机算不上圆满解决，但总算没让魏人奸计得逞，皇帝论功行赏，要嘉奖长生和萧子律。俩人却都不领情。萧子律只说自己做了为人臣子份内之事，不敢要奖赏。

长生却道并不是自己的功劳，也不敢邀功，背地里将刘义符一直在暗中奔走一事对皇帝说了，叹道："义符哥哥在这件事上帮了不少忙，有这番牵挂家国社稷的心思，却只能在王府做井底之蛙，未免太可怜。陛下若真有心嘉奖的话，恳请免他流放之苦，明旨召他回京，还他自由吧。"

皇帝听完，把玩着扳指，沉思了很久很久，又咳了一通。

长生以为他是生气了，忙上前帮忙拍背，道："伯伯……"

皇帝拍拍她的手，叹息一声："你说得对，毕竟是一家人。其实阿容走之后，朕就有这种想法了，只是一直没有找到合适的时机。你这就回去告诉你爹吧，不用看着他了，允他自由行走，想留在建康就留在建康，不想留就爱去哪去哪。"

"是。"长生欢喜地应着，亲自在旁帮忙研墨，看着他写下了刘义符查明魏人奸计有功，免于流放的诏书，才回家。

一进门，便欢快得像只回归的候鸟，飞舞着裙裾上的丝带，跑到刘义符的院中，一把拉住正在浇花的他，兴奋道："准了，准了，皇帝伯伯准你自由出入王府，光明正大留在建康，从此不必再偷偷摸摸地藏在我的马车里出去了。"

刘义符倒是比她平静多了，笑着对她颔首道："如此便好，此事多亏妹妹相助，为兄还不知要如何答谢。"

"哪里哪里。"长生客气道，"我也没帮什么忙。"说完摆摆手，在一旁的石凳上坐下来，托腮看他淡定自若地继续浇花，问道："那么，你有什么打算呢，留在王府还是？"

刘义符挽起素白长袖，慢条斯理地附身摆弄着面前的一株月季，摇摇头：

“暂时还没想那么多。”

长生这才发现，小院的花圃里不知什么时候被他栽满了月季，清一色刺目的火红。而一袭缟素的他，在这片火光的映衬下显得愈发苍白。

他说话的时候明显有些心不在焉。长生眼睁睁地看着他在带刺的花茎上划破了手指，忙上前关心，并递过自己的帕子。

刘义符却用嘴唇舔去指腹上的血珠，笑道：“没事，自打种月季以来都习惯了。”说着给她看自己的手。

见他的指腹上有许多细小的新伤，长生无奈地叹道：“怎么这么不小心。我倒希望你不要搬出去，自己住多没意思，有什么事都没人帮衬。”

刘义符附和着点头，笑容淡淡，道：“也有道理，妹妹放心，我暂时还得留在王府，添几天麻烦。”

“那就好。”长生嬉笑。

“倒是你，和亲一事告吹了，如今你有什么打算？”刘义符放下水壶，反过来问她。

长生之前还真没时间考虑这个问题，如今思忖一番，耸耸肩，道：“走一步算一步吧，再继续找找呗。如今的当务之急，不是考虑这个，而是考虑晚上吃点什么好的庆祝庆祝。”说着，朝他调皮地一吐舌，“我要去厨房关照一番才行。”

刘义符无奈地摇摇头，失笑道：“好，你先去，我随后就来。”

“一言为定。”长生说着，又哼着小调，颠着欢快的步伐跑远了。

刘义符回眸凝视着面前的月季丛，眼底逐渐被花色染得赤红。

他从怀里掏出一封信来。

这封信是他去泥台县的时候，千辛万苦联系上的一个从前国舅府上的门客写给他的。门客在信中称，国舅贪污一案东窗事发之前的那个晚上，自己曾经看到一个人来找国舅。二人说了会儿话，不欢而散。事后想想，他觉得这个人一定与写匿名信揭发之人有关，只是当时没有在意，也没听清那人自报家门，只依稀记得那人大概的样子。如今若是刘义符肯给他一笔银两的话，他愿意冒险回建康，帮忙指认。

刘义符的视线落在银两两个字上，冷笑一声，将信件折好收了回去。

晚上，长生心满意足地吃到了红烧豆腐——虽然不如瓦官寺做得好吃，但勉强可以解馋，又饱饱地睡了一觉。沐浴着晨光起床的时候，她舒服地抻了个懒腰，觉得自己好像已经一万年没有睡过这么踏实的觉了。去萧府帮萧槿绣嫁衣也比往常效率高了许多。

萧槿却还是唉声叹气的，比她亲妈还发愁，问她："如今百济退了婚，你又有何打算？"

长生专注地飞针走线，一脸无所谓道："没什么打算，继续找人嫁呗，总不能真孤独终老。现在没有和亲的压力，倒是不急了。"

她不急，萧槿急啊，学着她深吸几口气，又劝："你呀，就别跟我三哥置气了，你们两个人在一起真的合适。你看这次，你们难得劲儿往一处使，结果多好。"

长生停下手上的动作，眨眼想了想，道："话虽如此，但只是巧合而已。难得能办件可心的事儿，不足以化解陈年宿怨啊。"

什么陈年宿怨，都是没事闲的，萧槿在心里默默腹诽，嘴上又替自家兄长申辩道："他亲口告诉过我，对你也没那么深仇大恨。"

长生一本正经地回道："可是我对他有啊。"

"……"萧槿没话说了。

长生将手上的图案绣完，凝视着嫁衣，又想起自己那件华美绝伦的礼服，叹道："其实我现在倒是觉得，嫁到百济去也挺好。"

"此话怎讲？"萧槿惊了一惊，对于她突发奇想非常不理解。

"你想啊，虽然僧侣事件暂时平息了，但是各国之间恩怨再起，陛下也想借此机会声讨魏国，开展北伐。眼看一场纷争动荡怕是避免不了了。若能争取到百济这个盟友，说服他们发兵，与我国形成包围之势，分散魏国兵力，对我方战局还是很有好处的。"长生有条不紊地分析道。

萧槿听着，觉得既有点道理，又没什么道理，绣眉紧锁，道："那也应该是朝中大夫们去游说，与你有何干系？"

"我与百济太子关系不一般呀，说话当然更有分量。"长生挑眉，看着关在一旁的藤编提篮中呼呼大睡的海盗，意有所指。

萧槿还不知李敬便是百济太子本人一事，颇为怀疑地摇了摇头。

她努力观察长生的表情，希望看出长生在故意捉弄她的痕迹，却惊讶地发现，长生似乎心里是认认真真这么打算的。

因此，长生走后，她怎么想怎么放心不下，为求证，特地还把萧子律叫了来，说有要事相商。

于是第二天，还是三人，还是那个亭中，还是那方小桌，还是有关去百济的话题，萧槿想看长生和萧子律一贯抬杠斗嘴的愿望却落了空。

长生先问萧子律，赵怀璧怎么样了。

萧子律道："今早已经照常来上朝了。"

她便点了点头，不再继续这个话题，只是泰然自若地喝梅子酒。

萧子律又问她，既然不去百济了，那幅画好的山水图还要不要了。

长生不客气道："当然了，反正又不用付钱。"想了想又补充道，"也许还用得上呢。"

"此话怎讲？"萧子律不解。

长生便将自己那天同萧槿说的话又同他说了一遍，只道是说不定还得去百济，还得把这幅画带上。

萧子律眉梢轻挑，似是没有料到她会说这样的话，一时没搭腔。

萧槿在一旁帮二人添酒，趁机道："三哥，你快劝劝她。那百济是什么好去处？不叫她去，她反倒来劲了。"说着向他投去了求助的目光。

萧子律沉吟片刻，却没劝阻，反而带着笑意眯眼问："当真？"

长生咬了口桂花糕，认真点头："我昨晚已经深思熟虑过了。"

他的笑意便更深了，托起酒盏，缓缓递道唇边，道了句："也好，反正在这儿也没人要。"

"三哥！"萧槿气不打一处来，让他劝人，他怎么还反倒赞同上了。

按照长生以往的脾气，肯定不跟他争执一番不罢休，这会儿却面色无波，平静得好像事不关己似的，只微微点点头，慢悠悠地将桂花糕嚼完了，擦擦手，对兄妹二人道："但是我还没对陛下和我爹讲，得先去问问他们的意见。若是他们也支持的话，我就给百济王子写一封信，同他商量商量该怎么做。"说完，便起身告辞，称事不宜迟，自己这就要回家同父亲母亲协商。

萧槿站起身，看着长生的背影走过小桥，绕过假山，消失在长廊中，忽然按捺不住心中酸楚，鼻翼颤动，眼泪瞬间就涌了出来。

萧子律还在喝酒，见状不是很能理解这股莫名的伤感从何而来。

萧槿便啜泣着埋怨他道："三哥，你为何要说这种话？"

萧子律不明所以，觉得自己十分冤枉：“因为她说得头头是道，而且心意已决，我也没有理由阻挠啊。”

“可是你不是一直喜欢同她作对的么，怎么到了这种时候，反倒想起来支持她了？”萧槿含泪控诉。

萧子律觉得这个问题就更难回答了，想了半天，也想不出一个合理的解释，只好低头用指尖默默摩挲着酒杯，温声安慰道：“好了，不哭了，又不是多大的事。”

谁料不安慰还好，一安慰萧槿反倒哭得更厉害，红着眼睛嗔视于他，怨恼道：“怎么不是大事？长生是我最好的朋友。嫁到百济去，几乎就等于此生不复相见了，还有比这更大的事吗？我真的不明白，你怎么忍心呢……她远嫁他乡，当真是你所乐见之事？”

平日寡言少语，性子沉静的妹子难得说这么长一串话，说到最后情到深处，已是泣不成声，擦着小瀑布一般的泪泉，道：“我不管，总之，若是长生真的嫁到百济去，都是你的错，我一辈子都不会原谅你的。”

萧子律诧异地抬眸看她，只见她以袖掩面，悲痛欲绝地恸哭着，不由分说拉着婢女走了，根本不给他解释的机会。

他揉了揉微微蹙起的眉心，无奈地笑了一声，心想这都什么跟什么啊。长生要去百济，又不是他挑唆的，怎么就变成他的责任了呢？这好好的妹子，自小乖巧，跟长生厮混久了，竟也开始不讲道理。

不过萧槿说的一大堆话中，确有一句令他深思——长生远嫁他乡，当真是自己乐见之事吗？

萧子律凝视着碧玉酒盏中投映着的起伏不定的天光云影，一寸一寸细细用修长的手指勾勒着杯沿的轮廓，面上的笑容一点一点黯淡下去。

却说风就是雨的长生回到家中，当真把自己的想法同父亲母亲讲了。二老都不支持。尤其是长沙王，对百济的墙头草行径痛恨不已，到现在一提起来还气得牙痒痒，说什么也不同意女儿上赶着倒贴。

长生哭笑不得地解释：“不是倒贴，只是我们主动提出与他们和亲而已。”

“那不是倒贴是什么？我大宋公主，哪有求着人家娶的道理。”长沙王红润的圆脸气得更红更圆了。

“也并非求着……我想他们对于和亲一事还是有想法的，只是不好意思厚着脸皮再来了而已。我也不过是给他们一个台阶下。”长生乖巧地凑到他身边，扯着他的袖子撒娇，恳求道：“爹，你就让我写信给李敬商量商量嘛，我做了好长时间心理建设，已经对去百济生活有了充分思想准备，早就不怕了。如今去不了，反倒觉得空落落的。”

这段话半真半假，说思想准备比以前充分了是真的，什么都不怕还空落落的自然是假。只是她觉得如果不强调是自己主观意愿想去，而是时时把家国利益摆在第一位的话，父亲是坚决不会同意的。

长沙王对她向来宠溺娇惯，被她软磨硬泡了半天，也是毫无办法，只得叹气，道：“你呀，自小任性，平常总要自己拿主意，还背着我偷偷摸摸做些手脚。包括义符的事，我也都睁一只眼闭一只眼了。只要是对你好，你觉得开心，而且无伤大雅，爹娘绝不会拦着。但和亲百济……着实不见得是个好主意。”

“爹，娘。”长生坐到二老中间，一边一个拉过二人的手，诚恳道：“你们也知道，女儿向来是不肯让自己吃亏，更不会委屈自己的性子。通过先前对李敬的了解，女儿觉得百济王子不是什么坏人，甚至还令女儿挺感兴趣，才会产生这种想法。绝非什么慷慨悲壮的自我牺牲、勇于奉献。你们就放心吧，我还期待在百济的美好婚后生活呢。不管怎么说，总比留在这儿孤独终老强吧。”

“你呀……”王妃无奈地戳了戳她的头，也看向长沙王，帮她劝道：“既然闺女执意如此，你回头便与陛下商议商议是否可行，如了她的愿吧。”

妻子女儿都站在同一条阵线上了，长沙王拗不过，只好与皇帝说了此事。二人商议着，觉得就算真要主动提出和亲，也不能操之过急。一方面一定要找一个合适的理由提出和亲的想法，不能搞得好像我们多想嫁似的。另一方面，也要先打探一下百济那边的意愿。

长生自请写信给百济王子，亲自询问。

至于萧槿，之前得知她不用去百济了，好不容易才高兴几天，如今听说她写了这封信，比从前更加难过。一生气，好几天都没同她说话，一个人把自己闷在屋子里，抚摸着她帮自己绣的被面哭泣。

萧子律放心不下，前来看她，叹道：“阿槿，你振作一点，不知道的还以为长生要嫁人，你失恋了。”

萧槿哀怨地瞪了他一眼，扭过头去，拒绝跟他说话。

萧子律压力也是很大，不知道为什么，府里上上下下都说是他把平常最温婉乖顺的大小姐惹成这样的。他什么也没干啊，这可上哪儿说理去？

可是为了平息民怨，他只能叹着气，抖抖衣袖，将青竹手杖放在一边，扯过一张圆凳，在她身边坐下来，柔声询问道：“好了，你说吧，要我做什么你才能开心？妹妹就是想要鲜卑皇帝的龙袍，为兄也帮你取回来。”

萧槿并不像长生那么能理解他话中的诙谐，啜泣着皱眉，迷惑地反问：“我要那东西作甚？”

虽然回答得令人有些尴尬，但是愿意理他就好，萧子律趁机上前拍着她的背，问：“那妹妹想要什么？”

萧槿哽咽着，肩头抽动了一会儿，嘟嘴道：“上次不是已经说过了么，我想要长生留下来。只要你帮我打消她要去百济的念头，我就原谅你。否则……我以后就当没有你这个哥哥。”

这种无理要求简直是赤裸裸的趁火打劫，借机威胁，萧子律头疼地揉了揉太阳穴，一时没回应。

萧槿等了半天，看他没动静，侧过头去，难以置信地问：“怎么，你不愿意？”

她已经几日没睡好，眼圈泛着乌青，面色蜡黄没有光泽，整个人的气色都十分颓唐，一点也没有即将出嫁的喜气。萧子律看在眼里，实在于心不忍，抬手抚着她黯淡的秀发，叹道：“愿意，愿意，为兄定当竭尽全力。”

“这还差不多。”萧槿这才终于肯听他的话，喝了两口粥。

兄妹二人总算是“冰释前嫌”。

萧槿坐在镜前，擦干眼泪，盯着自己的黑眼圈，痛定思痛地想：早知道这招有用，何苦白费那么多心思去给二人制造什么机会，卖力不讨好。暗暗气恼自己的智商实在是太令人叹惋了。

而萧子律虽说是答应了她吧，在究竟该怎么去做这一方面却毫无头绪。让他安插几个眼线到各国，探查机要，甚至深入皇宫内部都不是问题，哄女子欢心却是太难。尤其是长生这种，他从前总是以招惹得罪为主要交流方式的主。

第七章 宿敌最近总对我笑怎么办

一开始他态度突然大翻转，笑得满面春风地去长沙王府登门拜访，说多日不见平阳郡主甚是想念，有好多好多心里话想对她说。结果长生远远看到他的表情，以为自己撞了邪，当机立断，一转身就回去了，压根没让他近身。

想写封信给她吧，洋洋洒洒抒发了好几页对她的赞美，好像也被她当成催命符，惶恐地点火烧了。

不得章法的他最近只要一想起来“刘长生”这三个字就觉得头疼。

这一日，与赵怀璧等人共同就北伐一事进行磋商时，他还在擦着手杖发呆。

赵怀璧叫了他两声，他才反应过来。

二人原本有些嫌隙，但是多亏了他和长生，赵怀璧才能安然无恙地坐在这儿，自然也就将先前的芥蒂尽数放下了，相反还对他心怀感激。如今二人在一起合作，倒也顺利。

于是见他好像是走神了，又放慢语速问了一遍：“我们刚才在问，魏国境内究竟有多少细作？”

“一百三十余人。”萧子律恢复正色道。

赵怀璧一脸惊讶：“这么多。”

直到魏国僧侣事件之前，他都不知道这个看似普通的中散大夫，实际上不过是萧子律的一个虚职罢了。他的真正身份是我朝庞大细作体系的负责人，耳目众多，消息四通八达，足不出户，便可尽知天下大事。

若是他想的话，怕是连人一天之中喝了几杯水出了几次恭都知道，仔细想想，也挺吓人的。

萧子律却一脸平静道："原本比这个数字还多，只是不知道为什么，有几条线最近失去了联络。萧某还在调查，尚不知他们遭遇了何事。"

赵怀璧也跟着若有所思地点点头，指着地图道："其实我们只要知道魏人在北雍州一带的兵力部署，其他事情就都好办得多了。毕竟秦岭地形复杂，一不小心就容易中埋伏。"

他是战场上真刀实枪厮杀出来的将军，在战略地形和战术层面的分析比萧子律更胜一筹。

萧子律抚摸着羊脂白玉手杖杖头的银雕，顺着他的手势瞧了瞧，颔首道："萧某明白，即日便同手下的探子商议。"

"那就有劳萧大人了。"赵怀璧抱拳谢过，又与众将商讨了一番关于调动兵马的事宜，从晌午一直讨论到傍晚才散会。

众人道别，各自离去，他见萧子律走得慢，似身体疲惫，再联想到方才的走神，特地追上去，关心道："萧中散今日身体欠安？夏末秋初，可尤其要预防风寒。"

萧子律挑眉，无奈地笑了笑，道："不瞒将军，萧某之所以如此，不是因为风寒，而是因为那位要命的平阳公主。"

"平阳？"赵怀璧听到这个名字心头一跳，表面却挠挠头，佯装波澜不惊，问道："她又怎么了？"

萧子律将自家妹子的高难度要求说与他听了一遭，感慨道："奈何萧某只在惹她生气和与她抬杠方面见长，这么多年来，关于如何哄她开心却是一无所知啊。"

长生不是每天都挺开心的，给两块肉吃就更美得不行么，还需要特别哄着？赵怀璧心里纳闷。

他回忆起长生与自己在一起时的过往种种，笑眼弯弯的她，调皮吐舌的她，精力充沛的她，突然意识到自己在这一点上，竟然远比萧子律有优势，于是莫名生出几分自满，面上也露出得意的笑容。

但是再转念一想，即便如此，又有什么意义呢？这几分自满也就转瞬消失得无影无踪了，留下一个不大不小的情绪空洞，所有欢喜都打着旋朝这个深渊陷下去。

他赶忙摇摇头，打消胡思乱想的念头，考虑到在不想让长生去百济和亲的立场上，二人保持一致，便带着几分不情愿的语气提议道："不如萧兄先试试从不惹她生气开始？"

萧子律表示很无辜："将军说的是，萧某近来也是这么做的。可是她呢？一看到我，脸都不挡了，一溜烟跑得比海盗还快。"

他说着，无奈地耸耸肩，还用手指比划了一个模仿海盗的小腿跑得飞快的手势。

赵怀璧诧异地问："你都做了啥啊？"

"只是平常地去长沙王府拜访。"萧子律老实道。

平常地去拜访，怎么能把人吓跑呢？赵怀璧十分好奇，让他把长生"一看见就跑"的那个表情动作再摆一下。萧子律照做了，故意夸张的笑脸古怪又扭曲。

赵怀璧忍不住捧腹大笑，笑到岔气，才道："你……你这表情，一看就居心叵测，别说长生，要是上了战场，对面的敌将看见都得吓跑。"

萧子律很不能理解，剑眉微蹙，摸摸自己棱角分明，俊逸出尘的侧脸，道："至于吗，分明这么帅。"

赵怀璧忍着即将笑出的眼泪，大手在他的肩头一拍，由衷感慨道："这样不行，得自然些。那丫头聪明着呢，看到你这幅别有用心的表情，定会起戒备之心。哄女子开心这种事，时间、地点和气氛都很重要。要不这样吧，赵某家里有一个更难哄的，对此颇有心得，助你一臂之力，萧兄以为如何？"

"哦？"萧子律忍不住有些好奇了，自己都搞不定的长生，他能摆平？于是问道："将军有何妙计？"

赵怀璧挠挠头，琢磨道："脱罪之后，赵某还迟迟没能偿二位的人情。不如就在公主府设宴款待一番，顺便替萧兄制造些机会，到时萧兄便如此这般……"

萧子律听完，觉得也不失为一个办法，便点头同意了，谢道："赵兄这份情义却之不恭，萧某便受下了。"

"嗨，小事一桩。"赵怀璧大度地挥挥手，二人在驸马府门前别过。

赵怀璧回去以后，与广德一商量，广德也觉得于情于理都应该办这场宴会，却不同意只请长生和萧子律，说那样未免太无趣。而是大张旗鼓地广发请帖，请了建康城半数公卿贵胄，要举办一场盛况空前的夜宴，以庆祝驸马洗脱冤情。

长沙王一家都在邀请之列。长生起初本不想去，还在介意赵怀璧要跟她老死不相往来的事，怕自己去了给人家添堵。后来听说公主府不但专门送名帖邀请了她，还准备了上好的烤羊腿，又屁颠屁颠去了。

收拾衣装准备出门之际，她正巧看到刘义符也要出门，好奇地上前搭话，问道："义符哥哥这么晚了是要去哪儿？"

刘义符一见到她，迅速把拿在手上的一个金丝镶边楠木锦盒揣到了长袖里，哂笑道："在府上有些闷，随便出去走走。"

"这么晚了……"长生抬头看了一眼天边低垂的暮色，低头的时候正好留意到他手上的异样，露出疑惑的表情。

刘义符又将锦盒取出来，佯装大方地拿在手上晃晃，笑道："去见一个故交，之前一直不得空。"

"原来如此。"长生颔首，道："走动走动也是好事。"

"是啊。"刘义符附和着点点头。

二人便一同走了段路，在王府门前告别，分道扬镳。

长生和父母兄长一同前往公主府，刘义符则趁这个大家把注意力都放在公主府上的夜晚，前去与那个愿意提供情报的门客接头。

公主府门前张灯结彩，车队排起长龙，好像过年一样热闹。长生一路与人互相问候着，进了门，发现府内的树上、檐下、廊中到处妆点着温馨喜庆的灯笼，色彩或是橘黄，或是红艳，将主人的喜悦之情表现得淋漓尽致，可见广德为办这场劫后余生的宴会没少费心。

席间的羊腿也令人非常满意。她一边喝着梅子酒，一边听着席间伶人吹奏的梅花三弄，享受地打着饱嗝儿，优哉游哉地沉浸在这难得的片刻安逸时光里。

可惜，幸福的泡沫都是短暂的，打个哈欠的功夫，就被萧子律打破了。

只见他穿了一件竹青色大袖衫，不知何时站到了她面前，俯下身来同她说话。灯光映衬下，面前的男子轮廓分外清润，神色温柔得简直不像他。

长生揉了揉眼睛，多看两遍才确认是萧子律没错，蹙眉道："你怎么穿得跟个成精的竹子似的，要飞升了？"

萧子律想还嘴的冲动特别强烈，但是一想到萧槿的嘱托和赵怀璧的叮咛，还是克制住了，尽量用自然的表情，微笑着问："不好看吗？"

长生犹豫良久，选择说实话："好看。"

好看就放心了，没跑也说明这次的开场还挺顺利的，萧子律便笑眯眯对她提议道："臣听说公主府里有一个好去处，要不要一起去瞧瞧？"

长生警觉地蹙眉，身子往后缩了缩："什么好去处？"

萧子律故作神秘地一勾唇，声线充满诱惑道："来就知道了，若是不来，公主怕是会后悔。"

长生最受不了的就是被人吊胃口，闻言虽然捉摸不透他怀的究竟是怎样的心思，但纠结一番，还是起身跟他去了。

二人一同走在烛光弥漫的长廊中，长生终于问出了近来一直困扰自己的疑惑："你最近是不是在打什么鬼主意？"

"鬼主意？"萧子律挑眉，无辜道："臣冤枉。"

长生不相信，侧过头，仔细盯着他的眼睛，又问了一遍："当真没有？"

萧子律玩味地回视，诚恳道："没有，臣就是好久没跟公主聊天了，想说说话而已。"

长生撇着嘴，嘀咕了一句："鬼才信。"

长廊迂回曲折，一直向府邸深处延伸。眼看二人离喧嚣之处越来越远，她明知道这里是公主府，想来就是萧子律吃了熊心豹子胆，也不敢在别人家搞出什么大事，却还是警惕地环视了一周，纳闷道："我们这到底是要走到哪里去，你该不会是对人家的卧房有兴趣吧？也太恶趣味了。"

她自顾自地臆想着他的目的，忍不住嘴角抽动了两下，便听萧子律说："到了。"

于是停下脚步，站在长廊中，顺着他视线的方向看去，只见左手边有一座高耸的建筑物。乍一看以为是个高台，仔细看又不只是高台。高台前，一片整齐高耸的木板呈半圆形伫立，似是将什么东西包围在其中。隔着木板，无法窥探分毫，也听不见里面有什么动静。

长生的视线顺着这一圈木板扫视了一圈，落在长廊上，见长廊边延伸出一条曲折盘桓的台阶，沿着台阶，似乎可以走到高台上去。

她不明所以地看看他，萧子律已经比了一个请她走上去的手势。

高台上到底有什么呢？见到这片围成桶型的木板的时候，长生心中已经感到好奇了。想了想以广德那个胆量，也不会在府上藏什么吓人的玩物，应该没什么危险，便果断提着裙裾走了上去。

萧子律也随之跟上。台阶越走越陡，长生步履轻快，他却走得很慢，在最后一级台阶处，还恬不知耻地伸出手，对她道："帮个忙。"

长生本来着急上台子，不想管他，但是看他可怜巴巴地伸着手不收回去的样子，又有些心软，本着关爱弱者的精神，扶了他的胳膊一下。

而后她才朝台子上看去，只见高台空空荡荡，只有中央摆着一张罗汉床。床上铺着软垫，备有瓜果。就在她的注意力正在瓜果上的时候，萧子律拍拍她，示意她扭头朝左手边看。

一转头，便被惊艳得说不出话来。只见高台边有一汪星辰，连接着璀璨霄汉，向远处望去，仿佛万千星光正从天河上流泻而下，缓缓落入其中。

她被这壮观的景象深深吸引了，不由自主地走过去，伸手一探，发现原来这些木板围起来的是一片建在高台前的小池塘。池塘的水面与木板齐平。站在高台上，视线前方再无任何建筑物遮挡，看起来就好像池水直接与天际相连一样。

长生趴在池边，搅和着一汪池水，感受着手可摘星辰的乐趣，不由感叹道："广德和赵将军可真会玩。"

萧子律则在罗汉床上坐了下来，笑眯眯地不说话。

她玩了一会儿之后，心情大好，便坐在地上，擦擦手，偏头问他："你如此挖空心思，大费周章，确实是有事要同我说吧？"

"嗯。"萧子律低头看了看她，又去擦自己那永远也擦不完的青竹手杖，难得不绕弯一次，坦诚地问："你能不能再考虑一下不去百济？"

"为什么不去，你给我个理由。"长生不解，这件事情不是早就讨论过了么，他当初也是支持她的计划的呀。

萧子律沉吟片刻，道："阿槿舍不得你。"

一阵和煦的晚风吹动她的衣摆，念及好友，长生托腮凝视着星潭，叹了口气："我也舍不得她啊。但是天下没有不散的筵席，无论我嫁到哪里去，早晚有一天我们都会各奔东西，渐渐疏远。"

萧子律没想到她将人情世故看得还挺透彻，挑了挑眉，还是固执道："可是远一些，近一些，还是有分别的。你在建康，至少她回娘家探亲，或者随夫前来觐见的时候，还能见见你。去百济那可真是生离死别了。"

"您说得轻巧，在建康，我也得嫁得出去啊。"长生没好气道，"我的情况你又不是不知道，还帮忙添了好几把柴呢……此处不留爷，自有留爷处。萧大人这种马上就要飞升的世外高人对寻常的男女情爱是不在意了，可我只是个凡人，也想谈婚论嫁，洞房花烛呀。”

萧子律脱口而出，无奈地接道：“我那不是……”

“不是什么？”长生诧异地眨眨眼。

他停顿了一下，又不说了，只道：“没什么。总之，公主再考虑考虑吧。臣个人倒是没什么意见，主要是担心阿槿。”

“所以，她是因为自己口拙，特地叫你来当说客么？”长生问。

萧子律点点头。

长生也是很无奈，不知道该拿这个感情脆弱的小姐妹怎么办才好。二人多年相伴，她自然也不想看萧槿难过，可是……长生低头望着水面，心中许多愁绪就像淮河中的水藻一般纠缠不清。

神思游离间，萧子律也坐了过来，将手杖随手放在了一边。

二人共同看着一汪星湖发了会儿呆，长生觉得腿脚酸麻，忍不住动了动，舒展身子骨。谁料一不小心踢到了萧子律的手杖，眼看着它朝水池的方向滚了下去。

长生惊呼一声：“不好！”伸手就要去抓。

萧子律眼见她半个身子向水中探去，重心明显向前倾斜，心想台子这么高，水想必也深得很，人掉进去可如何是好，忙道：“小心……”

没想到话音刚落，长生已经以迅雷不及掩耳之速抓住了手杖的一头，人杖平安，侧过身，为炫耀自己敏捷的伸手，得意地咧嘴朝他笑了一下。

然而，不笑还好，这个动作只定格了一瞬，她便在他的注视下，连人带杖“扑通”一声掉到了水里，入水前还保持着讶异的睁大眼睛的姿势。

萧子律被溅了一身水，条件反射地抬袖挡了一下，又去看她。

不会凫水的长生正惊吓万分地在水里扑腾。

好在只是人工修筑的水池，规模不大，也没有波浪，萧子律沉着镇定，当即跪在池边，伸手向她，道：“别乱动了，我拉你上来。”

长生慌乱之中也顾不上思考，胡乱拨了半天才抓住他的手，赶忙牢牢握紧。然后被他用力一拉，在水里……稳稳地站了起来。低头一看，别看台子这么高，实际下面都是实心的，水只刚刚没过她的腰际而已。

二人你看看我，我看看你，长生率先忍不住哈哈大笑起来，笑得肚子都痛了。

萧子律扶额，万分无语。

虽然水不深，但已经入秋了，在里头泡着难免着凉，尽管长生笑得连直起腰的力气都没有了，萧子律还是坚持把她捞了上来，并随手脱下自己的外衫，为她披上，催道："赶紧去找个侍女，要身干衣裳换。"

长生嘴上说着不用，却不由自主连着打了两个喷嚏，揉着鼻子抱怨道："跟你在一起就是倒霉。"

萧子律忍了一晚上，也是忍无可忍，恢复平日眯着眼笑的模样，道："是，都怪萧某的手杖，自己长腿了，非要跑到水里去捞月亮。"

"哼。"长生哆嗦得顾不上说话，白了他一眼，喷嚏连天地换衣服去了。

萧子律心情不算大好，回到宴上喝酒，赵怀璧特地跑过来，避开众人，悄咪咪地问："进展如何。"

只见萧子律泰然自若地啜了一口美酒佳酿，淡淡道："掉水里，换衣服去了。"

赵怀璧震惊不已："让你好好哄她开心，好好跟她交流，你把人家推水里干嘛？"

萧子律也很震惊，怎么就一口咬定是他推的了？讶异地瞥着赵怀璧，痛心疾首道："萧某才是受害者，萧某的手杖到现在还在池子里躺着呢。"

"……"赵怀璧沉默一瞬，先是叫了两个仆役去帮忙把手杖捞上来，而后再坐到他身边，也不去追究落水的经过了，只问："那你们究竟谈了没有？"

"谈了。"萧子律认真地点点头。

"效果呢？"

萧子律又认真地摇了摇头。

赵怀璧便叹了口气，也陷入沉思。

虽然他很不愿意，很不愿意，不情愿到一想到要说这番话都恨不能先抽自己几个耳刮子，但还是皱着眉头，开口说了："萧中散有没有想过对症下药？"

"此话怎讲？"萧子律疑惑地问。

"就是……她不是担心自己留下来会嫁不出去么，你只要让她知道能嫁出去不就行了。她不就不一门心思地惦记着要去百济为江山社稷做奉献了。"赵怀璧解释道。

萧子律沉吟片刻，忧国忧民地问：“赵兄说的倒是有理有据，可我要找谁去当这短命鬼？”

赵怀璧艰难地抬手，指了指他。

萧子律以为自己后面有人，左右看了一圈，才确认他说的是自己，忍不住挑眉，勾唇一笑：“赵兄可真会开玩笑。”

赵怀璧很不高兴，自己说出这番话可是克服了相当大的心理障碍的，他倒不领情，黑着脸道：“赵某可没说笑。男未娶，女未嫁，不正合适？”

“不合适。”萧子律的神色已迅速恢复如常，淡淡道，“我们是宿敌关系。”

赵怀璧却不这么认为，酝酿出一大堆话想要与他辩论一番，去找手杖的仆役却刚好在这个时候回来了，把擦拭干净的手杖呈给萧子律。

萧子律拿到手上便道：“今日多谢赵兄款待，小弟身体不大舒服，就先回去了。”

“唉……别急着走啊。”赵怀璧一肚子的话还没说呢，不想让他跑，然而尽管一再挽留，萧子律还是执意告辞了。

等到长生回来的时候，他已经离去小许。

长生拎着他的外衫，想了又想，觉得还是这就去萧府一趟，赶紧还给他比较好。毕竟，一来萧府就在隔壁走两步就到了，二来她可不想拿回去，还得帮他洗。于是同广德打了声招呼，便也打算先行离宴。

然而，她并不知道的是，就在她跟广德说话的工夫。一回到家就收到一个旧相识捎来的口信的萧子律，连门槛都没跨进去，就又掉头外出了。

等到长生来，仆役老实告诉他，三公子出门了，还没回来。

长生还以为出门是指去了公主府，诧异道：“不是早就回来了么？”

仆役解释：“前脚刚回来，后脚又走了。”

“好吧。”对于他又去了哪里，长生并不想多打听，只将外衫递给仆役，托他代为转交之后，便要离去。

正在这时，一名素衣褐巾，服饰朴素，眉目冷峻，刺客模样的男子刚好打马而来，一看就连夜赶了不少路，在萧府门口披风带露地下了马，手上捏着一封信，张嘴便问：“萧中散在吗？”

奇了怪了，今天晚上怎么人人都找萧子律，长生看向他，视线落在他手中的信封上。不看不要紧，一看竟然发现，那封信正是她写给李敬的——上面还画了一个海盗的大头，绝对不会有错。

自己送去百济的书信怎么会在这里？长生惊讶地凑上前，一边说着：“给我看看。”一边试图伸手去拿。

那人反应迅速，左闪右躲，不让她碰到，连声道：“殿下，殿下您饶了小的吧，此乃机密要文，不能给您看啊。”

“什么机密要文，分明是我自己写的，里面哪个字墨浓哪个字墨淡我都知道，如何看不得？”她愤愤不平地插着手，质问：“这封信明明是我送去百济的，怎么会在你手上？你快说是怎么一回事，不然休要怪我不客气。”

“这……这……”那探子硬着头皮，嘀咕半天，才在她的威逼利诱下，迫不得已说出是萧子律派自己日夜兼程给追回来的。

长生听了真是气不打一处来，衫子也不还了，又从仆役手里抢了过来，决定当即去找萧子律理论个清楚。

又是在她的威逼利诱下，仆役透露出，萧子律去了石头山。

大半夜的往山上跑，肯定没干什么好事，长生冷哼一声，叫上车夫，也跟着去了。

石头山上马车不便通行，萧子律将马车和车夫一同留在山脚下，借着星光，自己慢悠悠地一步步踏着石阶，穿过茂林，朝山顶走去。

他走路的速度比平常人慢些，到山顶的时候，山顶上的男子迎风而立，已是等候多时了。

听到他的手杖声，那男子稍稍转过头，露出一个冰雕霜刻般沉郁的侧脸，语气轻飘飘的道：“你来了。”

萧子律在石阶的尽头站定，休息了一下，调整好呼吸的节奏，才笑道：“是啊，不知义符兄深夜相约，所为何事？”

一袭缟素的刘义符依然保持着侧面对他的姿势。此时遮住月亮的云层退却，一轮朗月正空高悬，星辉尽数黯淡了颜色。月光将他的面容映照得孤冷苍白，鬓发如万千细刃，幽幽地在夜风中飞扬。

他答非所问，而是莫名其妙地问他：“子律以为，你我二人私交如何？”

萧子律微微挑眉，回道：“自然甚好。”

且不说刘义符没有被废之前，二人就时常一同读书对谈，观花赏乐，亲如兄弟。他的腿没有受伤的时候，还曾经相约并肩上战场，互为彼此的后盾。为此，刘义符练了一手好箭法，萧子律则使得一手好枪。

就说刘义符被废之后，萧子律也在背地里帮了许多忙。

他因为掌管着情报机构，眼线众多，一早就得知了张氏的病情。于是在皇帝面前进言，旁敲侧击，劝其允许母子二人返京。包括刘义符写给皇帝的信，一开始也都被二皇子和三皇子的人拦下了，最后还是他手下的人在两位皇子的严密关注下偷偷呈递的。若不是他暗中助力，张氏恐怕根本熬不到过年。他又怎会在长生见到刘义符之前，就告诉她她心心念念的义符哥哥回来了？

就说不久前，二人还刚刚有过一次合作，以强有力的证据粉碎了魏人阴谋。所以说一句“甚好”，当不为过。

可是刘义符闻言却冷笑了一声。那笑声锋利如刀，在微凉的秋意萧瑟中射来，令萧子律不禁皱起眉头，意识到似乎发生了什么。

“甚好？”他的语气不屑中充斥着难以名状的悲愤，怒喝道：“所谓甚好，就是指暗中告密，害我全家吗？”

言罢，他终于转过身来看向萧子律，眸色复杂难言，说不清究竟是悲还是嗔。

终于还是被他知道了啊，萧子律轻叹一声，觉得很遗憾，道：“萧某也没有办法。国舅贪赃枉法，草菅人命，实在天理难容。若非他行事极端，不思悔改，萧某也不想做到这一步。”

事情还要追溯到两年前。

新帝开国，正值改朝换代，新法将立，百废待兴之际。当今陛下本非贵胄之家出身，生性朴素，崇尚勤俭，加之晋末百年动荡已拖得国力衰弱，为北方虎视眈眈的胡人提供了可乘之机。于是决心一改前朝奢华铺张之风气，削减赋税，将财政从吃穿用度向军队物资粮饷储备方向倾斜，以稳固社稷，恢复民生，早日实现北伐大业。

皇帝身先士卒，下头的人受到影响自然也纷纷效仿，一时间建康城里连丝竹管弦之声都少了不少。

张氏的兄长却倒行逆施，仗着自己加官进爵，当上了皇亲国戚，大肆敛财，穷奢极欲。半年之内，光是美妾就收了三十几个。建高楼，以宝珠象牙饰之，餐餐食珍馐美馔，夜夜闻不歇笙歌，想当第二个石崇。

钱财不够挥霍，他就利用自己的身份和权力横征暴敛，强加私税。为了不被人检举揭发，还不惜毒杀了好几个忤逆自己的官员，对外谎称染疾暴毙。

一次两次可能还没人觉得奇怪，次数多了，便有官员的亲眷开始怀疑了。再加上纸包不住火，纵使张府关紧大门，不准人靠近，园内的事情也总会多多少少传出去一些。几家合计一番，打算一起来建康告御状。

不料走漏风声，被国舅得知，杀心一起，竟然把要上京的众人都灭了口。

恰巧当时在御史台的萧子律对于彭城的诸多“怪事”有所耳闻，出于疑惑，带了几个侍卫前去调查，亲眼目睹惨案发生。

他在震惊之际，想向国舅讨个说法。国舅却拒不承认种种事件与自己有关，装傻充愣，推卸责任。后来看实在蒙骗不过去，甚至还想封住萧子律的口。

幸好萧子律早有准备，并非孤身前来，带的侍卫武艺高强，宝马良驹也跑得飞快。虽然自己腿脚不便，却临危不乱，指挥侍卫迎敌，并设计甩掉追兵。飞奔回京后，便一纸奏折，连夜将国舅的恶行告到了皇帝面前。

国舅连疏散财款和美人的时间都没有，就被前去查抄的御史逮了个正着。皇帝勃然大怒。

彭城内，百姓生活水深火热，亦是怨声载道。

国舅到了这时候反倒装起可怜来，拉着妹妹帮自己求情，希望皇帝能够看在皇后和太子的面子上，饶他不死。

然而彭城的百姓和天下的百官都看着呢，为平息民怨，以儆效尤，皇帝一咬牙，从重量刑，判了国舅个满门抄斩，并将当时的皇后和太子都贬为庶人，流放边陲。

从那以后，举国上下都明确了皇帝的决心。而被废的张氏和刘义符，却是在对国舅所行并不知晓的情况下，成了政治和亲情的牺牲品。

时至今日，回想起当时母亲所流的，仿佛能将整个东海都注满的眼泪，刘义符还觉得都是自己作为儿子却无能保护她、孝敬她的罪过。教他如何能释怀，如何能不恨？

如果说母亲去世之前，他还抱有一丝明天会好起来，自己还有机会尽孝的希望的话，母亲的辞世便成了击垮他的最后一道利箭，让他再也无法挣开黑暗的枷锁，只能任其捆绑着，在仇恨的深渊里沉沦。

而萧子律纵使对他和张氏有再多同情，也依然不后悔当初做出的决定，此时此刻表情如常，不慌不乱，道：“萧某只是于情于理，做了正确的事，与你我二人的交情无关。”

“与我的生死也无关了？”刘义符冷笑着，朝山崖的方向退了两步。

萧子律见情况不对，蹙起眉头，也跟着上前两步，劝道：“事到如今，即将柳暗花明，义符兄又何苦做傻事？”

“逝者不可追，落花如何明？你这个害死我母亲的元凶，说得倒是轻巧。”刘义符双目通红，厉声控诉。

萧子律迎着月光而立，青衫如竹，风骨凛然。既不认为自己做错了什么，也并不认为自己是害死张氏的罪魁祸首。但考虑到对方正在气头上，怕是听不进大道理，也不作过多解释，只道：“义符兄先退回来，你我兄弟二人好好说话。”

“我跟你不是兄弟！”刘义符摇着头，双唇颤抖，听到这两个字，内心又受了一次触动，心思百转千回，理不出个头绪。他发现，纵然自己早就决定要为母亲报仇，可是真到了面对仇人的这一刻，却还是下不了手。

内心深处有一个声音在告诉他不应该这样做，另一个声音又说此仇不报妄为人子。

刘义符陷入进退两难的境地中，饱受心火煎熬。

而萧子律也在这时，尝试着继续上前，慢慢靠近他，把他从危险的边缘拉回来。

不料，他刚向前伸出手杖，刘义符便自袖中掏出一把明晃晃的匕首，喝道：“别过来。”

萧子律只得停下，不敢妄动，并稍稍向后退了一步。

利刃在前，想到自己机关算尽，甚至当掉了母亲仅存的遗物，才换到的情报。当从那人口中得知，那日前去探查的御史有些奇怪，看起来行动不便，像是上了年纪，可是身子骨又挺得笔直，全无年老力衰之态的时候，他当即就明白了，说的是萧子律。彼时的心情，又是何等五味陈杂。

多年以来，他一直把萧子律当做自己的亲手足，可萧子律却在他背后捅刀子。

刘义符越想越气，挥舞匕首便向萧子律刺去，口中咬牙切齿道：“好，今日我不赴死，便定要报仇，容不得你活。”

萧子律随即躲闪，蹙眉道：“义符兄，你冷静一些。”

刘义符无暇说话，全身每一个动作都在诉说着“老子没法冷静”。

萧子律只得抬起手杖来，当做长枪，去抵挡他手上的兵刃。

正在这时，前来找萧子律理论的长生也上了石头山，远远地看到有两个身影在比比划划，不知在行什么猥琐勾当，决定偷偷上前看个清楚。没想到正忙着猫腰倒腾小碎步迂回，猛然看到了被月光晃得铿亮的正在飞舞的匕首，大惊之下，也顾不上隐蔽了，大喊一声：“住手！”飞快跑了过去。

说时迟那时快，萧子律一只腿活动不便，手杖又拿去应敌了，招架得本就吃力，再被她的声音一分散注意力，躲闪不及，被刘义符一下刺中了腹部，闷哼一声，鲜血潺潺涌出，瞬间浸透了层层衣衫。

长生跑过来之际，被触目所及的一片赤红又吓一跳，看清对面行凶的不是别人正是刘义符，更加不明所以。一时信息量太大，她的脑袋已经处理不过来了，陷入一片混乱。

可是混乱归混乱，身体却明白该干什么。她第一时间扶住萧子律，让他靠着一棵老树坐下，一手按在他的伤口处，紧紧压住，问道：“伤得重吗，深不深？”

萧子律忍着疼痛，摇了摇头，道：“不碍事。”抬手示意她先管管刘义符，别让他再一冲动，做出什么更激进的事。

刘义符看着他殷红的血迹和突然冒出来的长生，也有点发蒙。

长生抬眸，一脸不解地问：“义符哥哥，你为何要刺伤子律啊？”

俩人前阵子不是还好好的吗？一起从泥台县回来之后，还有说有笑的，怎么瞬间就剑拔弩张了？她不懂，最想捅萧子律一刀的人难道不应该是自己吗？她都没动手呢啊……

“你问他。”刘义符恨恨地抬起手中的匕首，指向萧子律。

萧子律叹了口气，她简洁明了地向她解释道：“义符知道了是我告发的国舅。”

他的声音都因为疼痛而发颤。

长生瞪大眼睛，也是半晌无言，但很快又皱起眉头，对刘义符道：“即便如此，也不能成为你要杀他的理由啊。他当年是御史，只是做他该做的事。”

说着，她见刘义符有动静，身子不由自主向前一探，大有挡在萧子律身前相护，以防刘义符再加害于他的意思。

“连你……竟然连你也这么说！”刘义符将她的话听在耳中，动作看在眼里，感到难以置信。

长生也觉得自己这番话说出口来端的艰难，蹙眉道："你的心情我可以理解。但是冤冤相报何时了，更何况，犯错的人是你舅舅，不是子律啊，你心里不是也一直都很清楚吗？为何现在……"

她说不下去了。看着他的眼神中有诧异，有震悚，也有失望，仿佛站在她面前的不是她熟悉的那个兄长，而是一个被恶鬼附身的陌生人似的。

"呵，呵呵……"

这个眼神毫无疑问刺痛了他。刘义符颤抖着十指，将匕首掉落在地上，口舌干燥，想说点什么话来为自己辩解，竟是一句也说不出，只发出一阵空洞的冷笑。

刘义符低头看着掉在地上的匕首，回忆起刚才在一阵冲动驱使下，刺入萧子律的那一刀绝非虚张声势，而是真的想要他死。可是刀锋真实刺入肉里的一瞬间，他又陷入了深深的恐慌之中。仿佛看到鲜血顺着刀刃流淌过来，漫上他的身体，用恨意将他彻底占据，拉入深渊，变成幽冥中的恶鬼，再没有重归人世的那一天。

长生还在同他说话，可是他满耳轰鸣，什么也没有听进去。只觉得自己在这天地间活着，竟是十分可笑。空有一颗复仇之心，却行不了复仇之实。回头看看，又没有了任何退路。连最景仰他的那个人，最珍视他的那个人，此刻也挡在萧子律身前，把他当做了敌人。

见他弯腰去捡掉在地上的匕首，长生以为他又要过来补上几刀，赶忙把萧子律的手杖捡了起来，打算当剑使。

萧子律却忍痛站起身，一把将她拉到身后。

长生拗不过他，情急之下喊道："哥！"

两个人都想保护对方，对面的刘义符却没有过来。这声呼喊好似一道定身的符咒，将他钉在了原地。他默默擦掉匕首上的血迹，本想用它来了此残生，但是转念一想，又不想让亲人和仇敌共同看到自己如此狼狈的样子，便捧着它，脚步踉跄，目光呆滞地，缓缓向下山的方向走去。

长生又叫他一声，问他要到哪里去，手却被萧子律拉住了，朝她摇摇头，道："让他一个人静一静吧，他自己想通了就好了。"

长生看着他咬紧的薄唇，亦是放心不下，只好留下来，拉他坐下，道："你先别动，我给你简单包扎一下，否则要是失血过多，还没下山就没救了。"

萧子律难得听话，乖乖靠着树干，看她将掉落在一旁的衣衫捡过来，撕扯开，为自己包扎，视线又落在她身上，发现她的外衫还好好地穿在身上，再看回去，疑惑地挑眉问："这是哪来的衣服？"

"你的啊，我本来打算带来还你的。"长生手上动作不停，顺口接道。

他的衣服，花纹和配色都是和手杖成套的，她问都不问一下就给扯了，萧子律哭笑不得："公主特地跑到这儿来，就是为了还臣衣服的，结果还给扯了？"

"那怪谁？"长生抬头，翻了他一个白眼，道："还不是因为你。"

萧子律劳累了半天，又流了许多血，没力气跟她吵，只仰着头，无可奈何地耸耸肩。

长生帮他包扎好，决心开始算账，蹲在地上，插着手，气恼地对他道："我特地跑来不是怕你没衣服穿着凉，是想问你，究竟为何派人去拦我的信。你说你这人怎么这么多管闲事呢！"

"哦，原来公主已经知道了。"萧子律平静道。

"哦……哦什么哦，问你话呢！"长生不满地推搡了他一下。

萧子律吃痛，剑眉紧锁，勉强笑了一下，提醒道："公主不如先送臣下山再从长计议。"

也好，反正他现在是别想逃出她的手掌心了，长生便扶他站起来，试探着问："自己能走吗？"

"不能。"萧子律耿直地回答，"臣觉得需要人扶着。"

他倒是不客气。长生大手一挥，更爽快，道："那我背你吧。"说着上前两步，半蹲下去，当即做出要背他的动作。

萧子律唇角一勾，问道："当真？"

"当然了。"长生招招手催促他抓紧时间，别磨磨蹭蹭的。

见她如此自不量力，他便产生了一种捉弄她的冲动，玩味地笑着，上前两步，靠近她背后，慢慢向前俯身，想要让她吸取吸取教训。但是鼻翼贴近她乌黑柔亮，在月光下光华熠熠的秀发，嗅到一阵淡淡的桂花香气后，他忍不住多闻了两下。这一闻，又改了主意，站起身来，道："还是别了，臣怕摔死。"

"事儿真多。"长生没办法，只好也跟着悻悻地起身，挽住他的手臂，老实给他充当人肉拐杖。

二人挽着手下山的路上，萧子律给她讲了刘义符来找自己的来龙去脉，顺便解释了关于那封信的事："臣以为，百济和亲一事有蹊跷。恐怕僧侣事件的真相，还不止我们看见的这么简单。"

"此话怎讲，僧侣事件与百济有什么关系？"长生不解，僧侣事件不是已经结束了吗？

"公主想想，百济提出和亲请求刚好是在魏人僧侣来建康的时候，终止和亲，又恰恰在事发之后。而且使团在建康的这半年间，我们一直拖着不答复，他们好像也并未焦急催促。公主不觉得，一切都太过巧合了，显得别有用心吗？臣不得不怀疑。在臣没有查清楚之前，公主不能与百济王子联络。"萧子律每走一步腹部的伤口便剧烈地疼痛一下，额上冷汗涔涔，表情却一如既往的镇定，咬牙道。

长生不认同他的想法，道："人家不催促，表现得对我们友好客气点难道还不行了？至于你说的背后阴谋，我觉得没那么夸张吧。确实李敬关于和亲一事另有想法，但只是想借此振国兴邦而已，并非怀揣恶意。"

萧子律闻言失笑，无奈道："你呀，怎么还不明白，动荡之秋，国与国之间利益永远是第一位的，根本就没有什么长久的友谊可言。"越说越觉得她很不争气，抬手在她头上揉了揉。

长生撇着嘴，看不出是因为联系不上李敬而感到失落，还是对他的分析感到怀疑。

萧子律便温声道："好了，知道公主恨嫁。臣一定尽快查明，公主到时再寄信不迟。"

"你才恨嫁呢。"长生老脸一红，用胳膊肘顶了他一下。牵连到伤口，疼得他又倒吸一口冷气。

长生赶忙帮忙揉揉，愧疚地问："没事吧？"

"有事。"萧子律蹙眉道，"看来臣不止残疾，还要瘫痪了。"

"胡说八道。"长生翻了他一个大大的白眼。

她其实是非常担心他的伤势的，看到绑上去的层层白纱又被鲜血浸透了，心中忐忑，比起什么百济阴谋，什么刘义符的下落，更关心的是能不能快点送他下山去看郎中。但是自己扶着他又走不快，只能干着急，暗自祈祷千万不要再出血了。

好在萧子律很给面子，一直撑到走到山脚，与她告别时还笑眯眯地叫她放心，说只是一点小伤而已，回去上个药就好了，直到坐进马车之中，对车夫说出："赶快去医馆……"几个字后，才因剧痛难忍，精疲力竭，颓然倒下。

长生又留在石头山，在周围找了一圈刘义符未果，只捡到了他掉在地上的那把染血的匕首后，失落地回到王府。

二人相约，对今晚发生的一切守口如瓶。回去有人问起，只说是二人练剑，打闹着玩，她失手错伤的他。反正因为她倒霉的男子不止一个两个了，他也不是没中招过，不会有人怀疑。

可是从那天起，刘义符便再也没有出现。

萧子律的伤口虽深，所幸未伤及要害，只是多出了点血，调理几日后，便一天一天好起来，长生心里的创伤却久久难以愈合。

她把那柄刺伤他的匕首洗净擦干，摆在自己房中，时常盯着它发呆，沉思着：刘义符那么明晰事理，心胸豁达的一个人，究竟从什么时候开始改变的，又为何会执迷不悟，最终走上复仇的道路呢？亏她还以为自己是最在乎，最了解他的人，竟然对此一无所知。

所以，她的义符哥哥，究竟是不是她所熟知的模样？她自以为能够看清一个人，如今心里却没有把握了，更不知他现在又在做何事，飘零何方。

这件事对她造成的打击，远比萧子律拦下了她的信件要大得多。长生一连几日越想陷得越深，越试图理清越没有头绪，飘零其中，亦是不知所措。

得知刘义符下落不明，派人搜寻亦没有结果的长沙王并不知晓那个夜晚三人之间的秘密，但心里也有自己的一番猜测，拍着女儿的肩膀，叹息道："长生啊，人总是会变的。"

长生将这句话琢磨了好几遍，跑去问刘义庆："哥，你会变么？"

刘义庆埋头写书，不明所以地抬头看看她，又低下头去，并没有回答她的问题，只是习惯性地抓了抓腮。这个动作她从小看到大，十几年来没有任何变化。

于是她又去问萧槿。

萧槿一脸委屈，申辩道："怎么可能，我永远站在你这边。"

刚好萧子律也在家，她也顺便问了。

萧子律看了看自己的腿，又看了看自己的腹部，沉痛道："会啊，照这趋势下去，一定会变得更惨的。"

"我看也是。"长生说着，有意往他伤口上戳了一下。

萧子律夸张地叫了一声，抬手捂住肚子。

长生险些上当，刚想要道歉，看到他狡黠的眼角，意识到被他的演技所骗，顺势又戳了一下。

萧子律连连告饶："别，公主，再戳臣可真招架不住了。"

长生哼道："活该。"

二人又隔着八仙桌坐好，划清战线，互不侵犯。长生把玩着茶盏，叹道："也不知道义符哥哥怎么样了。"

萧子律淡淡一笑，并未接话。

她又问："你说，你后悔过吗？因为揭发了国舅，导致这一切的发生？"

萧子律摇头，道："萧某未曾后悔。再说，公主所说的一切也并非是萧某的所作所为导致的。就算萧某没有揭发，也可能有别人，纸终究是包不住火的。"

"即使我没有前去，刘义符找你报仇成功了呢？"

"即便如此。"萧子律很平静地应道。

"好吧……"长生抿着唇，不知作何评论。

又听萧子律呷了口茶，语气轻松，道："不过这种'即使'应该也不会发生。"

长生不敢附和，也不敢否定，事到如今，她自己也说不清楚对刘义符的了解还有几分了，只是在内心深处的某个角落，仍不愿相信他已经变成了另一幅模样。

萧子律看出她的心情不佳，拿着茶杯在手上转了一圈，提议道："既然暂时不能同百济王子联络了，公主要不要再重新考虑考虑和亲之事。万一在建康还有转机呢？"

"什么转机？"长生问他。

"比如建康有门当户对的男子愿意迎娶公主，公主也恰好看得上。"

"……你自己刚才还说没有必要讨论如果，现在又来比如？"长生苦笑一声，只当他拿自己说笑，道："我左想右想也想不出这样一个人选，还是不要乱抱不切实际的希望了。"说完便喝光自己的那杯茶，准备告辞。

萧子律却叫住她，道："公主莫急，不再找找怎知没有，臣倒是有一个建议。"

长生脚步停了停，回身问："什么建议？"

“不如举办个相亲大会吧。”萧子律笑意盈盈，道：“臣来替公主筹备。”

长生警惕地蹙眉，向后退去，一脸怀疑：“你有那么好心？”

萧子律摊手，做无奈状：“没办法，谁让萧某受人之托呢。”

尽管心里一万个不相信，长生仔细权衡一番，还是决定看看他到底要耍什么把戏，反正又不用自己操心劳力，最近闲着也是闲着，便答应下来，叮嘱他好生操办，万一事成了，定会给他包一份大礼。若是不成，他就等着她发飙吧。

回头萧子律到处递请帖，邀人参加秋宴，邀请的都是些未婚的适龄同侪，当真尽心尽力，在与众将军商议北伐大计的时候，还不忘寻觅人选。

赵怀璧见他好像挺轻松自在的，不为长生的事烦心了，便跑来好奇地问：“要去百济那位最近怎么没动静，莫不是已经被说服了？”

萧子律刚邀请了一个校尉，拱手与人道别，闻言微微一笑，敛袖答道：“并没有。”

而后将自己怀疑百济当初提亲动机不纯，把长生的信件拦下来的事情与他说了一遭。

赵怀璧听完，恍然大悟，不得不佩服他的心机之深重，拍着他的肩，感叹道：“萧兄此计甚高。如此一拖，怕是等长生再想联系的时候，人家百济王子孩子都会做酱菜了，和亲之事自然也就不了了之。”

萧子律不明白他在说什么，笑意深深，道：“赵将军多虑了，萧某并未想那么多，只是实话实说罢了。”

赵怀璧可不信。

萧子律便正色告诉他，自己在百济埋的好几个眼线最近也都失去了联络。今时与魏国大战在即，魏国的细作被人除去，倒还可以理解，为何百济那边也受波及？

赵怀璧先是惊讶地瞪大眼睛，又绞尽脑汁沉思了一会儿，蹙眉道：“会不会是这会儿经由魏国报信不太安全的原因，藏身百济的细作为了稳妥起见而暂时沉寂了？”

“将军说的这种可能性也不能排除。”萧子律颔首道，“不过萧某更怀疑是他们在百济境内出了什么差池。”

他面上露出难得一见的忧虑，不知是为了这些细作的安危担忧，还是为即将开始的北伐。

虽然他不是将军，不能亲身征战，但是他有自己的方式为国尽忠。那飘零在外的每一只信鸽，每一个隐蔽的驿站，每一个隐姓埋名谨慎生存的细作，都是他的士卒。

这是他的战场，他不能在战争开始之前就输了。

他看惯了史书中的刀光血影，现实中的丑陋嘴脸，从不避讳以最大的恶意揣度人心。在没有查证之前，一切猜测皆为合理。握着紫檀木手杖的男子在宫墙上静静伫立，眺望着遥远的西北方向，试图突破重重雾霭，将百川岁月与山河之间气息的波澜动荡尽收眼底。

一阵突如其来的疾风吹着几片不知何处飘落的残叶，打着旋儿从他们的宽袍下摆擦过。赵怀璧也随着他的视线远眺，胸中嗜血渴战的气息不断翻涌，亦暗暗握紧了双拳。

吹了一会儿风，萧子律想起自己还要继续去帮长生邀请相亲人选呢，便对赵怀璧道："萧某还有要事，先行告退了。"

"什么要事？"赵怀璧疑惑地问："见萧兄近来到处邀人赴宴，却不知这宴席为何而设？"

萧子律玩味挑眉，神神秘秘道："结束后将军大概就知道了。"

在那之前他可不想把真实目的说出来，把待宰的羔羊……不，长生待选的夫君都吓跑，与受邀的每一位男子说的也都是寻常的宴饮罢了。

赵怀璧一脸懵懂。

第八章 救命，我好像上钩了

虽然大战在即，紧急调度回建康的将军们每天开会讨论战术，小卒们每天忙着运输粮草和军备，建康城内弥漫着紧张不安的气氛。但是对于大部分人来说，日子还是要照常过的，诸如清谈宴饮之事也要照常出席。

于是萧子律设宴铜雀楼的当日，这家建康城内最大的酒肆一如既往的热闹。往来宾客缓带轻袍，衣冠如云，既有气度从容的世家后人，也有朴素拘谨的寒门子弟；有文弱清秀的文臣，也有刚毅爽朗的武将。

长生站在楼上的纱帘后面朝下看，发现有些面孔很熟悉，有些则看起来十分面生，觉得萧子律也真是不容易，恐怕将建康及周边方圆百里的适龄未婚男青年都一次性集齐了。

可是这样真能帮她找到合适的夫君吗？放眼望去，十个人里就有九个是当初拒绝过她的。长生的视线落在打从一进门就独自一个人坐在角落里喝闷酒的杨五郎身上，头疼地揉了揉太阳穴，觉得自己果然是掉到萧子律的坑里了。

宴饮之初，萧子律并未让她露面，自己负责款待。笙歌响彻，云袖弄影，酒过三巡，长沙王带着刘义庆突然出现，才由王爷本人对大家说出这次设宴的真实目的。

一时整个铜雀楼都安静了。

来都来了，正值酒酣之际，当然不能这会儿调头就跑，诸如沈瑸之流尴尬得整个人都被定住了，身子别扭着，转也不是，不转也不是。

宾客中还有一部分并非建康人士，但因长生名声在外，也有所耳闻，表现倒是没有那么夸张，相反还有点好奇地四处寻觅，想亲眼看看这位了不得的公主究竟是长了个什么牛鬼蛇神的模样。

萧子律的身份可以帮忙邀请宾客，但说到底还是不方便在此主事，便悄然退居幕后，将主人的位置让给了长生的亲哥哥刘义庆。所有人的注意力都在刘义庆身后层层叠叠的纱幔上，觉得若是长生本人在此，定然藏身其中。只有杨五郎侧卧在席子上，醉眼迷蒙地媚笑着，朝完全相反的方向举杯示意，身子一动，便摇晃欲倒。

长生正在他视线的方向，大家没有注意的暗影中，尴尬地朝他笑着。

杨五郎翘起白皙纤长的食指，风情万种地指了指自己，又指了指她，红唇轻启，好像在说："你我都是苦命的伶仃之人。"

可不是么，长生苦笑，后悔来参加这场闹剧了，转身欲走。

就在这时，忽听一人开口问道："在下仰慕公主芳名已久，公主既然在此，为何不出来见上一面？"

说话的人骤然成为全场焦点。刘义庆向他看去，发现这是自己最近新收的一个门客，名为高崎，也在编撰院中帮忙，来了一个月有余，却是阴差阳错，一直未与长生碰面，便道："舍妹女儿家羞涩，此等场合不便轻易见人。不知高兄对与舍妹结姻一事可有想法？"

听到"羞涩"二字，沈瑸一口酒差点喷出来。

高崎是一个全身上下无论样貌还是身形，衣着还是配饰都没有什么特点的男子，扔人堆里很快就会被淹没，再认不出来的那种，长生转过身，瞧了半天，才看清是谁在说话。

只见他像唱戏似的施施然深鞠一躬，语气和动作一样浮夸道："微臣愿意迎娶公主，只是出身微寒，不知公主看不看得上微臣。"

话音一落，满场哗然，连长生自己都觉得难以相信，诧异地眨眨眼，以为自己听岔了。

杨五郎不知什么时候已经晃着醉醺醺的脚步绕到了她的身边，暧昧地附耳低声道："杨某听说，这位仁兄家庭情况可不是一般的不好，野心也不是一般的不小。"

长生将头靠过去一些，好奇地问："此话怎讲？"

杨五郎却不肯细说了，只慵懒地提着酒壶晃晃，抛着比唱曲的花娘更加魅惑的媚眼，道：“总之公主三思，宁缺毋滥。”

后面四个字说的，是他杨五郎的择偶原则，可不是长生的。虽说还没到饥不择食的地步，但她的目标总体上来说是找一个大概喜欢她，她也不讨厌的就好。至于对方有没有额外怀了攀高枝的目的，她倒不是很在意。

议论声中，台上的刘义庆一直给她使眼色，询问该怎么办。

长生见兄长镇不住场面，只得自人群中现身，脚步款款，走上台，对高崎施了一礼。

二人就算是见了面。

长沙王坐在一边，看着这个衣着寒酸的小子，不太满意地皱了眉。

萧子律则饶有兴致地一边与人对饮，一边暗中注意着台上动向。

只见长生站定后，直截了当地问了一个至关重要的问题：“不知这位兄台为何称有兴趣与我结下姻缘？”说完还环视了一圈在场众人，补充道：“想法如此与众不同。”

高崎又深深屈身，严肃道：“首先，在下同公主一样，是不信天意命运之人，未曾把公主身上所谓的诅咒当回事。其次，在下听闻公主饱读诗书，尤其擅长古籍修复，心中钦佩不已，早有好感。今日得见公主之容颜，更是惊为天人，深深为之着迷。还望公主垂怜，得看小生一眼。”

虽然感觉他奉承得夸大其词了些，但是当这么多人被拍马屁，长生心里还是觉得美滋滋的，有点飘飘然，面上还是尽量保持镇定，轻咳一声，道：“如此，长生却不知公子学识品行，恐一时也难下决断。”

“有的选就不错了，还挑……”沈琸低声嘟囔了一句。

高崎倒是理解，大方道：“那简单，公主想考验琴棋书画还是文章辞赋，在下定然全力配合。”

既然如此，长生也就不客气了，提议道：“那么，我们便来比试诗文吧，若是高公子能够取胜，长生就给公子一次机会。”

高崎欣然同意。

于是长生命人摆上两套桌椅，备上笔墨纸砚，请刘义庆来命题，与高崎二人比赛作诗。为了不让大家看着无聊，她还附加了一个条件，要求二人分别在喝下一杯酒的时间内思考完毕，并写下一行诗句，直到作完整首为止。

刘义庆先出了一个最简单也最应景的咏物的题目，要求二人写面前的美酒。

语罢，一旁的侍女将酒樽斟满，长生先喝完一杯，迅速写下一句。在她挥墨泼毫的时候，侍女已经又把酒倒满了。长生落笔停顿片刻，再次饮下琼浆，补完后半首。

高崎不甘示弱，紧随其后。虽然起笔比她慢，但是写字比她快啊，二人几乎同时完成了诗作。

在交给刘义庆之前，长生偷偷瞟了他的诗句一眼，轻轻挑了一下眉毛，心想：哟，年轻人，还可以嘛。

高崎礼貌地朝她笑笑。

刘义庆将二人的作品展示给大家看，宾客纷纷点评一轮，宴上的气氛也随着关于诗句的热议而渐渐回暖。

结果第一场比试，刘义庆判定高崎胜。接着又进行了几轮，二人各有胜负，打成平手。于是决定赛最后一轮定胜负。

刘义庆沉吟一番，又出了一句：“二月青帝乘雨来。”要求补完全诗。

长生听完，脑海中灵光闪现，迅速端起酒樽来喝了，刚在纸上写下“东风入瓮化屠苏”，突然觉得腹部传来一阵坠胀的痛感，接着便仿佛有一股暖流自体内向下涌去。

她暗道一声不好，怕是来了葵水。这葵水来得未免也太不是时候了，此刻周围到处都是人，要是在众目睽睽之下见了红可如何是好，她以后岂不比沈琹和杨五郎还没脸见人？

不想还不要紧，越想越觉得无地自容，一紧张，感觉更多液体涌出来，小腹也更疼了。她能感觉到，血肯定是流出来了，身上穿的罗裙单薄，也肯定一瞬就能渗透。

于是为难地伸出左手在椅子上蹭了蹭，思索到底该怎么才能假装只是蹭了点朱漆在裙子上，可是这椅子上的漆……都干了上百年了的样子，无论如何也不可能蹭到身上……真教人难过。

长生心中忐忑，另一只手则抓紧酒樽，一动也不敢动，笔端滴落的墨迹已在纸上晕开一大滩。

与此同时，高崎已经又喝完两杯酒，并将自己的那首诗作写完了。

长生紧张得额头渗出了细密的汗珠，深呼吸三次，让自己冷静下来，告诉自已不要把事态想得太严峻，刚刚才有感觉而已，哪有那么快就暴露呢？只要赶快写完这首诗，赶快找个理由下台，赶快离开这个是非之地就好。于是自嘲地摇摇头，决定先把手里的酒喝完，不动声色地完成诗作再说。

正在这时，她突然感觉到身后有人靠近自己，一颗刚刚平静的心立刻狂跳起来，以为身后已经见红了，对方是看到后来问自己状况的，登时大惊，变了脸色。

完了完了，真是不想什么就来什么啊。长生一低头，一闭眼，悲哀地思索来者何人，能不能灭口，而后便感觉到自己的手便被一双微凉的手掌若有若无地触碰了。

萧子律的嗓音温润低沉地在她耳边响起："公主再彪悍也是女子，怎能喝这么多酒，还是臣替公主代劳吧。"说完，顺势从她手里取过酒樽，抬袖饮下。

长生警觉地盯着他，不知道这是什么把戏，也不知他看见什么了没有，一时吃不准该如何应对。萧子律则按住她的手，示意她乖乖在这儿坐着就好。

而后直接把她的酒樽放在一边，捧起侍女倒酒的酒坛来，在众人喝彩或是起哄的呼喊声中一饮而尽，并将空空的酒坛倒过来甩了两下，让大家确认喝光了之后，径自提笔挥毫，酣畅淋漓地写就一首长达三百余字的《饮仙辞》。写的是青帝邀请众位仙友共同来到人间，掬一捧长江水，融三五儿女情长侠肝义胆，以千万载岁月沧桑酿了酒，而后发生的瑰丽奇伟的故事。仙人们渐次饮下，并各自在酒中填上自己喜欢的佐料。东君为人间带来暖阳，与战争胜利的号角；大司命令万物生长，人们安然繁衍，子孙满堂……接着在长生等人看呆了的目光中，若无其事地放下笔，对高崎一拱手，道："承让。"说完取下镇纸，将诗作交由侍女呈递给刘义庆。

高崎见他眼睛都不眨一下，便能一气呵成一首长诗，且韵律和谐，辞藻优美，文采斐然，匠心独运，自知自己的雕虫小技与之根本无法相提并论，忙告饶道："不敢不敢，是在下输了。"

"高兄客气。"萧子律拱手道，"萧某水平远在世子和公主之下，只是不想让公主喝那么多酒罢了。"

话说得怎么听着那么别扭呢，长生在一旁干笑一声，心想今天真是让你嘚瑟够了。虽然有种想要拆他台的冲动，但冷静一想，还是自己的名誉大事要紧。

正在她纠结如何才能完美起身，在不让人看到自己背后的情况下落跑之时，又听萧子律用细如蚊讷的声音在她身边道了句："倒。"

长生立刻会意，抬手扶额，"哎哟"一声，假装喝多了头晕，朝他身上倒了下去。

萧子律顺势蹲下身，扶住她，假装惊讶地问："公主，没事吧？"

长生不说话，只摇头皱眉，显得十分头痛苦。

高崎就在近旁，欲上前帮忙，被萧子律挡住了，对他说道："高兄也喝了不少，还是萧某来吧。想来公主只是喝得急了些，送她去歇息片刻就无碍了。"

说的好像他不是喝得最多，腿脚还最不好的那个人似的……长生头朝他怀里偏了偏，不让旁人看见，暗暗抽动嘴角。

好在高崎也明白以自己和长生的关系不方便有什么肢体接触，没与他争着表现，让萧子律在众目睽睽之下从椅子上抱起长生，缓步走下台子，消失在纱幔之后。

而最该负责此事的刘义庆却半晌才反应过来应该去照顾妹子，忙对众人说了声："招待不周，刘某还备有上等好酒，请诸位自行享用。"才同父亲打过招呼，也追了过去。

他穿过层层纱幔，越过屏风，进了里面的房间，见长生正窝在椅子上，紧紧抓着扶手，瞪大眼睛向后仰着，哪里还有半点不胜酒力的样子。而萧子律则在她对面，不知道为什么脱起了衣衫来。

老实木讷的刘义庆抓着腮，一万个不明状况，指指萧子律，再指指长生，无声地询问究竟怎么一回事。

长生觉得，眼下的场面一句两句也是很难解释，当即又按住太阳穴，呻吟起来："哎哟，头好痛，好痛。"

萧子律便也顺势不着痕迹地理了理衣襟，仿佛刚才就只是为了如此似的，又倾身向前，抬手在她额上探了探，道："还好，没有受风，只是喝得急了，有些上头。"

长生点着头，哼哼唧唧道："还有救就好。"

萧子律便起身，一脸歉意地对刘义庆解释："长生这个状态，恐怕今天的相亲大计是进行不下去了。要不小弟先送她回去，世子在这儿照应着，等会儿大家都吃饱喝足，该散也就散了吧。"

"有道理。"刘义庆迷茫地点头称是，道了声："那就拜托三郎了。"便很实在地把妹子甩给他，又抓着腮回去招呼客人了。

听到他脚步声渐行渐远，长生才停止伪装，松了口气，接着继续刚才的动作，往椅子里面缩去，皱着眉头，紧盯着萧子律，抿着唇，吞吞吐吐地问道：“你是不是……”

“嗯？”萧子律一改刚才的表情，眯起眼睛，笑了一下。

长生仔细观察着他的脸色，艰难地问：“是不是看见什么了？”

“看见了。”萧子律回答得果断且平静。

“果然！”长生羞愤地在扶手上一拍，把自己掌心拍得生疼，又揉着手心，万分想死。

却听萧子律语气无波，道：“公主放心，臣觉得没什么大不了的，反正大家都看见了。”

“都……”长生以袖挡脸，一口气没上来，差点抽过去。

“对啊。”萧子律挑眉道，“不就是公主当时接不上来了，还不想承认么。”

“……”正在仙去路上的长生闻言眨巴眨巴眼睛，又回魂了，诧异地问：“接不上来……所以你才去帮我解围的？”

萧子律点点头：“是的，不过公主也不需要太客气，以身相许什么的就免了。”

不是指那件事就好，长生长吁一口气，擦擦汗，讪笑道：“好，回头请你吃饭。”

萧子律应了一声，又开始脱自己的衣服。

长生不明所以地问他：“不过你这又是要干嘛？”

萧子律将外衫脱下来，慢悠悠地靠近她，俯身笑眯眯道：“想必公主也不想穿着染血的裙子出门吧。”

果然还是没逃过去，刚刚放松警惕的长生心下大骇，一把将面前的长衫夺过来，咬着唇朝他怒目而视，对他有话不能一次性说完表示强烈愤慨。

萧子律勾唇一笑，起身道：“放心，此事天知地知，你知我知，不会有旁人知道了，萧某会帮公主保密的。”

长生悲痛地盯着面前流着红泪的蜡烛，对他的保证不是很信任。将他的外衫围在腰间，遮挡住血迹后，再不敢坐着了，局促地背靠墙角站着，用手指在墙上画圈圈。

萧子律去给她讨了一碗姜汤回来，看她的样子不由失笑，问道："公主这是做什么？"

"唔……"长生嗫嚅道，"没什么，就是有点肚子疼。"

他闻言挑眉："那还不过来喝点水。"

长生又往墙角挪了两步，仿佛想把自己挤进墙里似的，心虚地说："我不喝水，我想回家。"

该死的，自己身子不爽着，身后拖着一滩血迹，身前还站着一名死敌，喝什么水啊喝水！

萧子律朝滚烫的姜汤吹了两口气，平静道："臣知道，但是现在外面风雨大作，公主出去会着凉的。"

长生竖起耳朵听着，果然窗子的方向传来一阵雨点乒乒乓乓打在瓦片上的嘈杂声响。但还是抱着一线希望，不信邪地贴着墙根蹭过去，将窗户稍稍打开一条缝，想看清外头的情形。可是只一瞬，她还没等看清雨有多大，就被迎面灌进来的疾风扫了满脸水，头发也径直朝屋顶飞去。她手上动作都没停，一气呵成地又用力把窗户关了回去，抚平头发，脸色更难看了。

萧子律忍着笑，招呼道："还不过来喝？"

她只好认命地挪过去，坐也不是，靠也不是，端着碗把姜汤喝了。温热的液体驱走由内而外的寒意，很快就觉得没有那么冷了，小腹处的不适感也减轻了一些，但还是紧张不安，用什么姿势靠墙都觉得不舒服。

萧子律哭笑不得，在椅子上多铺了两层垫子，劝道："脏都脏了，公主不如还是坐下吧，先把外衫解下来，等会儿要走的时候再披上。"

长生总觉得他不怀好意，撇嘴盯着那几层锦垫，问道："你不至于变态到回头还要把这些东西拿去送人吧……当作我的把柄，还是什么的……"

萧子律沉默片刻，反问她："臣到底是跟谁有那么大仇？"

想想也是，太变态了，长生这才坐下来，继续听窗外的雨声，叹道："也不知道这雨什么时候才能停，外面又是什么情况了。"

萧子律告诉他，有些人已经冒雨回去了，还有些人还在饮酒聊天，不过大概都以为他们已经走了，没人问起她来。

"唉。"长生托着腮，语气失望，道："我看今天这么一出，也是白折腾了。"

"公主何出此言？"萧子律不解地问。

“这还用问吗？”长生白了他一眼，道：“你没看见么，本来就没人感兴趣。”

置于二人之中桌案上的烛光，将萧子律的轮廓映得格外柔和，一双璀璨的眼眸多情婉转地看着她，似笑非笑道：“谁说的，不是有一个吗？”

“高崎？”长生苦笑一声，摇摇头，“我觉得他只是凑个热闹而已，并不是真心的。而且这个人言行举止过于浮夸，诗句间透着一股让人不寒而栗的阴气，我不太喜欢。”

萧子律端起面前的茶杯来，托在手上一圈一圈地转着，似笑非笑道：“臣可没说是他。”

“那还有谁？”长生疑惑地看向他，见他唇角勾勒着笑意，一副欲说还休的表情，心里猛地一激灵，寻思这人话中所指，莫非是他自己……不不不，不可能，她赶忙摇头驱散这个念头，抬手推了他的胳膊一下，嗔道：“都怪你。”

萧子律大喊冤枉：“这怎么又怪上臣了，又不是臣让公主来葵水的，臣要是有法子不让公主来，一定……”

“你……”长生面红耳赤，差点没气背过气去，又挥舞双拳捶打了他一通，比了个噤声的手势，压低声音道：“你小点声。”

萧子律识相地闭嘴了。

“我是说，都怪你当着那么多人面把我扛走了，以后我就是想泡汉子，不是都泡不了了吗？”长生不悦道，“看来只能去百济了，回头我就再写一封信……”

“不许。”萧子律突然插口打断她。

“嗯？”长生没听清，问他：“你说什么？”

“臣说不许写信。”萧子律道，“不是说好了，要等臣查清楚再说吗？公主可不是说话不算话之人。”

长生偏着头，靠在案上，纠结道：“话是这么说，但是……你看，你万一调查个一年半载的还没有结果，我也不小了，李敬也不小了，到时候他可能娶妻生子，儿子都开始学做酱菜了，我也就没法再嫁了不是？还有啊，虽然你是好心……也不一定是好心帮了我，我当时为了解围也什么事都干得出来，但是后来想想，你说就这么把我扛走了是不是欠妥？别人怎么想你，怎么想我，怎么想我的月事带？我的月事带也不知道收哪儿去了，好像新做的都塞到要带去百济的包袱里了，回去还得翻箱倒柜找出来……”

侍女在萧子律的吩咐下悄然给屋内加了一盆炭火，暖流带来阵阵困意，因方才的精神过度紧张而疲惫不已的长生絮絮叨叨着，头一偏，便倒在桌上睡着了。

萧子律一直默不作声地听着，发现她声音越来越小，语速越来越慢，直到发出均匀的呼吸声，挑了挑眉，试着唤了她一声：“公主？”

没有反应。

于是他又叫了声：“长生？”

迷迷糊糊的长生身子扭动了一下，从鼻翼中轻哼了一声：“嗯？”

眼见着她披在身上的长衫因为这个动作滑落在地，萧子律无奈地站起身来，帮她捡起，又好好盖回身上。

近距离看着她熟睡的容颜，他突然动作停驻，产生一种若是能一辈子看着她安然入睡似乎也挺好的念头，便问：“实在没人要的话，干脆我娶你吧，好不好？”

长生大概这辈子清醒的时候都没有听到过他用这么温柔的语气说话，可惜此时此刻的她不清醒，也没在意，只胡乱地摆摆手叫他不要闹，又睡了过去。

她也不知道自己睡了多久，迷迷糊糊地醒来的时候，雨已经停了。萧子律安安静静地在一旁看书，听到动静，头也不抬，只道：“该回去了。”

长生便用懵懂低哑的起床音应了一声，揉着眼睛站起来，跟在他身后穿过人去楼空的厅堂，让他扶着自己上了马车，而后靠在软垫上打哈欠，含糊道：“我刚才做了一个噩梦。”

“哦，梦见什么了？”萧子律疑惑地问。

长生表情严肃，道：“梦见我们俩成亲了。”

“……”萧子律沉默了一下，问：“然后呢？”

长生眨巴眨巴眼睛，摊摊手：“然后当然不是你死就是我亡，太惨了，我没敢看。”

“……自己做的梦还能不看？”萧子律一脸不相信。

长生振振有词道：“对啊，所以我醒了啊。”

萧子律被她堵得无言以对，觉得好像是第一次有这种感觉，半晌才唇角淡淡含笑，低声回了句：“不会的。”

“啊？”长生刚好打了个哈欠，没听清，打完了问他刚才说什么，他又不说了，只道了声："没什么，说了一句你的坏话而已。"便闭上眼睛装睡。

长生抄起一个软垫丢他，被他机敏地抬胳膊挡了回去。

以长生为主角的相亲活动，总是会以失败告终，已经成为建康城内一大不可动摇的真理，所以翌日大家都没把铜雀楼发生的一切当回事，最多就是多了几句茶余饭后的谈资。不过对大多数人来说如此，对萧子律而言却未必。

他回到府上，习惯性地整理自己诸多手杖的时候，似乎也理清了心底某些说不清道不明，连接着心头热血与四肢百骸，一碰就会阵阵颤动的情愫。于是找到萧槿，神神秘秘地告诉她："放心，长生不会走，只要你回建康来探亲，就能见到她。一年后如此，十年后如此，年年岁岁皆如此。"

萧槿以为兄长终于开窍了，激动得不能自已，不料说完这番话，萧子律笑得春风烂漫，来了句："因为我发现不能让她走，不然一天不折磨她，就手痒痒。"

萧槿无语凝噎了一会儿，豁出去想：算了，不管怎么着，从小到大，只要他愿意办的事儿，还没有办不成的。只要先说服长生不离开建康，往后什么爱恨纠葛的都好说。

因此萧子律让她配合什么，她也都答应下来。

而长生那边，自从相亲那天被他看到了流血事件，已是打定主意就算不杀人灭口，也要永世不得相见，极力规避去往一切可能与萧子律碰面的地点，更在并不信奉的佛祖面前立下坚定的誓言——此生绝不再踏足萧府半步。

万万没有想到，刚实行这一计划没过两天，萧槿就派了丫鬟对她说，自己感染风寒，病得很重，她要是再不去探望，就要跟她绝交了。

长生只好垂头丧气地把刚刚发过的誓言又咽回肚子里，带上慰问品去探病。

一进萧府，就见萧子律正在花园里不知道干什么，左边晃晃，右边转转。她离老远就闪身躲到树后，照例以袖挡脸，偷眼瞄着他的动向，又悄咪咪地挪动脚步，绕到假山后、廊柱后、仆役身后……如此反复，迂回前进。

好不容易过五关斩六将来到萧槿住处，她终于从紧张刺激的心情中解脱出来，长吁一口气，由衷庆幸，幸好早早把他腿摔断了，否则被追上了可如何是好。

萧槿的丫鬟见她出了一身汗，颇为关心地递上帕子，念叨着："都说秋老虎猛烈，不知怎的，女公子却受了凉，也不知道出嫁前能不能好。"

话音未落，隔着纱帘，听到床榻方向传出一阵剧烈的咳嗽声，长生担忧地探头看了一眼，提了提手上的油纸包，宽慰丫鬟道："别急，我特地教外祖父备了些风寒常用药，有奇效，小时候我吃上两日就能好。"

"啊，那是最好……"丫鬟低眸，干笑一声，盘算着到时候要是自家主人还得靠装病才能把她骗来的话，到底该怎么跟她解释她拿来的这些灵丹妙药可能是假的，一点疗效也没有。

长生将药包交到丫鬟手上，又到铜盆边洗了手，擦干净，才撩开纱帘，走到萧槿近旁。见她病怏怏地靠在床头，一副有气无力的样子，还要起身相迎，忙上前按住，劝道："别起来了，看你，下月初就要去临川了，怎么这么不小心？"

那还不是因为你么，萧槿在心里无奈地想，强行挤出几声咳嗽，叹道："我这不也是没办法嘛……"

长生不明所以地"嗯？"了一声。

她又赶忙咳得更厉害些，道："谁教我……夜里贪凉，咳，没关好窗，咳咳……"

见她咳得上气不接下气，好像不把心肝脾肺都咳出来不罢休似的，长生忙伸手帮她拍后背，又嘱咐了一大堆要好好养病之类的话。

萧槿压着嗓子，有气无力地同她聊了两句，二人又一起用了些清粥小菜当做午膳。

萧槿盘算着时间，觉得差不多了，便道："我这晌午吃过了饭就格外困倦，要不今儿你就先回吧，我们改日再叙。"

"也好，那你记得吃药。"长生也觉得眼下最要紧的是让她多休息，便不疑有他，告了辞。

萧槿点着头，已是实在装不下去，在床上靠的腰都酸了。前脚长生刚出门，她后脚就起了身，想要舒展舒展筋骨。

不料，长生走出门两步，想了想觉得不对，又折了回来。

正在帮萧槿拿外衫穿的丫鬟耳聪目明，赶忙给萧槿使眼色，让她回床上躺好。萧槿一只手已经伸进了袖子里，手忙脚乱地又是抽回来，又是掀被子的，好不容易才在长生进门的时候钻回被中，身子还没完全躺回去便与长生四目相对，慌乱的视线撞了个正着。

萧槿只得假装自己是要起身的样子，苦笑着问："怎么又回来了？"

长生觉得她看上去有些古怪，微微蹙眉道："我刚才忘了说，风寒也分湿热，药要对症，不能乱吃。因为之前不知道你到底是哪一种，我把两种药都带来了。刚才见你的状态，像是热症，只吃那些用红线系的药包就好，可千万别两种药混着吃。"

"我晓得了。"萧槿有气无力地点点头，又补了两声咳嗽。

长生盯着她仔细瞧着，愈发觉得有些不对劲。

萧槿生怕被她看出破绽，紧张得额头和掌心都流出了汗来，感觉随时可能演不下去了，内心对演砸之后可能出现的结局感到无比绝望。

幸好丫鬟急中生智，出面解围，小心翼翼地问道："女公子方才说要去如厕，这会儿还去不去了？"

原来是憋的难受啊。确实，刚才她咳的厉害，喝了不少水。长生恍然大悟，忙道："那你们快去吧，我就不打扰了，这次真的走了。"说着再一次道了别。

这次丫鬟送她出门后，特地长了个心眼，亲眼看她走远了，才回屋关好门，扶萧槿起身。

萧槿腰酸背痛，叹着气，在她的搀扶下下地，穿好绣鞋，感觉自己没病都要吓出病来了。

而对主仆二人的小算盘一无所知的长生还在茫然地往萧府门口走，越想越觉着，今日的萧家兄妹好像都挺奇怪的啊。

先说萧子律吧，她路过后花园的时候，萧子律究竟在那里干嘛呢？东转转西转转的，好像明知道她来了，在躲着自己，又故意不拆穿，同她捉迷藏似的。

再说萧槿这风寒也病得蹊跷，分明咳中无痰，却又面色赤红……长生有一种此地不宜久留，中了别人圈套的感觉，不由得加快了脚步。

然而，还没等她冲出后花园走向广阔自由的天地，又遇到了另一个不速之客——赵怀璧。

二人在小径上狭路相逢，面面相觑，愣了半晌，长生才略显尴尬地同他打了招呼，道："这么巧，驸马也在。"

自打那日赵府一别之后，二人还从未单独见过面，更没有过直接对话，赵怀璧挠挠头，表情也有些不自在："是啊，真巧。"

互相打完招呼，便冷场了。长生望望天，看看地，既不好就这么一走了之，也不知道该说些什么，纠结半天，才冒出来句："广德挺好的吧。"说完又觉得不妥，明明有那么多话题可以聊，说句今天天气不错也好呀，为什么偏偏选了最尴尬的一个。

好在赵怀璧接的很自然，笑道：“挺好。虽然每天吐个不停，但是大夫说母子脉象都一切正常。”

“那就好，那就好……”长生赔着笑，连声恭喜。恭喜完见对方还没走，只好又绞尽脑汁想下一话题，问道：“驸马在萧府作甚？”

“这个……”赵怀璧刚想解释，就听自己后方传来一个声音，清清朗朗道：“自然是被萧某叫来的。”

长生心里咯噔一声，迅速以袖挡脸，闪身到最近的一棵树后。动作之快，令赵怀璧只感觉到一阵疾风呼啸而过，还没来得及看清怎么回事，面前的人就没了，只剩下原地的一块青石板还在跟他大眼瞪小眼。

萧子律笑眯眯地撑着手杖走上前，道：“公主这是见了鬼吗？”

果然有阴谋，长生咬着牙，躲在树后，佯装镇定，回道：“那个，本宫身体不适……”

“出来就好了。”萧子律语气恬淡道。

“出不去……我脚崴了。”长生故意发出痛苦的呻吟。

“那臣扶公主一下吧。”赵怀璧说着，实在地向前上了一步。

长生忙道：“不必了不必了，其实也还能走……”心想你可别跟这儿添乱了，我今天怎么就这么倒霉呢！唉声叹气了半天，见二人都没有要放过自己的意思，也不能一直躲在树后不出来吧，只好悻悻地走出来，斜着眼看萧子律。

萧子律在秋日的高远苍穹下，笑得楚楚动人，道：“这么巧，既然公主也在，不如帮着臣等一起参谋参谋吧。”

巧什么啊，分明是你算计的，长生撇着嘴，满脸不乐意地问：“参谋什么？”

此时此刻，赵怀璧就是再反应迟钝，也明白过来萧子律为何特地约他今日到府上一叙了，接话道：“关于北伐之事。”

长生不明所以，什么时候这种事都能轮到她参谋了，难道朝中文武都死绝了吗？

孰料萧子律却摇摇头，道：“不，是萧某与公主的婚事。”

长生身子一歪，差点跌进荷花池里，幸好赵怀璧眼疾手快，上前给扶住了。

二人都有点尴尬，只互相碰触了一瞬，又迅速分开。长生揉着胀痛的太阳穴，手指颤抖着指指萧子律，又指指自己，艰难地问：“你和我的婚……是怎么一回事？”

萧子律很自然地说：“相亲大会的时候，不是公主自己提的吗？”

“我……”长生真是要呕血了，“我只是说我做了个梦而已。”

萧子律点点头：“是是是，日有所思夜有所梦，公主不用太害羞。”

“害……”长生觉得自己还是掉水里去比较好。

赵怀璧挠了一下头，又挠了一下，都快把头发揪掉了，也没明白二人在说什么，但直觉告诉他，此时应该从中协调，便道：“要不，二位还是坐下说话吧。”说着指了指一旁的水榭，好像他才是这家的主人，请了两个一言不合就要动手打架的不速之客似的。

长生正好也要与萧子律理论清楚，也顾不上什么终生不复再见的事儿，扯着他的胳膊就去了。

三人来到水榭中，赵怀璧坐在中间，左手边是长生，右手边是萧子律，只见长生气急败坏地朝萧子律喝道：“我警告你，不要乱说话，坏我名声，误我嫁人。”

萧子律却波澜不惊，语气中满是宠溺地回道：“乖，别闹。”

“……”一拳捶到棉花上，长生顿时哑火了片刻，又听他说：“怎么叫耽误呢？臣这不是怕公主着急，特地赶着同公主商量么。公主若是愿意，臣这就安排人上门提亲也行。”说着作势就要起身。

长生忙比了个手势制止，语气近乎哀求道：“别动，千万别冲动，有话咱们好好说还不行么？”

而正在这时，早就和萧子律串通好了的萧槿，也换好衣服跟了过来，与丫鬟一同躲在远处的假山后围观，焦急地问：“你能听见他们在说什么吗？”

丫鬟老实答道：“不能。”

萧槿很惆怅，绞着手绢琢磨道：“这可如何是好，万一兄长还有需要，我们怎么知道该什么时候露面呢？”

丫鬟其实是觉得，看水榭中那阵势，指不定马上就要迎来一场腥风血雨，为了生命安全起见，还是永远都不过去比较好，闻言摇摇头，一副很无辜的样子，道：“奴婢也不知。”

萧槿不放心地在原地团团打转，恨不能立刻把耳朵伸过去，听清水榭中的对白。

而身处水深火热的夹缝中，立场微妙的赵怀璧，则特别希望能从天而降两座大山，隔在自己与萧子律和长生二人中间，将他挡住，好教他不那么尴尬。

萧子律还在一本正经地表示，长生想要与自己喜结连理的念头也可以理解，毕竟放眼建康，也找不出比自己优秀的单身男子了。自己至今未娶，算是让她捡了个便宜。

长生蹙眉，偏头凝视着他，十分想不通，萧子律的脑袋到底是让驴踢了还是让磨碾了，怎么今天就非要在这件事上跟她纠缠不清。深呼吸三次已经不管用了，十次二十次才顺过这口气，想出三十六计先远离癔症疯人为上，于是故作镇定道："既然萧三郎这么说，我就明白了。那这样吧，改日王府见，今天我就先走一步。"说完不等萧子律开口，连拱手作揖都省了，直接拔腿就跑，心想：小样的，没法追我吧，看我下次怎么收拾你。

落跑一段路后，觉得萧子律不会追上来了，她才安心放慢脚步，松了口气。没想到萧子律没追来，赵怀璧倒是来了。

听到他在身后呼唤自己的时候，长生下意识地打了个冷颤，反应过来不是萧子律，才回眸扯出一丝笑意，身心俱疲地问："驸马还有何贵干？"

赵怀璧身高腿长腿脚大好的，追她一点没费劲，连呼吸声都很平稳，拱手做了个邀请的姿势，道："臣送公主一程。"

"不用了，我脚好了，可以自己走。"长生连连摆手，生怕再惹祸上身。

赵怀璧却蹙眉道："臣下月就要出征了，公主就不能给臣个机会，同臣说几句话？"

这个理由好像很强大，长生无言以对，只好点头同意。二人并肩朝萧府大门外走去，而留在水榭中的萧子律还在好整以暇地把玩着自己的手杖。

萧槿看得心急如焚，匆匆从假山后绕过来，哀其不幸怒其不争地问道："哥，你就这么让长生走了？"

萧子律挑眉看她："不然呢？"

"……我看她好像没把你的话听进去的样子，你就不再跟她谈谈？"萧槿觉得自己又白为他创造机会了。

萧子律却不在意，只道："不碍事，今日先让她有个心理准备就好，后面的正事，总要再去跟王爷谈。"说完看上去心情不错的样子，热情地邀请萧槿坐下，陪自己一块儿喝喝茶，赏赏菊。

那边厢，赵怀璧已经同长生散着步，走出了萧府。长生舒展舒展筋骨，一种逃脱阴曹地府重获新生的感觉油然而生，远离大门几步后，终于忍不住，凑近赵怀璧，试探着问道："你知不知道萧子律在搞什么把戏？"

赵怀璧摇头，露出一丝无奈的笑意，道："臣明白公主在想什么，但是臣的想法与公主有所不同。"

"如何不同？"长生问道。

赵怀璧酝酿一番情绪，艰难地分析："臣以为，萧三郎是真心诚意想迎娶公主的。"

"噗……得了吧。"长生差点被自己的口水呛到，哈哈大笑道："这个笑话还不如他胡诌八扯的什么恶童传说令人信服。"

"臣说的是实话。"赵怀璧见她没个正行，叹道："公主难道就完全没有想过这种可能？"

长生收敛笑意，站得端正，严肃道："没有。"

赵怀璧便问："那公主可曾想过，为何萧三郎一表人才，还至今拖着不曾谈论婚配？"

长生想也不想便答道："当然是因为他性子不好，太招人烦。"

赵怀璧哭笑不得："可是据臣所知，也就公主一人这样认为。那些想要嫁给萧三郎的姑娘可不这么想，而且数量之多，排着队都能排到平城去了。"

既然如此，长生偏着头，又琢磨了一会儿，道："那或许是他有什么难言之隐吧。"说着，心情复杂地给赵怀璧使了个眼神。

赵怀璧万分无奈，抬手戳了一下她的头，道："你呀……臣以为，萧三郎只是一直没有认清自己喜欢的人究竟是谁，直到今日才后知后觉而已。"

长生吃痛地揉着被他戳的地方，撇嘴道："就算他发育迟缓，又与我何干？我是无辜的呀。"

"臣可不是在同你说笑。"赵怀璧见她还是没有把自己的话听进去，叹了口气，郑重道："公主也知道，大战在即，此役不知何时了，若公主在臣离开之前能有个好归宿，臣在千里之外的战场上，纵使阵亡也安心了。"

长生一听这话，忙抬手挡住他的嘴，皱着眉头，不悦道："别乱说……"

他因着这个动作怔了一下，整个身心都被唇上传来的柔软温热的触感震悚，一瞬间觉得周围的时空流转，又与她回到了亲昵的从前。却听她落落大方地继续说道："朝廷和百姓需要你，还有广德和未出世的孩子，将军说什么死不死的，晦气。"

他才反应过来，这看似暧昧的字眼不过是一句友人之间的关怀。风未动，树未动，她未动，只是自己的心被过去温暖了一下，于是笑道："你不是不信这些么？"

"不信是不信，但怕你真抱着这种想法呀。作战不积极，心态有问题。"长生解释道，"毕竟，我也是不想你出什么差池的。"

"臣知道。"赵怀璧居高临下，用注满温情的眸光凝望着她，道："既然公主称臣是友，臣今天就帮萧三郎说句公道话。你别看他那副不正经的样子，心意却是真的。"

说完，见长生还是撇着嘴，一脸不相信，他只好承认，自己当初之所以会跟她闹别扭，多半也是因为吃萧子律的醋，觉得他们的关系太过亲昵了。

长生平生第一次对"亲昵"这个词的含义感到怀疑，不过本着尊重对方观点的精神，亦没有一味反驳，而是答应赵怀璧，回去之后一定会三思四思，思上个十回八回的，绝不轻言胡闹。

赵怀璧这才安心回校场去。

殊不知，二人这番亲密交谈的举动，正巧被前来探望广德的小黄莺瞧了个正着。

公主府里，怀胎已三月的广德尚未显怀，仍旧每日遭受恶心呕吐，昏沉嗜睡的折磨，情绪也因此变得格外起伏，稍微有一点风吹草动，就能在她眼里形成狂风骤雨。

今天还是没有胃口，也不想动，小黄莺来的时候，她正含着一颗酸果，懒洋洋地靠在池边乘凉。

小黄莺见状，上前二话不说就给她的婢女教训了一通，嚷嚷着这都几月份了，怎么还能让公主在外头吹风呢，万一受凉，感染风寒，可怎么办才好。

婢女吓了一跳，被她训得大气都不敢喘，唯唯诺诺地连声称是。

广德倒是无所谓地摆摆手，劝道："行了，你也别说她啦，是我自己在房里闷的难受，非要出来的，不怪她。"

话虽如此，小黄莺还是剜了侍女好几眼才罢休，又来劝广德还是小心着点，回房里去比较好。

在她的一再坚持下，广德只好听话地起身，让她扶着自己，往卧房的方向走，一边走一边笑道："看你这架势，好像我身怀六甲，即将临盆了似的。"

小黄莺明明自己也没有过身孕，却一副夸张的过来人语气，道："殿下有所不知，这有孕在身啊，同以往本就是不一样的。凡事都要多加小心，尤其是头三个月，身体和心情都特别重要。"

"好啦好啦，本宫听你的就是。"广德扶着她的手，将自己早上刚吐了两次，喝了一碗清汤寡水的白粥，又吐了，也不知道这恶心呕吐的症状究竟何时才能结束的为难与她说了一遭。

小黄莺听她倾诉着将为人母的辛酸，觉得着实是不容易，一时心疼不已，鼻尖酸楚，道："唉，公主吃了这么多苦，还不是为了给驸马生个儿子，可是驸马却……"说到这儿，她突然意识到失言，住了嘴。

广德却敏感地听出她话里有话，追着问了一句："驸马却怎么了？"

小黄莺本不想说，奈何越是逃避话题，广德越是追问。无奈之下，她只好咬咬牙，问道："敢问公主，驸马最近是不是不大回府？"

"对呀。"广德颔首道，"大军即将开拔，他近来忙得很。"

"公主确定只是跟出征有关么？"小黄莺神神秘秘地问。

广德绣眉一颦，问道："此话怎讲？不是因为出征的事，还能因为什么？"

小黄莺便觉得她彻彻底底被蒙在鼓里了，很是为她叫屈，将自己方才在门口瞧见赵怀璧和长生在说话，动作还很亲密的事对她说了一遭，提醒道："恕臣妾多嘴，驸马和平阳本就有些旧情，不知是否藕虽断，丝相连。据臣妾所知，这男人啊，很多都是在妻子有孕在身的时候纳妾迎新，或出入风月场所……"

广德越听越不靠谱，眉头皱的越来越紧了，出声打断她道："瞧你说的是什么话，那是赵郎和长生的身份地位，为人品行能做出来的事吗？你把他们俩当成什么人了。"

小黄莺见她表情不善，忙住了口，眼眸低垂，讪讪道："臣妾只只是想给殿下提个醒而已，免得殿下整日大门不出二门不迈，被人骗了还不知道嘛。"

"就你事儿多，记着下次不准乱嚼舌根。"广德语气嗔怪地斥责了她两句。小黄莺撒娇地扯着她的袖子道了两句歉，这个话题也就过去了。

可是广德虽然嘴上说着不可能，不代表心里当真全然不在意。待到小黄莺走后，她反复琢磨着小黄莺口中描述的，赵怀璧和长生相谈甚欢，甚至还有亲密接触的画面，越想越觉得胸口郁结，气息不畅，入了夜也睡不着。思前想后，她还是决定派个仆役去兵营问问，驸马今天还回不回来。

大约等了半个时辰，前去询问的仆役带了赵怀璧的话回来，说是今日要赴宴，怕是会回来很晚，让她先歇息，身子要紧，不要等自己。

广德不放心地追问了一句："有没有说是哪里的宴？"

仆役回忆了一会儿，道："好像没有。"

广德一听，心里更不是滋味儿了，浮想联翩出许多赵怀璧深夜密会刘长生的剧情，把自己想得辗转反侧，彻夜难眠。

第二天赵怀璧一回来，就看见她顶了双硕大的黑眼圈，正在那儿哭哭啼啼，心头一惊，忙上前将爱妻揽在怀里，叹着气问："好好的，怎么又哭上了？"

广德低头靠在他的胸口抽泣着，含怨道："你说，你昨天夜里到底去哪儿了？"

"跟几个同袍喝了点酒，这不一大早就回来了吗，还能去哪儿了？"赵怀璧一脸不解。

广德抿唇打量着他，将他的神情揣摩了片刻，将信将疑地问道："真的不是去见长生了？"

赵怀璧被这个问题问的差点傻眼，哭笑不得地反问："大半夜的，我去哪里见她啊？"

谁知道这个反问竟呛得广德心头一股无名火起，气得香肩颤动，朝他尖声吼道："我怎么知道你去哪里见她，跟她有什么不可告人的秘密！你昨天下午还在家门口的墙根底下单独同她说了好一阵子悄悄话，也没告诉我说了什么，不是吗？"

"我……"赵怀璧百口莫辩，皱着眉头，拂袖起身，对她怒目而视道："你这是无理取闹。我只是与长生一同到萧府做客，出来的时候顺便说了几句话罢了，又没什么大不了。难道我每天跟谁说了什么话，都要向你报备不成？"

"别人我不管，但是长生就不行。"广德涨红了脸，气道："还一口一个长生，看你叫得亲热劲儿！"

赵怀璧面色铁青，觉得她简直不可理喻，但是看在她是个小心眼的妇道人家的份儿上，也不屑于与她多做纠缠，吵出个所以然，干脆冷着脸转身离去。

谁料还没出房门，就听身后传来一阵凄厉的哭声，哭得那叫一个怨气冲天，惨绝人寰。

他刚迈过门槛的一只腿仿佛被这哭声死死拖住了，怎么也放不下去，挣扎片刻，又收了回来，叹口气，摇摇头，万般无奈地回到刚才的位置，再次揽住她，强硬地抱在怀里，安慰道："别哭了，是我的错。我就要出征了，应该多陪陪你。"

广德哭得上气不接下气，不断挣扎着，抬手捶着他的胸口，哭诉道："我不在乎你是不是要离家征战，只在乎在你心里她是不是还有一席之地……我知道，成亲之前就知道，你不是真的喜欢我，只是同情我罢了。我们能在一起，也是你和长生各自妥协的结果。可是我就是不明白，我究竟哪一点比不过她……"

埋藏在心底已久的悲愤和委屈随着哭声尽数倾吐而出，广德含糊不清，语无伦次地说了许许多多话。

赵怀璧整个身心都被她的眼泪泡软了，火气也尽数熄灭下去，再也发不出脾气来，心疼地拍着她的背，另一只手坚定有力地搂着她的腰肢，温声安抚道："胡说，你是我赵怀璧承诺过要结发同心，终生相伴，无论如何不离不弃的发妻。皇天后土为我作过证，我怎么可能不喜欢你呢？"

广德停止挣扎，抬起泪眼，不敢相信地看着他，问道："真的？"

赵怀璧温柔地帮她擦去眼泪，认真看着她，答道："真的。"

终于听到他言之凿凿的回答，广德欣喜万分，重新扑入他的怀抱，紧紧回抱住他，感到幸福不已。然而幸福之余，还是不忘说上一句："可是我不想你跟长生再有什么来往。你答应我，不要再私下见她了好不好？"

虽说觉得这个要求有些无理，但是为了爱妻的身心健康着想，赵怀璧也只好点头同意。

再说长生这边，提心吊胆地在家等了几天，果然等到萧大夫和萧子律一同上门拜会。赶忙按照计划谎称身体不适，宁死不肯出去相见，只派了个侍女前去打探，二人前来究竟准备了什么说辞。

没想到不消多时，侍女带着她老爹长沙王一起回来了。

长沙王高兴得红光满面，进门便一把拉住她的手，情真意切，发自肺腑道："女儿，我们终于守得云开见月明，盼到一份好姻缘了。"

长生见他那副恨不能马上就管萧子律叫女婿的样子，真是气不打一处来，抱怨道：“爹，你醒醒，萧子律是给你灌了什么迷魂汤，才能让你糊涂到这个地步。”

长沙王压根没把这句话听进去，自顾自地分析起她和萧子律凑成一对儿是何等的皆大欢喜，念叨着自己如何不想她嫁到百济去，又如何没看上那天那个高崎。

长生忍无可忍，被他念叨得头都痛了，只得打断他的美好幻想，连哄带劝地把他送了出去。而后在院子里来来回回地踱步，觉得整件事情愈发教人难以理解。萧子律发疯也就罢了，萧大人和自己亲爹怎么也跟着一起疯？

梳理不清头绪之时，脑海中突然浮现出赵怀璧对自己说的一番话，长生不由心里一惊，难道……他来真的？

正在她为这一揣测暗自心惊之时，长沙王突然又折返回来，递给她一张信笺，对她道：“方才人家子律没见着你，还特地给你留了封信呢，这孩子，多好的心。”说完又一边感慨着，一边感动不已地走了。

思绪被打断的长生抽搐着嘴角，隔着衣袖捏住信笺，拎到眼前，反反复复检查了好几遍，确定没有什么蹊跷之后才打开来看。

原来虽然是萧子律交给她的，写信的人却是赵怀璧。信中内容大概是说，自己马上就要出征了，皇帝为大军设宴践行那天，希望她能到场。

以二人的交情和赵怀璧的性格来看，说出这句话是合情合理的。但是因为中间多了萧子律这一层关系，便让她平白多出了某种别有用心的猜想。

长生纠结了好几天，到底还是觉得，自己于情于理都应该去，只得轻叹一声：“还是逃不过啊……”

于是赴宴那天，特地穿了一套特别朴素不显眼的衣裳，妄图在一众衣袂飘飘的公卿贵胄之间化作一缕不为人留意的青烟，穿梭其中，不被萧子律发现。

——显然，这是非常不切实际的。

萧子律远远地就瞧见了低着头试图挡脸的她，也并不主动上前，只端着酒樽，玩味地笑着，用猎人观察野兔般的目光注视着她，看她如何蹦跶。

长生提心吊胆的一天没吃饭了，趁周围人不注意，在皇帝没发表讲说前偷吃了一个桔子。

大军即将开拔，皇帝拖着沉重的病体，说了许多慷慨激昂，壮志未酬的话，把好好的气氛聊得特别凝重，眼见个别泪点低的人已是红了眼眶，尤其是即将出征的将军们，当即哗啦啦跪成一片，踌躇满志地表示，定不辜负陛下托付，不攻下平城誓不回头。

长生也颇为动容，感觉自己的心已经随着这番热血沸腾的恳切陈词飞出宫殿，飞过黄河，飞向遥远的魏国都城了。

讲话完毕，大臣们都劝皇帝先行回去休息，皇帝却硬撑着拒绝了，坚持要留到最后。

长生虽感动于他的精神，也为他的身体感到担忧，也想上前劝几句，谁知好巧不巧的，刚好这时听到萧子律在身后叫自己，惊得差点打翻了酒樽，猛然回眸，做出迎战对敌般的姿势瞪他。

只听萧子律笑眯眯地问她："公主这是要去找陛下？"

长生没说是，也没说不是，只问："关你什么事？"

萧子律理了理衣袖，淡然道："当然有事了，臣陪公主一起去吧，顺便将你我二人的婚事也同陛下说说，相信陛下听到了会高兴的。"

长生深吸一口气，抬手比了个拒绝并将他推远的手势，对他道："萧子律，我也不知道我爹跟你说了什么。但是你放心，我是绝对不会开口答应的。"

"哦，公主当真？"萧子律挑眉问。

"当真。"长生郑重作答。

"不能嫁去百济了，即使孤独终老，也不愿意嫁给我？"萧子律又问。

长生想起他先前拦截自己信件，声称李敬在建康搞鬼一事，微微蹙眉，问道："你不会是想说，上次那件事，已经查出来什么了吧……"

萧子律似笑非笑："你猜。"

"哎呀，你就别跟我卖关子了。"长生不悦地翻了他一个白眼。

"好，那我们坐下说。"萧子律说着，便顺其自然地与她身边的人交换了个位置，坐到了她的近旁。而后将自己发现那个最先挑事的魏国僧侣周围，有过百济人活动的痕迹，甚至有人可以证明曾经见到过李敬多次前往瓦官寺与他会面的事说了，并有理有据地分析道："李敬作为一名百济使臣，为求娶公主而来，无缘无故为何要去见魏国僧侣？可见僧侣一案与百济有着千丝万缕的联系。公主也就别惦记着傻了吧唧地嫁过去让人看笑话了。"

长生心情略为复杂，托腮沉思道："可是你也没有证据证明，他见人家，就是去指使人家干坏事的呀。李敬也爱好佛法，说不定只是巧合呢？"

“快了。”萧子律成竹在胸道：“臣还在继续调查中，正一步步接近真相。”

“唉，但愿吧。”长生叹了口气，若有所思，开始用筷子有一下没一下地拨着面前的肉片，拨了一会儿，又不解地侧眸问他：“你怎么还不走？”

萧子律眉梢一挑，仿佛在问自己为何要走，非但没有要换回去的意思，还一本正经地也拿起了银箸，慢悠悠地夹了块白肉，沾了些许酱汁入口，细细品嚼一番后，朝她点点头，道：“肉还不错，公主要不要再来五斤？”

长生白了他一眼，把面前的肉当成萧子律的，手起箸落，狠狠地戳了一下。

因着有他坐在一旁，满脑子都是百济和李敬，还有他发疯的事，肉也吃不好，酒也喝不下，没多时，长生便觉得闷得很，决定暂时离场，出去透透气。

偌大的皇宫内灯影幢幢，流辉四溢，一轮秋月当空高悬，远处未点灯的幽暗宫殿群在月色下若隐若现，展现出一种雄浑古朴的美感。多么安宁的夜晚，多么美好的天地，要是能永远没有战乱侵扰，实现盛世太平该多好啊！长生极目远眺，心生感慨。

正在她唏嘘之时，喝得醉意微醺的赵怀璧也正巧找了个借口出来吹吹风，醒醒酒，一眼便看到了站在大红宫灯下的她。

想了又想，他还是朝她走了过去，在距离她几步远的地方站定，唤她道：“平阳。”

长生扭过头来，朝他笑笑，二人隔着七八步远的距离，谁也没有上前。

还是长生先开口说的话：“将军此去，可一定要平安归来。”

“嗯。”赵怀璧应道，“公主也多保重。”

长生微笑着颔首道：“一定，我向来身强体健，没什么可担心的。”

明日大军开拔，今天是真的要道别了，就算再没心没肺的人也不敢说自己此时此刻没有一点伤感的情愫。二人互相望着彼此，再没有了往日说说笑笑的诙谐气氛，只默默无言地任由灯笼火红的光亮将身影拉长。

几只萤火虫飞来，长生抬手一捧，掬了满手流辉。

赵怀璧刚要说自己还得回去继续喝酒，长生刚要说外面天凉还是别吹风了，话各自都到嗓子眼儿边上了，马上就要分道扬镳的时候，这相对而立，缄默不语的状态却偏巧被出来寻夫君的广德碰见了。

打从内心深处拒绝看见他们站在一处的广德回想起赵怀璧不久前刚答应自己

不再跟长生私底下见面，瞬间怒从心中起，大步走过来，不由分说便开口质问："你们在这儿干什么呢？"

长生还没搞清楚状况，不知道她为什么表情这么恼怒，只用平静自然的语气解释道："我出来透透气，刚好碰到了驸马。"

不解释还好，一解释广德更怀疑了，尖声反问："刚好？"

"对啊。"长生一脸真诚地点点头，觉得她这句话问得怎么这么奇怪呢。

赵怀璧早知广德的心结，见情形不对，只想尽快带她远离这个是非之地再跟她讲清楚，免得大庭广众之下造成什么不好的影响，于是扯扯她的胳膊，劝道："外面风怪大的，你出来做什么，快些回去吧。"说着便拉她往回走。

广德却不依，说着："你别拉，我不回去！"激动地拂落他的手，厉声对长生呵斥道："有人告诉我你们俩到现在还藕断丝连，我还不信。没想到啊，没想到……刘长生，你还要不要点脸面？你一个未出阁的姑娘家，每天跟有妇之夫走得这么近，这个有妇之夫还是你姐夫！亏你饱读诗书，都读到哪里去了？"

话说到这份儿上，长生就算再不明状况，也猜测出了个大概，不由得眉心颦起，也生出一股怒气来，冷声回道："你说的什么话，我跟赵将军怎么就走得近了？不就是偶然遇到，打了个招呼而已么，难道你觉得我们还能有私情不成？"

"谁知道是偶然相遇还是别有用心。"广德轻蔑地白了她一眼，又叉腰指着赵怀璧道，"还有你，明明才答应过我不再见她没有两天，现在又是怎么说？"

赵怀璧觉得自己非常无辜："今日陛下设宴饯行，邀请朝中百官，宗室亲眷，平阳堂堂一个公主，不是理所应当来吗？既然来了，就一定会见面啊，我也没有特地……"

"我不听我不听。"广德冲动之下打断他，上前一把扯住长生便道："我们去父皇那里评评理，让他为我做主。你不就是恨我抢了你的心上人么？若是真悔不当初，我退出，成全你们还不行么，干嘛联合起来欺负我，弄得好像全世界只有我是恶人似的……"说着说着，鼻翼一酸，眼眶又开始泛红。

这都哪儿跟哪儿啊！长生心里简直无语得不行，表情抽搐道："你别拉拉扯扯的，我可不想陪你去丢那个人。"

广德却是不依，也不知哪里来的力气，竟然令她无法挣脱，脚步摇晃着跟着往大殿的方向跑了好几步。

长生很想用力把广德甩开，赵怀璧也想上前阻止，奈何广德有孕在身，二人有所顾忌，谁也不敢动作太大，这么一迟疑的工夫，眼见广德就要把长生拖进殿门了。

赵怀璧在旁边好说歹说，都被她当做了耳旁风。

长生被她的力道带的身子前倾，差点摔倒，横着冲进门槛，对于没有练些大力金刚掌之类的武艺感到后悔。

正在她绝望地想，今天怕是难逃一劫，又要在众目睽睽之下被另一个疯子坑了的时候，突然感到身后有一股力量，握着她的肩头，猛地朝相反的方向拉了一下。

长生又顺着力道向后倒去，头稳稳地撞在了一个坚硬的肩膀上。

萧子律顺势搂住她的腰，用力往自己怀里一带，力度之大连带着广德也差点摔倒。

还好守在一旁，对自己爱妻的人身安危紧张不已的赵怀璧及时上前，将她扶稳。

电光火石间，惊慌失措的广德以为自己肯定要摔倒在地，子嗣不保了，吓得瞪大眼睛，说不出话来。

长生也没反应过来是怎么回事，眨眨眼，就见萧子律一手牢牢地将她禁锢在怀里，一手戳了戳她的额头，用三分责怪七分宠溺的语气问她："让你好好等我，怎么还跟人家夫妇二人玩闹上了？"

幸好长生脑筋转得飞快，闻言顺势接道："啊……我也不知道广德这是怎么了，突然非要拉着我去见陛下，说是要为她做主。"

"哦？"萧子律佯装诧异地看向广德，问道："不知公主有何大事要让陛下主持公道，可否说出来给臣听听？陛下龙体欠安，不便操心，也许臣能帮上忙呢。"

广德见二人搂搂抱抱的，已是理解不能，再听萧子律话里话外的意思好像还要帮长生出头，更是诧异，抬手指指他，再指指长生，迷惑道："你们这……"

萧子律看出她是对自己搂着长生这件事感到诧异了，粲然一笑，道："哦，殿下还不知道吧，臣与平阳公主两情相悦，近来已经在筹备婚事了。"

他一手搂着长生，一手撑着紫檀木马头手杖，姿容稳重，落落大方，说起话来无论样貌还是语气都特别令人信服。

长生在裙裾遮挡下狠狠地踩了一下他的脚，面上却做害羞状，抬手拍着他的胳膊，嗔道：“大庭广众的，说什么呢，害不害臊。”

“别闹。”萧子律说着，顺势握住她的纤纤玉指。

长生则一脸不满地撇嘴：“就不！”

二人一来二去的，当真好像一对深情眷侣在旁若无人地打情骂俏。广德看在眼里，心生信服，不由觉得，难道自己之前当真想错了，误会了她和赵怀璧？于是心虚地瞥了赵怀璧一眼，小声问：“你刚才，真不是特地出来跟长生幽会的？”

赵怀璧怎么说也把长生放在心里好好珍视，正儿八经想跟她白头偕老过，见对面二人的举动如此亲昵，就算再想得开，也难免会隐隐感到刺痛，已是不大舒服，再被广德这么一问，脸色更是又青转黑，眉头紧锁道：“当然不是！真不明白你是怎么想的！人家在等萧中散，与我有什么干系？”

“……好嘛，我错了嘛，你说话那么凶干嘛？”见他真的生气了，广德内疚地低下头，脸一直红到耳根，嘟着嘴嗫嚅道。

“不凶点你下次还不知道要说出什么不中听的话！”赵怀璧语气虽然怒不可遏，扶着她的手却始终没有放开一下，一边训她，一边连声代她向长生赔不是。

长生呢，尽管很想发脾气，但是考虑到广德还怀有身孕，也就把这口气咽下去了，大度地摆摆手，表示无所谓，自己没往心里去。

倒是萧子律冷嘲热讽了几句，看在赵怀璧的面子上，也没说太过。

“内子自从怀了孕，这里就一直不对头，我还是不打扰二位了，这就带她回去歇息。”赵怀璧指了指自己的太阳穴，讪笑着拱手，说完拉着广德，不由分说地给押去了后殿。

路上，广德还处于对萧子律和长生的“婚事”这一消息的震惊之中，久久无法理解，瞪大眼睛，对赵怀璧道：“唉？不过，你听见了吗，刚才他，她……他们……”

“听见了听见了。”赵怀璧安抚住她比比画画的手，叹道：“你呀，小心点自己的身子，没事儿别瞎操心别人。萧中散和平阳的事儿，与你我有何干系？”

“可是……”

“别可是了。”

“哦……”

小夫妻俩越走越远，长生在二人身后一边微笑摆手，一边心想，她脑子哪是自从有喜之后才不好的呀，分明是一直都不好！有喜只是雪上加霜罢了。但是当着赵怀璧的面，她不好意思这么说，目送二人远去，直至消失在视线之外，才终于松了一口气，揉揉方才被广德捏疼的手腕，叹道："好好的一个人，说疯就疯。"

"是啊。"萧子律也跟着附和。

长生听着他的声音近在咫尺，才反应过来自己还在人家怀里靠着呢！面上一烫，忙抬起头来，朝侧旁挪了两步。却没能脱离他的怀抱，又被人家拉了回去。

萧子律似笑非笑地低头看她，勾唇道："公主这就要过河拆桥，兔死狗烹了？"

"哪儿的话啊。"长生干笑道："我就是觉得，咱俩这样不大合适而已。"

"有什么不合适的？"萧子律一脸不以为然。

"什么都不合适。"长生扯扯唇角，表情僵硬，顿了顿，道："你……你先放手，身上有东西硌到我了。"

萧子律沉默了一下，失笑着放开她，道："被你发现了。"说着伸手入怀中，从衣襟里掏出一样东西来，递过去，说道："拿着吧，送你的。"

长生一开始没敢接，考虑到他刚才帮了自己，不像是要坑人的样子，才弱弱地把手伸过去，接了过来。

那是一本线装书册，方才硌到她的便是突出的书脊部分。长生以为是什么普通的古籍，萧子律要找她修复的，当场就要翻开。

萧子律却抬手一挡，叮嘱道："回去再看。"

长生不解地问他为何，只见他偏过头来，笑眯眯地垂眸看她，用比夜色更撩人的声线道："有见不得人的小秘密。"

看这表情就知道不是啥好秘密，长生心中琢磨着，当场就要打开，奈何碰巧此时有宫人过来，说陛下要见她，只好暂时按捺住冲动。最后还是直到回到家中，才有空拿出来，梳洗一番，挑灯夜读。

翻开封页的那一刻，她发现这是一本奇怪的书，书里没有文字，只有图画。

画中用寥寥数笔飘逸的墨痕勾勒出一个可爱娇俏的小姑娘形象，梳着和她一样的发型，会习惯性地将一缕鬓发握在手里把玩，显然就是以她为原型的没错。

至于小姑娘身边那个一身宽袍，挺拔修长，拄着手杖的男子，毫无疑问就是萧子律了。

有的画面里，只有姑娘一人，慵懒地卧在花藤下，惬意地眯眼晒太阳；有的画面里，可以看出周围的人都在寒暄饮酒，好不热闹，只有她旁若无人，专注地吃肉；有的画面里，她藏身树后，试图躲避萧子律的视线，他分明用余光瞥到了她，却噙着笑意，假装没看见；有的画面里，她得意洋洋地抢走了他的手杖，拿来当树枝，在地上乱写乱画……其中还有一张萧子律在坑里的，场景尤为似曾相识。

一张张图画，一页页染满墨香的宣纸，充分体现出画师观察地细致入微，和对画中人物真挚的感情。

长生看着看着，忍俊不禁，心中竟然升腾起一阵又是欣喜又是感动的情愫。

她爱不释手地将画册翻阅了好几遍才合上，久久凝视着它，仍觉意犹未尽。

萧子律是什么时候开始画这本画册的呢？她感到好奇。里面的许多场景都是四五年前发生的了，她自己的记忆都已模糊，没想到他还记得这么清晰，并让时光永远在他优美隽永的画笔下定了格。

她从未想过，萧子律对她，竟然也有如此细腻温柔的一面。

而值此时机，他把这本画册送给她，又想说明什么呢？

回想起近来萧子律三番五次为她解围的一幕幕，长生心中又想到了赵怀璧对自己说的话：萧子律对她并非无情，而是有爱，是真的吗？但是转念又回忆起他那副玩味的神情，轻佻的话语，戏弄的姿态，便又觉得这个猜测站不住脚了。

她纠结得直挠头，感觉自己心里好像有两个萧子律，秤杆来回倾斜，根本不知道该相信哪一个才是真的。万一猜错了，跑去问人家：萧子律你是不是喜欢我啊，结果却被笑掉大牙，以后她还怎么有脸在建康混？

对对对，长生想到这儿，告诉自己对这本书千万不能太当真。

“也许这一切都是他设下的圈套，就等着让我出丑呢？”长生自言自语着，将画册收了起来，发誓就当没看见过。

然而躺下后，左思右想，又觉得放置的太草率了，万一丢失或者弄脏了可怎么办？于是又起身取了一个锦盒，用绸子将画册小心包好，收入其中，上了锁，又拍了拍，方才安心地回去睡觉。

翌日清晨，天刚蒙蒙亮的时候，她又起床了，特地梳洗打扮，去给大军送行。

平日习惯早起的丫鬟都没睡醒，一边给她梳头，一边打着哈欠问：“公主不是昨天刚喝了践行酒了，怎么今天还要去送行？”

长生偏头看着镜中的自己，一双清亮的眼眸眨动，道：“这你就有所不知了，昨日践行是代表朝廷，今日是代表我自己。我最近一直没机会同安知哥哥说上话，三番五次相约，他都说军务繁忙，再不趁此机会道个别，就来不及了。”

丫鬟见她兴致高昂，态度积极，也只好听命，哈欠连天地帮她打扮好了，自己又洗了把脸，才总算清醒。而当她反应过来天气凉了，自己还没给长生加一件披风，追出门去的时候，长生已经坐着马车，吱吱呀呀去了城门前。

大军开拔，金戈铁马声势浩荡，建康百姓夹道相送。城门开，银钩现，苍茫北顾，直指魏地心脏。

城墙下的甲光映射着耀眼金辉，城墙上的守军高奏着壮行的号角，红缨在猎猎秋风里翻飞。

队伍中的宋安知分明早早就看见了在城墙上张望的长生，却故意假装没看到，一直到走出城门，渐行渐远，快要看不见故乡的时候，才突然一回眸，精准地迎上她的视线。

长生盯着他的后脑勺瞧了多时，眼眸一亮，朝他笑笑，挥手示意。

他也回了一丝笑意，对她做口型，说了两个字：“等我。”

可惜离的太远，长生没看清这个唇语，只一味地挥手为他送别，在心中默默祝福他和身边的每一个将士都能平安归来。

又了却了一桩心愿，接下来，真的要考虑考虑自己的问题了。长生在家踟蹰了好几天，老爹也总缠着她，追问她关于婚事怎么看。一头雾水的长生忧愁之际，决定还是不自个儿纠结了，直接去问问萧子律，要他别再顾左右言其他，给自己个准话。

可是递了几次名帖相约，萧子律都没空，又过两日才给她回话说，自己最近实在是太忙了，若有急事的话，还请晚上到萧府一会。

长生觉得去就去吧，蹭顿饭吃也挺好的，便答应下来。过了晌午，先去探望了萧槿。萧槿的“风寒”自然是好了，连声夸她带的药有奇效。

二人一直等到晚上，一起用了晚饭，下了几盘棋，喝了碗莲子羹，萧子律还没回来。

长生百无聊赖地把玩着萧槿的首饰，帮她挑选出嫁那天用哪个耳坠比较好，等的有些不耐烦，打着哈欠道：“要不我还是回去吧，不等这个说话不算话的讨厌鬼了。”

萧槿忙劝阻道：“别呀，兄长既然约了你，就一定会回来的。”

秋日天黑得早，窗外已看不到黄昏的余晖，只见夜幕色彩，长生撇着嘴，不满道：“我看未必，他就是专门耍我。”

萧槿接过她帮自己选的又一对耳坠在耳边比划，摇着头，替兄长辩解道：“家兄最近是真的很忙，经常夜深了才披星戴月地回来。父亲为此都说了他好几回，年纪轻轻的，还是要小心身体。”

长生眨眨眼，觉得这种情况好像还是第一次听说，在自己印象中，萧子律一直是优哉游哉的，对政务不怎么上心，不然怎么还能有时间画小人图呢？于是好奇地问：“他都忙些什么？”

萧槿想了想：“好像除了朝中的日常琐事，还要为北伐出谋划策，还要管理手下各路细作带回的线报。有时候线报太多，许多信息都是没有用的，要从中挖掘出有价值的部分就很困难。当然，如果线报太少，就更无从下手了。这些我都是偶然听他提到的，具体是怎么回事，也不大清楚。”

长生听着，若有所思地点点头，叹道：“既然如此，那我就再等半个时辰吧，也不能回去太晚了。”说着，又拿起一个与刚才递给她的耳坠相配的步摇，在萧槿的头上比了比，与她商量道：“你觉得这个带流苏的好看，还是刚才那个带红玛瑙的好看？”

萧槿对着镜子照照，比较了半天，也没比较出个所以然，道：“都挺好看。”

得，又白问了……长生心想，要是什么都让萧槿自己做主，这丫头可别想好好嫁人了，只好帮她分析了一下，说红色比较能够衬托她的气色。

可是萧槿本人不太喜欢那个红玛瑙的造型，于是长生又翻箱倒柜地翻起别的步摇来。终于找到一个款式和颜色都合心意的，已经又过去了半个时辰，萧子律还是没有出现。

长生实在困得不行，哈欠打到泪流满面的地步，摆手求饶道：“不行不行，我真的得回去了。”

萧槿见她形容疲惫，也不好再留，只得命侍女送她离去，并再三承诺明天一定跟萧子律好好说说，让他老老实实留在府上等她。

侍女准备送长生一程，为她提灯。长生却坚持要自己走，推却道：“不用送了，府里我轻车熟路，你还是服侍阿槿早点睡吧，她大病初愈，需要多歇息，才能恢复元气。”

而后一路往府门走去，又路过了那个熟悉的荷花池，熟悉的假山，熟悉的水榭，不由驻足，回忆起数日前在这里听到萧子律说出要娶她的那句话时的心情，还震惊得心有余悸。

就在她回味往事的时候，忽然听到一阵孩童的啼哭声从荷花池的方向传来。循声望去，却没有瞧见人影，只看到一片漆黑的池塘，上面静静躺着几朵未凋谢的菡萏。

夜色里的哭声，让她莫名想起萧子律讲的什么恶童的传说，忍不住打了个激灵，感觉周围阴影幢幢，鬼魅四伏，十分可怕。然而鼓起勇气，再仔细听，才发觉那哭声好像是从荷花池另一边传来的。

长生担心真的有小孩在哭，鼓起勇气，绕过荷花池去察看。这才发现，哪有什么妖魔鬼怪，哭泣不止的，只是一个普普通通的粉嫩胖娃娃。

那娃娃看上去六七岁大的模样，穿着粗布麻衣，想来是哪个仆役的孩子，因为误打误撞，在府里迷了路，正在无助地哭泣。

而在一旁牵着他的手，一边悉心安慰，一边柔声说送他去找娘亲的那个人，正是萧子律。

萧子律看上去也很疲惫，面上带着倦容，衣角沾着露水，一手撑着手杖，一手牵着胖娃娃的小手，目光无限温情地低头看着他。

小娃娃则似乎是因为刚才摔了一跤，身上的衣服都蹭上了泥土，小手也乌漆墨黑的，往哪一擦就抹花哪一大片。但惯有特殊清洁癖好，连手杖都要擦的干干净净的萧子律似乎并不在意这些，任他将手印蹭在自己的衣袖上。

长生觉得，自己从未见过他如此富有柔情的一面，只觉得此时此刻他的身上发出温润淡雅的光芒来，像宝珠，像玉石，像月华，像甜梦，像什么值得被人小心珍藏的物事。

她在一处太湖石后，看得臻入化境，久久未动，小娃娃却不肯走，嘟嘟囔囔地，抬起一只手来，比划着朝树上指。

萧子律顺着手势看过去才明白，原来他刚才是在玩毽子，不小心把毽子踢到树上去，拿不下来了，怕被责罚，所以才哭的。

树不算高，但是萧子律伸出手杖去试了几次，也没能将其挑下来。

长生看到这儿，以为该自己出手了。毕竟爬树这种事情，萧子律大概是有深深的心理阴影，不会去做的。

出乎意料的是，萧子律竟然丝毫没有犹豫，将手杖放在地上，理理衣袖，拎起衣衫下摆就准备上树。

长生万分惊讶，万万不敢让腿脚不好的他冒这个险，赶忙现身，快步赶过去，道："还是我来取吧。"

萧子律刚才的注意力都在小胖娃娃身上，一直没察觉附近还有个人，听到她说话的声音，回眸去看，也表现出一丝淡淡的惊讶。

长生已经来到树下了，教他给自己让个位置，便抓着树干，脚步轻盈，动作轻快，三下两下就爬到树梢，将毽子取了下来，抖落上面的树叶，吹了吹，交还给小胖娃娃，一边摇晃，一边得意道："看吧，姐姐多厉害，一点也没弄脏，跟新的一样。"

小胖娃娃如获至宝，激动地将毽子抱在怀里，连声谢过二人。

长生觉得自己只是跟着凑热闹的，白当了一回恩人，颇为难为情地朝萧子律吐了吐舌。

拿回毽子的小胖娃娃也不哭了，对萧子律说自己能找到回去的路，不敢劳烦他相送。

萧子律却不依，担心天黑，他再摔跤，坚持要把他送回去。长生好不容易才见到他，自然也跟着一起去了。

二人送完小胖娃娃，往回走的路上，她才终于忍不住，盯紧四下无人的时机，悄咪咪地凑近他，用胳膊肘在他身上轻轻推了推，压低声量问道："萧子律，问你件事，你……不是真喜欢我吧？"

"假的。"萧子律头也不偏一下，干净利落地回道。

长生长吁一口气，挠挠头，带着几分自嘲地笑道："我就说嘛，怎么可……"

话音还没落，又听他说了句："才是骗你。"

长生生生把"能"字生生咽了回去，呛得直咳嗽，皱着眉头又推搡他两下，埋怨道："你能不能好好说话？"

萧子律便停下脚步，侧过身，好整以暇地凝视着她，直看得她目光闪躲，左顾右盼，不敢与他对视了，才笑着问："我说是真的你信，还是说是假的你信呢？"

“我……”长生尴尬地看向附近的花花草草，回道，“我不知道啊。”

“既然你都判断不出来，我还说来做什么？”萧子律耸耸肩，做了个觉得她朽木不可雕也的表情。

长生插着手，老大不乐意地撇着嘴，左撇完右撇，撇了好几个来回，才朝他翻着白眼，道：“这种事情，你要试着说服我啊。如果喜欢，明明白白地告诉我不就完了。如果不喜欢，干嘛最近要做这许多多余之事，吓得人成天提心吊胆的。我不擅长猜来猜去，今日只想与你说个明白。”

萧子律并不认为她的榆木脑袋不开窍是自己的错，闻言先是颔首表示认同，继而笑靥如花，道：“可是我想让你猜。”

“你……”长生真是恨，恨当年他怎么只摔断了脚腕，而不是脖子？一时挥拳相向，作势要与他搏个你死我活。

萧子律施施然抬袖抵挡，大掌按着她的头，不让她有机会上前。长生挥舞了半天胳膊腿儿，也只是打散了他袖中的空气。

末了，她插着手，一甩头，恨恨地对他说道：“萧子律你可真讨人厌。”

萧子律收回手，双手交叠按在手杖上，笑眯眯道：“没关系，我不讨厌你就行了。”

长生气得想跺脚，然而刚跺了两下，便被他揉着头顶，稍加用力拉到了怀里。

他身上有一股淡淡的檀木与松烟混杂在一起的香气，与周遭潮湿木料的气息相融合，很容易让人联想到书架上一本收藏多年，却依然没能读懂的古卷。

长生呆立片刻，感到耳根的温度不断升高，烫得难受，尴尬地推搡他两下，嘟囔道：“你……你干嘛？”

萧子律低下头，贴着她的发丝，低声道：“臣有点冷，向公主讨个抱抱。”

“我……”长生无言以对。

萧子律便自顾自地继续说：“公主这么大度，不会跟臣计较吧。”

他的声音仿佛贴着她的耳朵，灌了一杯醇厚香浓的琼浆玉液进去，瞬间沉醉了头脑，酥软了身心。

长生猝不及防沦陷其中，觉得不知所措，好在他很快又松开手臂，拉着她坐下，道：“我与你说几句真心话。”

她整个人还愣怔着，忙乖乖坐下，点头如捣蒜。

萧子律也跟着坐下来，将手杖放在一边，抖抖衣袖，道："其实你现在不可能再去百济了，你自己心里也明白。战火已经燃起，百济若当真牵连其中，你去了就是羊入虎口。若没有牵连，以他们的实力和一贯作风，也会选择隔岸观火，待我们与魏人互相消耗后坐享其成。总之，无论怎么推论，这亲都是不能再和了。"

长生听得明白，绞着袖口，叹息道："我近来也想通了这个道理，否则不会答应你说的相亲。"

萧子律点点头，言下有赞许之意，道："公主明白就好。那公主也应该能想到，臣向公主提亲，无非是看公主实在没有别的路可走了，愿意自我牺牲一下，以解救我大宋万千男子的命运，教他们都能安安心心地过日子。"

他说着，竟然靠上她的肩头，含笑问："臣是不是很厉害，能不能将公主的高尚情怀习得一半？"

长生觉得，自己可能是被他气哑了。

他还特别有代入感地感叹了一句："拯救世界可真是太累了。"

她对这句话竟然觉得很有共鸣，附和着点了点头。

于是得寸进尺的萧子律便缓缓躺了下去，头枕在她的腿上，侧身道："所以臣决定休息一下。"

长生心头一万只奇形怪状的洪荒猛兽奔袭而来，作势要将这个奸险小人撕扯个干净，身子却僵住了，一动也不得动，半晌才红着脸反应过来，清清嗓，蹙眉道："别闹了，你快起来！"

萧子律没理她。

她又推了推他的肩膀，不悦道："听到没有啊，不许装睡。"

不成想，一凑近他，竟听到一阵均匀低沉的呼吸声，又威胁恐吓了他几次也没反应——似乎真睡着了。

长生气得想直接把他推到地上，但是转念又想起萧槿说的，他近日忙得分身乏术，总是披星而去，带露而归，又觉得也是很不容易，不忍心下手了，犹豫再三，只好任由他占便宜，绷着身子，闭上眼睛，假装自己在另一个没有他的温暖又安全的时空里。

不知过了多久，月亮出来了。清风薄雾，皓月疏影，眼前似乎有一团流动的银辉闪烁，她悄悄睁开眼睛，见他还老老实实地枕膝而眠，一头光泽莹润的长发在月色下熠熠生辉，绸缎般铺在她的裙上。

她忍不住好奇地伸手摸了摸，再摸了摸自己的，觉得还是自己的比较柔韧光滑才满意地挑挑眉。因着他睡着的这份安宁，她感觉到心里一团飘忽不定的迷雾也在渐渐向水面沉去，变得厚重而清晰。

也许是因为头发被拉扯了几下不舒服，也许是因为睡足了，萧子律恰好在这时醒转过来，虽然还是背对着她，没有动弹，却音色低哑唤了句：“长生。”

长生下意识应道：“嗯？”

他转过头来，微笑着看她，道：“等我三媒六聘，去向你提亲。”

长生卷着发丝，平白在手上缠了一圈又一圈，不知道该如何回应，便见他起身理理衣袖，道：“多谢了。”

于是抬手一挥，故作大度道：“不用谢。”

萧子律稍微舒展了一下筋骨，又想起什么，叹道：“看着公主就想到，阿槿下月初就要出嫁了。”

“是啊。”长生晃晃被压麻的腿，也跟着叹，“以后就不能常见面了。”

“嗯。”

二人对着月色沉默了一会儿，萧子律突然又对她说：“臣有个主意，想让公主相助。”

“什么主意？”长生好奇地问。

萧子律便将自己计划亲手做一份礼物送给萧槿的事儿对她说了一遭，原本计划得好好的，奈何自己最近太忙，怕工期赶不上了，想找她跟自己一起合作。

长生问他要做的究竟是何物，萧子律却道一两句话也说不清，今天太晚了，不如她先回去考虑考虑，愿意的话，明天再来帮忙。

也不知道太晚了是怪谁，长生默默朝他做了个鬼脸，道：“好吧，那我想想。”

虽说要不要跟他合作很犹豫，但是想到东西是为萧槿做的，为了不让挚友有遗憾，她觉得自己应该去。

于是第二天又屁颠屁颠地跑到了萧府去。

萧子律这次还算仗义，特地提前在家等她。

二人为了给萧槿一个惊喜，悄悄关起院门来折腾。

长生面对一桌烧制好的手掌大小的人形陶器，不明所以地看看萧子律。

萧子律示意她坐下来，讲解道："臣打算在这些陶人上绘画，画成臣和父母兄弟的样子。"

"这样她就能感觉家人一直陪伴在身边了。"长生惊叹地表示真是个好主意，可是想想又纳闷，既然是这样，自己又能帮上什么忙呢？

"正是此意。"萧子律说着，又命仆役带了几匹绸子放在她面前，继续道："可是臣发现整个陶人都靠绘画，臣自己一个人完成，工期实在太长了。公主妙手灵心，不如帮忙给他们裁制点衣裳吧。如此一来，臣只需再画上容貌就可以了。"

长生觉得这活计很有趣，愉快地答应下来，与婢女一同拿起陶人来量了尺寸。婢女开始裁锦，她则飞针走线，玉指翻飞，翩若游鸿。没多大功夫，主仆二人就合作做好了一件适合萧家祖父的衣裳，套在了一个陶人上。

萧子律接过去，挥笔绘上一副美髯，须臾间便为陶人添就了灵魂。

长生又接着做起下一件来。

她是修复古籍练出的手艺，落手之处极其精致细腻，即使是陶人尺寸的小衣裳，也能看出做工之精美，构思之巧妙。为突显人物特色，她还特地给萧子律的那个陶人配了一个布条当手杖。

萧子律接过去，二话不说扯下布条就给扔了，换上一个早就准备好的象牙短签。

长生等他画完拿去晾干，又准备趁他不注意，偷偷把布条换回去，没想到被他当场逮个正着。

只见萧子律在她身后，用手杖在地上用力敲了敲，待到她回头后，再居高临下，冷冷地瞪她一眼，伸手示意要把布条没收。

她只能悻悻地上交，并答以一枚白眼。

有了长生的帮忙，这份充满心意的礼物只用了萧子律计划的一半时间。她甚至做的兴起，回家之后，还准备了好几套额外的，用来换洗，一起叠好，整整齐齐地码在锦盒中，与那些陶人一同，在萧槿出嫁的前一晚送给了她。

一袭红妆的萧槿坐在铜镜前，感动得哭成了泪人，一手拉着萧子律的手，一手拉着长生的手，再三叮咛道："我走之后，你们一定要好好的。"

"我晓得。"长生拍拍她的手，宽慰道："你放心，我一定手下留情。"

萧子律笑而不语。

萧槿看看貌离神合的二人，再看看他们合作的陶人，不知该说什么好，只叹着气，道："我最放心不下的就是你二人，如果你们能不吵不闹，我一定能走的更安心。"

长生心想那是不可能的，嘴上却说："什么走不走的，别说得那么丧气嘛，出嫁是大喜之事，高兴一点。你放心吧，我们肯定每天努力吃饭，争取都长得白白胖胖。"说着还朝萧子律使眼色，用胳膊肘推他，问道："对吧？"

萧子律或许是看在萧槿的面子上，难得赏脸，笑吟吟道："对。"

萧槿见状，产生一种将他的手放在长生手上的冲动，想了想又觉得以自己的身份不太妥当，只好拍拍二人的手背，松开了。

三人坐在一起聊了一会儿，便有仆役来通传，说是谢二郎接亲的队伍来了。萧子律与府中男子一同出门相迎，长生则留下来，与萧槿又说了几句悄悄话。

萧槿等到兄长走远，才神神秘秘地招呼长生到一边，掏出几片用红绸包好，放在嫁妆箱子底下的象牙碟，做贼心虚似的左顾右盼了一番，确定没人后，才红着脸，附耳对她道："这些碟子是娘亲给我的，说是洞房花烛之夜能用得上。"

"碟子能用来干什么？"长生好奇地伸手去拿，想要翻过来看。

萧槿却按着她的手，不让她碰，局促不安道："那一面……画了东西。娘亲说，未出阁的姑娘家不能看，让我出了家门后，路上再看。"

长生向来对这些迷信说法不屑一顾，嗤笑道："就看一眼又能怎样，难道你就不好奇？"

"我……"萧槿无从辩驳，一脸羞涩地嗫嚅半天才承认："其实，我已经偷偷看过了。"

"是吗是吗！到底画的是什么？"长生一脸好奇，兴奋地撺掇她给自己也瞧瞧。

萧槿又张望了一番，才将那几片象牙碟递给她，不知是在说服她还是说服自己，道："反正你也快嫁人了，看了也无妨……我只是看不大懂，所以想请教请教你。"

长生接过来一看，简直瞠目结舌。只见碟子正面活灵活现地画着一男一女，卧于榻上，衣衫半解，玉体横陈，摆出一种她无法描述的奇怪姿势，似乎正在做什么了不得的大事。

饶是一贯认为自己脸皮够厚，她也面色微红，尴尬地轻咳两声，将碟片递回去，一本正经道：“哦，不过是男女情事的场面而已。”

“你竟然看懂了？”萧槿可是反复揣摩了半晌也没看出个所以然，闻言惊讶不已，看她的目光充满崇拜。

长生摸了摸鼻子，道：“差不多吧。”

“那，那……我想问……”萧槿声音细如蚊讷，将自己的疑惑不解之处问了出来。

长生其实也不清楚个中细节，但为了让她安心，只能佯装了然地点点头，拍着她的肩膀道：“简单的很，到时候谢二郎自然会教你的，无须担心。”

萧槿为担心到时候丢脸惴惴不安了一天，见她一副镇定自若的样子，不由得心生感叹，觉得博览群书真好，什么都懂，恨只恨自己白生在书香门庭，却没有继承家族热爱读书博学多识的优良传统。

殊不知，长生还回想着方才看到的画面，心扑通扑通直跳，脑海中的疑问也一直萦绕不已，又摸了半天鼻子。

谢二郎在前院拜会了萧父萧母，得了应允后，便有仆役来唤萧槿出门。

长生帮她最后检查了一遍妆容，确定完美无瑕，胜似天仙后，亲自和侍女一同陪着她向院外走去。一众仆役在后头提着系有红绸的妆箱，浩浩荡荡，宛如一片热烈燃烧的红霞在地面蜿蜒。

送她走进前堂，直到萧家二老面前，长生才悄然退到一旁。亲眼见证萧母颤抖着手指，将一根细细的，承载着一个母亲对女儿所有最美好祝愿的红色绸带系在萧槿的发髻上，再将她依依不舍地交到谢二郎手中，二人共同握住一条红绸的两端，相对凝望的画面，不知为何，看到面带笑容的萧母背过身去偷偷抹眼泪，她也跟着擦起了眼泪来。

先前哪怕知道再难相见，心中也是为挚友感到高兴的，只有到了此时此刻，才能真切地感受到分别的酸楚。她一直跟着萧家的亲眷，送萧槿和谢麟跨过门槛，走出府门，坐上马车，已经难以抑制内心的激动与伤感，默默哭成了泪人。

萧府唯一的女儿出嫁，建康城内的公卿贵胄，文武百官自然也积极前来捧场相送，连病重的皇帝都亲赐了一队送行的护卫。

欢庆祥和的气氛中，人们都在拱手道喜，并没有人注意到她的情绪。

车队准备启程离去的时候，萧槿将帘子掀起一角，泪眼婆娑地向外望，想要再看一眼父母亲人，还有要好的伙伴。在人群中寻觅一圈，却没看到正在低头啜泣的长生，不由得心急如焚。

而长生恰好忙着低头擦眼泪，没留意到她的这个小动作。

幸好萧子律挪步过来，扯了扯她的袖子，示意她朝萧槿的马车看，长生方才注意到，踮起脚尖，朝她努力挥手。

萧槿也悄悄伸出手来用力朝她挥了挥，才终于安心将锦帘放下，车队鼓瑟吹笙而去。

萧子律见长生哭得帕子和袖口都湿了，掏出自己的手帕递给她，拍着她的肩，安慰道："别哭了，临川又不远，常走动就是了，以后我带你去。"

长生攥紧手帕，点了一会儿头，又开始猛摇。

随着萧槿的出嫁，建康城也迎来了立冬的第一场冷雨，各家各户纷纷取出了早已晾晒好的厚外衫或斗篷，怕冷的长沙王更是早早点燃了炭火。

寒雨淅沥的傍晚，长生和刘义庆各自披了件披风，和父亲一起烤火，顺便还烤了个红薯。

长生蹲在地上，用铁钎拨弄着炭中的红薯，感叹道："听说今年秋天收成不好。"

刘义庆裹着个斗篷倚着椅子看书，并没搭话。

长沙王则品着热茶，点头道："是啊。歉年还加增了赋税，好像饿死了好些个人。"

赋税徭役都有所增加，并不是因为权贵贪图享乐，而是为了北伐。长生在心里琢磨着：一方面，北伐是统一九州，复我华夏，功在千秋的国之大事，无论文武大夫还是黎民百姓，都应尽自己的一份绵力。

皇帝刘裕乃是北府兵出身，当年先祖也饱受战乱中流离失所之苦，既知魏人亡我之心不死，自然也不愿令后人和百姓再受这份罹难。所以北伐无论如何都是要做的。

可是另一方面，南方大部地区百姓都没有经历过当年的动乱，并不明白北伐短时间内能给自己带来什么好处。就算明白，也认为当为肉食者谋之，不见得愿意牺牲自己的利益。

当然，若对百姓的生活现状不管不问，魏人没打过来，自家课税就令百姓叫苦连天了，也非朝廷所乐见。个中的尺度权衡，实在不易。

现今皇帝久病沉疴，难以主持朝政，长生去探望了他几次，他都是昏睡不醒，只在梦中一遍一遍呼唤着前皇后和太子的名字。暂理朝政的二皇子和三皇子，在如何平衡内政与外务的问题上无法达成共识。

一派认为应当继承父亲的志向，将北伐进行得轰轰烈烈。一派则认为，此次北伐就是意思意思，吓唬吓唬魏人，让他们不敢再搞事就行了，当务之急还是休养生息，不主张浪费过多财力物力。

后方忙着勾心斗角，也不知道前方赵怀璧他们的情况怎么样了……长生正神游天外之时，忽然听父亲问道："萧府又遣了媒人来，我听子律说，你二人已经商量好了，你怎么讲？"

自己的这个爹啊，好歹也是个王爷，什么时候能正儿八经关心点国家大事！长生摇头叹气，道："谁跟他商量了，我还没决定呢！"

长沙王不解地问她，具体还有哪里想不明白，自己可以开导开导。

她却觉得一言难尽，一提到萧子律就发愁，愁的连烤红薯都不想吃了。放下铁钎，拍拍手站起来，道："三言两语的也说不清，我有点困了，先回去歇息了，父亲、兄长你们慢慢烤。"说完行礼便退。

"唉，你这丫头……"长沙王开口挽留无效。

刘义庆抬眸目送了妹子一眼，便将炮火引到了无辜的自己身上。

王爷挥舞着圆润的手指，恨恨地指责他成天就知道看书写书，一点也不关心妹妹的终身大事。

刘义庆被迁怒的一脸不明所以，挠挠头，也跟着长生走了。

留下长沙王一人，也想走，但一想到红薯还没烤好，又坐下了。气鼓鼓地看着红薯，叹着气抱怨儿子女儿都长大了，不好带啊！

回到房间的长生照例拿了肉条去喂笼中的小雪貂，主人和宠物秋膘贴得很成功，都肉眼可见的胖了，尤其是小雪貂，已经快长成大雪球了！

长生一边托腮拿肉条逗弄着它，一边撇嘴道："海盗啊海盗，你的旧主人，大概不是个好人。"

小雪貂拖着沉重的步伐，很努力地想要跳起来去抓肉条，于是她又把胳膊抬高了些，继续道："我不能嫁给他了。可是萧子律……也不是个好人啊。"

她试着向海盗阐释萧子律的可恶之处："我虽然有点动心，只是有点。可是他这个人说话只能信一半，另一半完全靠猜。我也不知道自己猜的对不对。究竟总是捉弄我的那个恶趣味的他更真实，还是对我温情脉脉细心关怀的那个他更真实呢？我根本没有把握。问他嘛，他也不说清楚。一下眸如秋水，眉目多情地对我说要娶我，一下又勾唇奸笑说只是拯救苍生罢了。”

长生一边说，一边模仿萧子律的表情，叹道：“他到底是想怎样啊！我虽然不排斥跟他成亲，但是也不想不明不白地掉坑里。唔……怎么说，我们互相斗了这么多年了，如今他若是改邪归正，怎么也得先正儿八经地讨好我一阵子吧！不然我怎么过自己心里那关，你说是不是？”

她愤愤不平地瞪着小雪貂，小雪貂还以为是自己犯了什么错，缓缓停下动作，站得板板正正地盯着她，试图用良好表现来赢得肉条。

长生见状忍不住失笑，戳了戳它的鼻尖，将肉条丢过去，道：“帮不上忙，就知道吃，要你何用？”

小雪貂才不管那么多呢！有吃的谁在乎明天会不会天崩地裂。

长生想判断萧子律对自己究竟是怎样的感情，想给他设置点考验，到头来还是得自己纠结。

然而她还没想好该怎么折腾他，建康城就又出事了。

驿站的快马一骑自北方而来，连夜进京，带来了前线的兵书。原来是赵怀璧想了好几天，也没想明白，为何朝廷要他们一直向西北挺近，必须在一个月之内攻破安定。终于按捺不住，只好派人回来问问，求陛下给个解释。

陛下解释不了，满朝文武没有一个能解释，因为根本没人记得下过这样的军令。二皇子质问三皇子，三皇子质问二皇子，二人一言不合就开始吵架。

萧子律则在周围七嘴八舌的议论声中，表情凝重地意识到，自己被人耍了。

显然，既然没有人承认下过这样的军令，就说明军令就是假的。既然军令是假的，就是别有用心的人篡改的。那这个别有用心的人是谁呢？除了李敬，他想不出还有别人。

早知百济有鬼，结果千查万防，还是出了岔子，萧子律心里非常不高兴，回到自己平时和手下的细作们接头的院内，一双剑眉微蹙，将不满的情绪写在了脸上。

吓得细作们齐刷刷地跪倒在地，大气都不敢出。

“说吧，怎么回事？”萧子律一声质问。

几个探子面面相觑，其中一个做渔夫打扮的人起身，回禀道：“禀大人，百济的探子行踪诡秘莫测，来无影去无踪的，我们……”他说到这儿，显得有些胆怯。

萧子律语气森冷："你们？"

"我们设了几次陷阱，明明人都落网了，不知怎么就跟丢了。"渔夫悻悻道。

"哦？"萧子律笑意中带着几分轻蔑，"现在你们的水平大有长进啊，跟人都能跟丢了？"说完突然用手杖狠狠在地上一敲，喝道："那萧某和朝廷养你们还有何用？"

渔夫立刻重新跪倒，肩膀微微颤抖，道："小的无能，愿受责罚。"

密院里的空气格外压抑，萧子律保持着冷厉的神情，沉默一会儿，终于叹道："罢了，罚你又有何用，事到如今，再不把敌国细作连根拔起，影响之深远，你们也都清楚。"

众人连连点头称是。

他便扶着额，继续道："把你们手上的卷宗都呈上来吧，我再看看。"

各路探子头目陆续将自己手上的卷宗呈了上去。

萧子律这一夜挑灯夜读，在灯下反复将各种细枝末节的线索打乱，再重新整理，反复排序，试图从中找出顺理成章地串联起各个关键点的那个可能。

他的探子们也各个都是身手矫捷，经验丰富之人，他不相信那百济的探子，还真能飞天遁地不成？每次神秘跟丢的现象背后，一定存在着什么合理的原因。

一读就是一整夜，翌日他又在城里走了一圈，把探子们说的几处跟丢的地点都亲自察看了一遍。

第二天晚上，他揉着疲惫的，泛着红血丝的双眸，将一份单子交到了渔夫手上，哑声道："我分析了一日，觉得他们应该不是每次都是莫名失踪，只是利用一些奇特的地形和用具进行了我们平常想不到的藏匿与伪装。这是我实地查探后，分析出来的几种可能性。你们下次再设套的时候多加留心这些，想必应当不会再丢了。不过还需小心一点，我的这些假设都是建立在一个猜测的基础之上，就是百济的探子们或许确实有独特的轻功技巧，在行动速度方面也异于常人。"

"是。"渔夫接过去，研读了一遍这张图文并茂，说明详尽的单子，不由对萧子律的能力产生了由衷的敬佩，或者说是惊叹。怀疑自己的脑子是不是跟人家的长得不一样，每一根血管都是堵塞的，根本想不明白事情。否则为什么人家去看了一圈，回来就能想到这么多逃脱手法，自己想了个把月了还一直以为是遇到了神仙呢？

他连连摇头，同手下的弟兄们又感叹了一番，按图索骥去了。

而朝中也迅速对虚假军令进行了反应，派了一队人马送加急密信去阻止大军地冒进。

可惜为时已晚，到底还是中了百济的调虎离山之计。

就在赵怀璧率领军队头也不回地赶赴安定，将战线不断向前推进，离长江越来越远的时候，百济的船只骤然自海上来，奇袭了长广沿海，并成功登陆，占领了长广和高密二地。

而我军又与魏军在北雍州要隘狭路相逢，陷入胶着，一时无法回身支援。

频传的战报令满朝文武焦头烂额，二皇子和三皇子在一致对外这件事上终于达成短暂的共识，不再成天忙着内斗。

可皇帝的病情却是一天比一天更加严重了，让宫人把自己那几样旧农具都拿到了床边，想在撒手人寰前，感受到自己仍未离开过当初那个破败小茅屋的温暖。

两个儿子每次来探望他，都要被苦口婆心地教育一番，刘家有今天的地位来之不易，一定要懂得珍惜，切记不可学习前朝皇室的骄奢淫逸，纸醉金迷。

兄弟二人在耳朵都要听出茧来了，特别不耐烦的这一点上难能可贵地互相理解。并且，有时皇帝在意识朦胧之际还会看着老二或者老三，叫出老大的名字，提起要传位给老大的念头，也令他们感到十分警觉。

二人曾经分别私下去找过萧子律，想动用萧子律的力量，查出刘义符的下落。又无一例外地，都被萧子律拒绝了。

萧子律百忙之中，还写了一封信给长生，上书诗歌一首。乍一看是一首楚楚动人的情诗，细读发现是在问她一天到晚都想些啥，怎么还不老老实实嫁过门。

长生提笔回信，也写了一首诗，意思大概是说，长广还没收复，南北还未一统，无心嫁人。

萧子律看着她在纸上乱涂乱画的一个做鬼脸的表情，无可奈何地笑着，摇了摇头。

千里之外的雍州，赵怀璧枕着八百里秦川的深秋入眠，心中时而琢磨战事，时而回忆起远在建康的妻子，担心自己未出世的儿子会不会又给他那被宠溺惯了的母亲添什么麻烦。自己的那个小妻子啊，本人都还是个孩子啊……他苦恼地想着想着，唇角不由自主地泛起一阵柔和的笑意。

大营中，不乏还有这般牵挂家人的将士，在睡梦中与家人获得短暂的团圆。

守夜的宋安知低头看着手上的草叶，发了好一会儿呆，直到一阵急促的马蹄声将他从思绪中拉回来。

前来送信的士卒下马系缰，急匆匆地跑进他的营帐，喘着粗气道：“报，建康急报！”

什么事儿这么着急，大半夜的传令，宋安知疑惑地皱眉，想说一个月内攻占安定，已经是不可能完成的任务了，难道如今还要改成十天八天的不成？连夜去把赵怀璧叫了起来。

赵怀璧正好因为思念妻子还未入睡，披衣起身，打开军令一看，只见上面写了之前的几道军令为奸人所篡改，中了百济的调虎离山之计，兖州守军告急之事，不安地拧紧眉毛，踱起步来。

宋安知上前一看，也吃了一惊：“这……”

赵怀璧沉着脸，恨恨地唾了一句：“百济这帮养不熟的白眼狼！”

宋安知也想骂人，但是控制了一下，又控制住了，忧愁地表示：“可是我们现在还没等到长安的援军，被魏人拖在这儿，无法从雍州撤兵啊。将军觉得如何是好？”

赵怀璧也很愁，这边不能让魏人趁虚而入夺了雍州，那边也不能顾此失彼丢了兖州。他又何尝不知道，对朝廷来说手心手背都是肉。思前想后，一时也没有更好的主意，他皱着眉头，对宋安知道：“要不你带一队人过去，轻装简行，快马驰援，配合兖州驻军，抵挡一阵子。我在这边周旋，等长安的援军来了，再回撤一部分兵力前去助你。”

“办法倒是个好办法。”宋安知不放心道，“可是属下只是个校尉……”

“这不是问题。”赵怀璧摆手，大度道：“官职只是个虚名，此番正好也是个机会，你且放心去，也不用带太多兵，人手多了，队伍速度慢。我只挑两队最精锐的铁骑给你。”

宋安知何尝不知机遇难得，自己本就想借着这次北伐建功立业，便感激地应了下来。

翌日，秦岭落下宣告寒冬降临的第一场雪。宋安知率领两队精锐骑兵，披着一身鹅毛大雪，千里驰援向东去。

建康还未感觉到冬日气氛，长生抱着海盗在院中散步，只觉得它的毛好像长了些，没有前几日掉的厉害了。

自从听说百济占领了长广和高密，她就染上了一个恶习，特别爱拔海盗的毛。海盗原本在睡觉，被她拨弄得不耐烦地抬起前爪拨了拨。

长生撇着嘴拍了一下它的头，嗔道："好吃好喝地喂你，你倒挠我。"

海盗感受到她话中不悦的语气，无辜地眨眨眼。

长生叹了一声。

她何尝不知两国政事与它何干，奈何心中怎么也咽不下这口气，一看到它就想起李敬那双精明锐利的眼眸，摇头道："禽兽啊，禽兽。"

身边的侍女担心她冲动下再把海盗伤着，或者被海盗伤着，拎着藤篮上前，将海盗抱了进去，顺便问："公主先前说的，让奴婢再去给萧中散设个套的事儿，还要办么？"

要不是她提醒，长生差点把这茬忘了，撇着嘴沉思了一会儿，叹道："算了吧，现在他太忙，我们不能耽误人家办正事，等百济的风头过了再说。"

侍女递上手套，又问："公主是指等到百济退兵？那要等到何年何月，若是萧府再遣媒人来，王爷可怎么办？"

长生一边把冻得发红的手揣进手套里，一边朝她挑眉一笑，道："不会的，萧子律自己也抽不出空。"

婚姻大事，谁不上心，侍女将信将疑。

然而事实证明，长生确实了解萧子律。

萧子律近来一直辗转于朝堂与密院之间，根本没有时间去想邀媒下聘的事。

密院是他同自己手下的细作接头的地方，隐藏在建康城一处知名的勾栏之中，繁华喧嚣的丝竹管弦声背后，暗藏着的是往来如流的各路情报。

若是常来的熟客一定知晓，在这勾栏之中有一方小院，看似其貌不扬，实则重重把守，非请不得入内。

萧子律这会儿便在这处栽满梅花的小院中与自己手下的细作们会面，询问他们关于百济密探行踪一事的后续。

渔夫拱手将自己跟进的情况与他说了一遭，只道是百济人实在太奸诈狡猾。虽然识破过几次百济探子的诡计，也抓住过几个喽啰。但是这些人还没被严刑拷打，就纷纷服毒自尽了。结果到现在人是没少抓，消息却是一点也没问出来。

萧子律擦着手杖上的银雕，若有所思，道："能轻易牺牲的死士，大多不是什么重要角色。当务之急，还是要知道，他们现在之所以还留在建康，是单纯为了善后，还是另有图谋。要不你们下次盯住人，先不要打草惊蛇，最好能顺藤摸瓜，找到他们的老巢，直接一网打尽。"

渔夫应道："属下也是这么想的，而且这根藤，属下已经摸到，想必瓜也不远了。"

"哦？"萧子律饶有兴致地问道："说说，有什么新线索？"

渔夫回报，根据百济探子的行踪判断，已经可以圈定他们的头目就藏身在刘义庆的编撰院附近，甚至很有可能就在编撰院中，只是还不能精确到具体人选。

刘义庆的编撰院？萧子律眉心一蹙，感到有些意外。正当他思索为何对方会选择这样一处场所，又会以何等身份藏匿之时，忽然听到一声急促的高喊："不好了！"

伴随着喊声，一个衣衫破烂，形容狼狈的黑脸男子推开了门，一边急促地粗喘着，一边道："不好了，大人。"

萧子律手下的细作都经过严格的专业训练，平日便是泰山崩于前也面不改色，因此众人见他如此惊慌，都觉得是出了什么不得了的大事，低头小声议论了起来。

萧子律抬手示意大家冷静，让来人不要急，喘口气再说话。只听黑脸男子深呼吸两下，呼哧带喘地禀告道："大人，谢二郎和他刚过门的妻子出事了。"

他们能出什么事，吵架了，还是要闹和离？总不能这么快孩子就有了吧，萧子律不解地问："你是指临安谢府？"

"不。"黑脸探子又喘了几声，随手端起近旁的一个茶碗来，喝了两口，道："不是谢府有事，是谢二郎和夫人出门游玩的时候，被山贼掳走了。"

一听"山贼"二字，包括萧子律在内的众人觉得更奇怪了。虽说今年冬天是多了许多灾民，当中不乏有落草为寇者，但是也没听说临川的匪患猖獗到这种程度了啊！

萧子律示意他先别急，坐下将事件原委仔细道来。

黑脸男子便称，自己奉萧子律之命跟随接亲的队伍前去临川，本打算将萧槿安全送达谢府后就回来，奈何突发急症，耽搁了一些时日，一直在谢府养伤。伤好的差不多了，要启程回建康的那天，听说谢二郎和萧槿受友人之邀，去山中狩猎。他本来还没多想，可是一直到晚上，夫妇二人还没有回府。

正在谢府上下担忧之时，一个逃跑回来的家仆称大事不好，狩猎的一行人在下山的路上遇到了山贼拦路打劫。众人慌忙四散，待到他回去找人的时候，已经找不到谢二郎和夫人了。

康乐侯儿子儿媳失踪，自是心急如焚，连夜叫官兵上山去寻。黑脸男子也出去帮忙。然而一群人找了半宿也没有找到失踪的谢二郎和夫人的下落。

次日，康乐侯府上收到一封信，说是要他送一百石粮草上山，才能把俩人放了。

可是他一时间上哪儿找那么多粮草？只得想办法向临川郡守求助，同时试着再次上山，找出山贼藏匿的窝点，将二人救出。

黑脸男子便担负起了这一重任，可惜沿着痕迹一路追查，一直查到深山里，也没找到山贼的踪迹，只发现了一个看起来好像是萧槿的随身物品的东西。说着，他将一样物事从袖中掏出来，呈了过去。

萧子律接过来一看，眼眸立刻暗了暗——那是一件陶人的衣服，长生亲手做的，工艺独特，针脚细腻，他一眼就能认出。

黑脸男子又道："眼下临川那边还在寻人，属下想着先赶紧回来通报一声。结果路上又遇到了另一波暴民，一不小心就把自己弄得狼狈了点。"

萧子律颔首，沉吟道："你做得很对，先下去换身衣服，歇息一下吧。"

说完陷入沉思，琢磨着这整件事的蹊跷之处，怎么想怎么觉得奇怪，但是一时又说不清个所以然来。事关萧槿，他不敢掉以轻心，当即决定启程前往临川，亲自一探。

临行前，还特地嘱咐渔夫两件事：第一件自然是盯紧编撰院，尽快找出百济的探子头目，将其铲除。另一件便是给府上带个口信，只说自己有事要出个远门，先不要惊动二老，等临川那边的情况明朗了再说。

渔夫拱手应下。

萧子律便拿起白玉手杖，叫上几个手下出发了。黑脸男子衣服也顾不上换，坚持要跟着一起去。

众密探也相继出了院门，一转眼就混入勾栏里纵情享乐的人群中消失不见。

而这边厢，长生虽然嘴上说着知道萧子律忙碌，无暇顾及自己。但是掰着手指头数数，发现他当真好几日没同自己说过话了，心里还是有点小小的失落的，又开始对着海盗抱怨，说萧子律是个以玩弄自己的情绪为乐的坏人。

侍女看在眼里，觉得她无论对谁有气，都撒在海盗身上，故意不给它肉条吃，实在是有些过分，叹着气劝道："要不公主还是去萧府一趟吧，找萧大人问个清楚，自己心里也好受。"

长生拎着肉条，再一次伸到海盗嘴边，又收回来，故作诧异地问："问他什么？"

侍女本想说当然是问他什么时候来娶你，但是怕说出来她又要强行声称自己不在意，便义愤填膺道："问他到底是什么意思嘛！说来又不来，说不来还偏吊着，端的过分。"

"就是！"长生连连点头，一拍桌子，激动道："你可算是理解我的心情了。"

"奴婢虽然愚钝，但毕竟跟随公主多年。"侍女像模像样地沉痛点头，跟着她指摘了萧子律两句，并旁敲侧击地让她主动去找他，道："公主不上门去讨个说法，真是太便宜萧家。"

长生果然中招，觉得在背后挖苦讽刺确实不够痛快，还得当面才行，于是真的去了萧府。

特别巧的是，路上还遇到了高崎。

高崎一见她，立刻热情问候。

长生一开始都没认出来是谁，只觉得有点面熟，想了又想，才回忆起在哪里见过，友好地朝他颔首行礼。

高崎特地从街道另一侧走过来，好奇地问道："公主独自一人，是要往何处去？"

长生老实答："去萧府找萧中散。"

高崎闻言，露出一个惊讶的表情，疑惑道："萧中散不是出远门了，不在家吗？"

"啊？"长生疑惑道，"什么时候的事？"

高崎的表情更惊讶了："莫非他没有告诉你？"

长生迷茫地摇摇头："告诉我什么？"

"听说临川谢府出事了，还牵扯到萧中散刚刚嫁过去的妹妹。"高崎道："具体在下也不太清楚，只是听在萧府做事的一个同乡提起过。"

长生一听说事关萧槿，立刻警觉，问道："那高兄那位同乡有没有说是什么事，有没有人受伤，严重与否？"

"听说是被山贼掳走了，恐怕性命堪忧。"高崎为难地皱眉，扼腕叹息道。

这怎么能行，长生一想到萧槿可能有危险，恨不能马上长出翅膀飞到临川去，但是深呼吸了三口气，还是冷静下来，告诉自己要保持镇定，先了解清楚情况再说，对他施礼道："长生先去萧府问问，就不与高兄多言了，多谢高兄相告，就此别过。"

"在下陪公主一同前去吧。"高崎关切道。

长生觉得也没什么不妥，便同意了。二人一同赶到萧府，一问萧府的仆役，只知道萧子律出远门了，却不知道所为何事，也没人听说过临川谢府来过什么消息。

长生起初觉得有些诧异，而后在高崎的提醒下想起，萧子律的情报远比寻常书信来得快捷，定是先知道了消息，为了不让父母担心，才没告知家中，而是自己去解决的。

于是她也没提萧槿的事，在萧府仆役疑惑地追问下，只说是自己的误会，便告辞了。

高崎问她接下来有何打算，长生表示要先回王府，同父亲说一声，而后也去一趟临川。萧槿出了事，她实在无法袖手旁观。

高崎又道："既然如此，要不在下随公主同去，为公主指个路吧！在下老家就是临川的，对附近的情况特别熟悉。"

"高兄仗义相助，长生就却之不恭了。"长生说着，朝他行了一礼，表示感谢，道："那就请高兄与我一同回王府，收拾一下行装就出发。"

"好。"高崎应下来，刚走两步，却好像突然想起来什么，尴尬地哂笑道："啊，在下突然想到近日还有些要事，恐怕分身乏术……要不，在下还是将那位同乡介绍给公主，教他代劳吧。"

长生心不在焉道："也好。"

"他今日去收租了，在下知道他在哪，这就带公主去找他。"高崎说着，做了个邀请的手势。

长生便与他一同去了。

二人离开大街，绕了三绕，拐进一条小巷。走着走着，周围的人越来越少，河水淙淙声越来越清晰，长生突然想到一个问题，不由得放慢了脚步。

高崎走在前面，发现她没有跟上，回过头来问："公主怎么不走了？"

长生眯起眼来，挑眉问他："我刚才就觉得哪里不对，但是一时过于在意阿槿，也没有想的太仔细。如今恍惚间理清一个头绪，既然方才问了几个萧府的仆役，都不知道萧子律外出是去做什么了，你那个同乡又是何等身份，知道这么许多的呢？"

高崎站定，转过身来看着她，面上的表情先是流露出一丝惊讶，接着慢慢变化，唇角勾起一丝笑意，而后越来越浓，越来越浓，眸中热情的温度也随之冷却，自嘲地笑了一声："还是被发现了啊。怪我，不知道萧子律竟然那么谨慎，一丁点儿消息也没对府里说。"说完，他阴恻恻地一笑，道："不过事到如今，公主是逃不掉了。"

长生未等他话说完，已意识到中了圈套，转身就跑。可是就在这时，不知从哪里突然冒出来两三个脚步无声身形小巧的男子，不由分说将她拉住，其中一人又迅速掏出一块沾了迷药的手帕，朝她的口鼻处捂去。

尽管她奋力挣扎，仍未能摆脱男子有力地钳制，眼帘渐渐变得沉重，直至整个世界一黑，昏迷过去。

第九章 现在换个剧本还来不来得及

再醒来的时候，长生发现自己的眼睛被蒙了起来，手也被捆在身后，只能通过颠簸的车辙和马蹄声判断自己的位置。头不知是因为中了迷药还是被晃晕了，总之疼得厉害，挣扎两下，想要坐起来，又立刻被身边的人按了下去。

长生不满地叫了一声，因为嘴里塞了布条，只能发出阵阵愤慨的呜咽。

身边传来高崎的声音，严肃而冰冷，不夹杂一丝感情，道："委屈公主暂时忍耐一下，等到了目的地在下就帮你解开。"

长生抗议无果，只能踢两脚马车，宣泄怒火。

她心里有许多问题想问，比如萧槿出事的消息到底是不是真的？比如高崎到底是什么身份，为何要绑架她？这架马车又要去往何处？却因为有口不能言，都问不出来了，简直窝火地想暴起打人。

但是仔细想想，还不知以后会发生什么，为了节省体力，不做无谓地挣扎，她还是控制住了。

满载着重重恶意的马车就这样行驶了很久很久。她能感觉到天色渐渐由暗转明，又由明转暗，却因为蒙着眼睛，对于时间究竟过去了多久感到有些混乱。

中途，高崎把她嘴上的布条摘下来过几次，喂了点水，再绑回去，并不回答她的任何问题。还解下过她蒙眼的绢布，让与自己轮换驾车的一名黑衣女子押着她去方便。

长生便有机会趁着这个空当看清周遭环境，可惜每次见到的都是些大同小异的山，根本判断不出自己身处何地。不过随着草木越来越稀疏，她心里大概有了猜测。

一晃数日，马车终于停了下来。长生被押下车，解开身上的束缚，映入眼帘的是一处独门独户的大宅，高墙环绕，看不清内里。周遭古树参天，狰狞着枝桠，将一扇年久失修的大门包围。

长生抬头看了一眼空荡荡的树冠，发现自己已经离开江南，来到了北方。但是还没等看清周围环境，便被高崎和那名驾车的女子押着，走进了大门。

此处宅院从外面看其貌不扬，内里却别有洞天。众多仆役打扮的黑衣人往来行走，脚步匆忙，都低着头，面无表情，不言不语，足下也没有任何声响，安静得吓人。

包括高崎和那黑衣女子也步履无声，长生只听得见自己的脚步声。再看周围的房屋也都大门紧锁，根本看不出这些仆役从哪里冒出来的，又都走进了哪里，气氛煞是诡异。

三进制的院落，长生心惊胆战地走过第二重门后的影壁，终于看见了一个打开的房门。屋内燃着袅袅聘婷的熏香，挂着用鸟兽羽毛装饰的画卷，有一男子侧身对着她，在伏案写字。再走近几步，不难瞧出脸部熟悉的轮廓。

果然猜对了，长生张张干涩的唇，无奈地吐出两个字：“李敬。”

屋内，埋首写字的男子抬眸，猎豹一般精明锐利的视线朝她的方向看了一眼，咧嘴露出一个笑脸，摆了摆手。

高崎与驾车的黑衣女子便识趣地放开她，双双告退了。

长生的双手终于失去钳制，龇牙咧嘴地揉了揉连日来被勒得通红的皓腕。

李敬起身，走出房门，笑脸相迎，那样子就好像自己不是派人把她绑了来，而是主动提着瓜果上门拜访似的，热情道：“久违了，公主。”

长生皱着眉，不太想搭话，半晌后才语带讥讽地回道：“是呀，这种重逢方式还真是令人百般期待呢！”

李敬哈哈大笑两声，大方地请她入内，道：“旅途劳累，快进来坐。”

既然来都来了，看样子又一时半会跑不了，长生本着见招拆招的精神，随他一同进了屋。只见一旁的软塌上早已备好了水灵灵的瓜果点心，和干净的女子衣物。

李敬招呼她坐下，先吃点水果，解解渴，再去梳洗。

长生看了一眼通红的苹果，没有动，而是环顾四周，如平常去人家做客闲聊一般，道："不知长生现在，是在谁家府邸啊？"

李敬笑笑，没有正面回答她，只道："公主只需知道待在这里很安全就好，其余都不用在意。"

看他的样子，是不打算告诉她了，长生叹了口气，起身道："不大想吃东西，我直接去梳洗吧。"

"也好。"李敬应下来，一打响指，便不知从何处又冒出来几名脚步无声的黑衣女子，引她至另一侧院中梳洗去了。

这方侧院像是专门为她准备的，院内设施齐备，甚至还有南方人习惯用的浴桶。长生一边沐浴，一边琢磨着自己的处境和李敬的目的。

想来既然百济攻占了长广和高密两座城池，自己应当便是在其中一处了吧。只是不知，这两军对垒，打得好好的，把她一个手无缚鸡之力的公主绑来做什么？

为打探更多敌情，她尝试着同服侍自己的一名黑衣女子说话。然而对方全然没有理睬她的意思，只是低着头，尽职尽责地做着自己的分内之事。不苟言笑的程度甚至会让人怀疑是不是哑巴。

等她梳洗完毕，换好衣服，天色已经暗了。李敬命人准备好了晚宴，邀请她共同享用。

长生眯着眼，警惕地问道："不会都是萝卜酱菜吧？"

"哈哈哈。"李敬今天非常开心的样子，再次放声大笑，道："放心，给你做了瀚海十全羹。"

长生将信将疑地跟他进屋一看，满桌子的珍馐美馔，当中确实有一青翠碧玉的圆碗，盛着色泽金黄的汤汁，离老远就能闻到一股浓郁的鲜香扑面而来。

她想着，怎么也不至于千里迢迢把她拐来就为了毒死，便安心地坐下来，自顾自地动起了筷子。

李敬跟着与她对坐饮酒。

二人各吃各的，过了一会儿，长生终于忍不住，又问了一遍："我们到底是在哪里？这桌上的菜肴，可不是江南所有……"说着她仔细确认了一遍酱菜的数量，继续道："也不是百济特色。"

李敬语气和善地回答她："公主既知本宫夺了长广，我们现在自然是在长广城中啊。”

长生擎着筷子，摇摇头，思索道：“不大像。你们身上穿的都不是百济传统服饰，遮遮掩掩，一看就是不想暴露自己的身份。若是在百济军中，何必如此？再说，长广和高密都靠海，渔获丰饶，可这海鲜汤明显没有那么新鲜。”

李敬呷了一口酒，听完她的论述，意料之外，却颇为惊喜地赞叹道：“公主果然聪慧。那公主觉得是在何处呢？”

长生翻了个白眼：“我哪知道？”

李敬便悠悠然道：“既然不知，便当做是在长广又有何妨？”

长生心想，当然有了，连自己在哪儿都不知道，以后想逃跑可怎么计划啊！却看出来他是打定主意不打算说了，也不图一时与他做过多无用的口舌争执，低头继续吃菜。吃饱喝足后，方才将碗筷搁置下，又道：“我人都来了，王子有什么话，不如直说吧。”

李敬托着白玉酒杯，拿在手上一圈一圈地晃着，摇头装傻道：“在下不知道公主想让在下说什么。在下只是思念公主，想同公主见一面而已。”

长生冷哼一声：“王子就不想跟长生解释解释，自己一直处心积虑，虚与委蛇，欺骗人感情，不觉得良心不安吗？”

李敬做惊讶状，问：“在下欺骗公主什么了？”

长生翻了个白眼，道：“你自己心里清楚。”

李敬便微微一笑，摇头道：“在下冤枉，在下仰慕公主，确是真心实意的。”

“胡说八道。”长生不屑道，“再说我在意的也不是这个。”

“那公主在意的是什么？”李敬放下酒杯，认真看着她，看了一会儿，才真诚地说：“我真的没有骗过你。说百济虽是弹丸小国，也想要富强昌盛，是真；说希望与公主之间的友谊得以长存，也是真。只是心中所求者有二，不得两全，我也是逼不得已。”

长生也给自己斟了一杯酒，托在手里把玩着，觉得很可笑：“你的意思是，你玩弄权术、玩弄计谋、玩弄人心，都是别人逼你的了？”

李敬目光晶亮，一瞬间让她觉得与海盗颇有几分相像，咧嘴一笑，道：“那倒不是，本宫只是承认这一点的同时，不愿失去公主罢了。”

这话说的，真是恬不知耻，长生都不知该如何评价他才好了，憋了半天才憋出来一句：“愿望真美好。”

此时此刻，若是换做萧子律，一定会继续为自己辩解，说到她无言以对为止。但是李敬只是不置可否地笑，不再多说什么。用完饭，便安排人送她下去休息了。临别前，还特地对她说了一句：“今日是为公主接风洗尘，顺带赔个不是。之后的每顿饭菜，摆在桌上的是山珍海味，还是萝卜酱菜，就要看公主的表现了。”

长生明白，意思是她如果乖乖听话的话就好吃好喝地照顾着，如果不听话，就没有这么好的待遇了。她表面说着当然宁死也不愿意天天吃萝卜，心中却一直在想，自己离开家这么久了，家里有没有收到什么消息，会不会担心她，萧子律那边的情况又怎么样了……

送她回去歇息后，李敬又召见了高崎和另一个手下，询问二人长广和高密两城有何新战况。

此时他收敛了笑意，表情格外严肃。坐在高崎身边的，一名将军打扮的男子回禀道：“自从宋安知带了一队兵马来增援，宋军士气高涨，属下抵挡不力，昨天已经……把长广丢了。”

他说话的语气特别惶恐，战战兢兢的，不敢抬头看李敬，仿佛害怕李敬会突然变成一只猎豹，扑将过去，把他吃了似的。

还好李敬并没有发脾气，只是点了点头，表示知道了。

高崎在一旁奉承道：“殿下真是神机妙算，幸好早早让我设计绑了平阳公主。”

“呵。”李敬轻笑了一声，自嘲道：“这算哪门子的神机妙算，不过是想着先下手为强罢了。若是真神机妙算，也不会把城守丢了，还得靠掳人来谈判。”

高崎又干笑一声，惭愧道：“是，属下受教。”

李敬将白天长生来的时候自己写的那封文书交给他，道：“明日，把这份文书拿去给那个宋安知，让他们好好考虑考虑。”

“是。”高崎和将军应下，连夜动身，去了长广。

而与此同时，萧子律一行人也抵达了临川，发现谢麟和萧槿已经有惊无险地回到了谢府。

萧槿一见他来了，还觉得很意外，告诉他山贼其实并没有为难自己和夫君。说是要一百石粮草，后来康乐侯给了他们五十石，他们也放人了。

萧子律听完始末，一皱眉，明白自己这是又一次被人算计了。

然而再快马加鞭赶回建康，也早已来不及。一到建康，他便得知长生失踪了，长沙王府已经乱成一锅粥。

渔夫扑通一声跪倒在他面前，自责道："属下无能，不但没能抓住百济的细作头领高崎，还让他绑架了平阳公主，属下罪该万死。"

勾栏后的小院中腊梅发出阵阵幽香，萧子律依旧坐在原来的位置，半倚靠着椅子的扶手，因为日夜兼程，感到有些乏累，揉着太阳穴，摆摆手打断他，道："承认错误的事儿以后再说，你只告诉我，有没有关于她下落的线索。"

渔夫艰难地摇了摇头。

萧子律便叹了口气，一边用手杖一下下重重叩击着地面，一边沉思。

他知道掳走她的人是李敬，也知道李敬不会伤害她。可是只要一天不把带她回家，他就没办法吃得饱睡得香。正在他筹划着，要不要把能调动的探子都派出去，不遗余力搜寻蛛丝马迹，从李敬身边再把她夺回来的时候，又有一名身在长广的密探快马来报，说刚刚打下长广的宋安知将军，有一封密信点名要给他。

萧子律接过密信一看，得知宋安知收到了一封来自屯兵在高密的百济人的文书，说平阳公主现在就在他们手上，若想让她回来，宋军不但要从长广退兵，还要撤出兖州。

这封文书暂时被他扣下了，还没有上报朝廷，想先问问萧子律怎么看。毕竟事关长生，他不敢冒险，万一朝廷一狠心说不换了呢？

萧子律读完他抄录在后面李敬所写的交涉内容，将密信揉成一团，冷蔑地轻哼了一声，咬牙道："想得美！"

他就不信了，李敬本事再大，还能带着长生飞天遁地？只要长生还在地面，没飞到天上去，他的探子不可能找不出来。到时候，可就由不得李敬开价了。

于是这边厢，接连被人戏耍了两次，怒从心中起的萧子律越是恨意丛生，越是沉稳有度，有条不紊地操持着。一手加派了人手去高密查探；一手准备进宫与两位皇子交涉，请求自己出面，前去谈判。

而另一边厢，遥远的千里之外，作为人质的长生，也过上了混吃等死，逍遥自在的生活。

处于软禁中的她为了显示出自己的乖巧温顺，每天都老实听话地做李敬让她做的事，那就是无所事事。

早上一觉睡到中午，起来梳洗上半个时辰，吃个饭，再在院内散散步，看看书，下午再喝喝茶，打个盹。晚上要是李敬在，就和他一起下下棋，说说话，要是李敬不在，就再散散步。

不出三天，她就默默地把整个宅邸的路径都摸清了，心中已然为逃脱开始了盘算。

只是，对于外界情况一无所知的她，还没想通李敬大费周章地把她带到这个地方来究竟有什么目的。于是决定跟李敬谈一谈，刺探一下他的计划，心想到时候若能带着点情报逃跑也不枉来这趟。

这天早上，起床梳洗的时候，她便对服侍自己的女子说，晚上想见李敬一面，有要事相商。

那女子从不言语，闻言只微微点了点头，并且由于平时就一直保持着卑躬屈膝的姿态，这个动作不仔细看也难以察觉。长生都不知道她到底听清楚了没，又会不会帮忙转达，再一次狠狠地咬着花生酥，感叹这个宅子里的人，实在是太奇怪了。

白日里，她还是按部就班地喝喝茶，看看书，弹弹琴，发发呆。到了傍晚，高崎来叫她，说是李敬回来了，让她过去。

这还是长生来到宅中后第二次看到高崎，一想到是他把自己绑来的，就不由自主地产生了一种厌恶的感觉。她撇撇嘴，不大情愿地跟在他身后，故意保持了一定距离。

高崎显然对于她的态度并不在意，大步走在前面。

长生只得加快脚步，才不至于跟丢，想了又想，还是忍不住叫了他一声："高崎，问你个问题。"

"公主请讲。"高崎头也不回，语气淡漠道。

"你既是百济的细作，之前为何在相亲大会上说愿意娶我？"她都琢磨了好几天了，对此百思不得其解。

高崎一边步伐沉稳地继续前行，一边解释："原本在下之所以会藏身在编撰院，就是为了能够接近公主。可惜公主后来不怎么去了，在下也就一直没有机会。于是便想干脆趁着相亲大会露个脸，让公主有点印象，日后也好方便接近。"

原来如此，长生觉得，回过头去看相亲大会这件事，自己真是倒霉得够够的。那么多人参加，只有一个对她表示出了兴趣，结果还是个别有用心，要把她卖了的。

在宅邸里七拐八拐地拐了几个弯后，高崎把她带到了正在书房的李敬面前。

李敬看上去好像刚刚出了趟远门，风尘仆仆的，还没来得及解披风，一见她，立刻笑脸相迎，问候道："公主近来住得可还习惯？"

"还行吧。"长生挑眉道："枕头硬了点、被子薄了点、屋子小了点、饭菜难吃了点，周围的人看着也都不顺眼，闷得要死还不能出去透透气。除了这些以外，都挺好。"

"哈哈哈哈……"李敬爽快地笑了一阵，道："公主果然坦率，明天本宫就教人去换床舒服的被子。"

"顺便带我出去走走？"长生一边走进门内，解下自己的披风，一边顺其自然地接着话题问。

李敬帮她把披风接过去，笑意如冬天里的小炭火盆一般温暖，摇了摇头："那没戏。"

"没诚意。"长生嗔着，在他旁边坐了下来，假装好奇问道："你去哪儿了，外面好玩吗？"

李敬反问她："公主觉得呢？"

长生眨着眼睛想了想，道："无非是做些什么背后放冷箭，耍阴谋诈骗之事。我说，你们要打仗，就不能光明正大地好好打？"

如果是萧子律，这个时候一定会回答"不能"，长生话音刚落，恍惚间以为他也会这么说。

可是李敬却坐下来，一本正经地给她分析起如果光明正大地开战，自己会如何如何吃亏，说得有理有据的，还挺令人信服。

长生也是无言以对，挠着头琢磨了一会儿，才接道："所以你要绑架我，我还得配合你吗？"

"哈哈哈哈。"李敬笑道："那倒不是。但是公主不配合，也没有什么办法不是么？公主放心，本宫也不图别的，只要宋军撤出兖州，本宫就会放了公主。"

长生一脸不相信："好不容易抓来的人质，就这么点利用价值？"

李敬谦虚地点点头："也没有多不容易吧。"

"……"长生默默翻了他一个白眼，拿起面前棋盘上的一颗白子把玩着，陷入沉思。

李敬倒是大方，前几天还不肯告诉她带她来的目的，今天便痛快地说了，背后应当有引起这一变化的原因吧。同前线的将军交涉过了？朝廷已经同意退兵了？长生暗自揣测着。说句心里话，想到自己成为两国交易筹码的这件事，她是几千几万个不愿意的。

她打心眼里觉得，李敬既然自己要在背后搞事情，败露之后，也应该自己承担相应的后果。明明自己先挑的刺，还要以她作为要挟，逼宋军撤兵，未免太不公平了。

他们大宋招谁惹谁了嘛，凭什么吃亏的总是他们？大动干戈，不需要花百姓的血汗钱吗？谁家军饷是天上掉下来的是怎么着，哪能说开打就开打，说退兵就退兵？

但是已经身在敌营了，就是她主观意愿再不想被人当做棋子，又能怎么样呢？长生的纤纤玉指将白棋捏紧，脑海中浮现出一个古怪的念头。那还是她听说皇帝伯伯想送她去百济和亲的时候，第一反应：皇帝伯伯哪里是真心想与人家交好，分明就是把她当个毁人社稷的祸根送人……毁人社稷……毁人社稷……她突然抬起头，看了李敬一眼。

李敬正在命人备菜，刚好也回过头来问她想吃什么。

长生迎上他的视线，忙摇摇头，咬着唇，犹豫一会儿，又对他说："你过来一下，我有话对你说。"

李敬便嘱咐仆从多准备点肉，命其退下了，来到她身边坐下，疑惑地问："什么话还得过来说？"

"天大的秘密，不能让旁人听去。"长生说着，招呼他把耳朵贴过来。

身着粉衫的娇媚少女慵懒地倚在软塌上朝他招手，李敬看得难免有些想入非非，对于要不要凑近产生了一瞬间的犹豫。

长生看在眼里，不满地问："怕我咬你是怎么着？"

好嘛，感觉更奇怪了！李敬苦笑一声，摇头打消奇奇怪怪的想法，附身将耳朵凑了过去，道："说吧，我听着。"

长生拢手挡在另一侧的唇角，红着脸，觉得非常难以启齿，嘀咕了半天才小声问："那个，我一直想问，你……你还想不想娶我？"

李敬闻言一怔，一时不知该如何作答。

长生也觉得，从问出第一个字的瞬间开始就后悔了，恨不能扇自己一巴掌。心里预想了无数种结果，他要是说想可怎么办，要是说不想可怎么办……感觉每个回答都很要命。

二人保持这个彼此都很尴尬，还谁也不想先表现出来的姿势，一直到又一个步履无声的仆役骤然叩门，打破了空气的宁静为止。

长生轻咳一声，摆摆手叫他去开门，支吾道：“算了算了，你就当我什么也没说过。”

李敬先佯装正常地起身去把门开了，从仆役手中接过几封密信后，再回到她身边，坐下来，很认真地对她说道：“我仔细考虑了一下。”

“嗯……”

“不想。”

“很好……”长生觉得有点没面子的同时，也松了一口气。又听他解释：“公主不要误会，本宫的意思不是不喜欢你。”

刚落下去的一颗心再次悬了起来，被这个突如其来的疑似表白的内容惊得一跳。

李敬继续道：“只是本宫以为，现在想娶公主，并不是一个好主意。你我二人有过一次机会，但是错过了。历史永远无法重演，我们也再也找不回当时的机缘了。”

如此冷静、理智又薄情的话，从他的嘴里，用充满善意的口吻说出来，竟教人感觉不到有丝毫的不合理。

长生垂着眸，感到一阵唏嘘。谈不上失望，却有些难过。难过的不是他拒绝了自己，而是那句再也无法回到从前。

是啊，逝者如斯，过去的某个瞬间，流走就再也无法重现了。即使还是当时的两个人，还是站在当时的那个位置，还是当时的风，当时的花香，当时的月亮，也再也无法重复当时的心境。

想起他和自己曾经推搡着，嬉笑着，一同在大雨里奔跑的画面，她蓦然觉得鼻翼一酸，竟然有一丝丝想哭的冲动。

李敬看出她的失落，上前轻轻拍了拍她的头，叹道：“长生，利用你绝非我本意，我宁愿在我面前的是另一个人，任何人都好。你不知道，我多希望换一种方式，重新与你相识。”

长生摇摇头，苦笑道：“我明白你想说造化弄人。但事实上，我们之所以会走到今天这一步，都是我们自己选择的结果，从来怨不得他人。你可以不利用我，只是没有做出那个选择。所以，现在说番话，未免显得有些惺惺作态了。”

李敬动作微微一顿，似有感触，片刻后又更加用力地按了一下她的头，笑道：“好吧，这么说，你方才不是惺惺作态，是真心想嫁我了？”

长生又摇摇头：“不是，大概只是脑子里面抽筋了一下。”而后摊着手，无奈地问：“你说你又不想霸占我，为什么皇城根下那么多皇子公主你不掳，偏偏要掳我？我只是个再普通不过的公主而已，甚至都不是陛下的女儿。”

李敬笑意中带着几分若有若无的醋意，道：“非也非也，公主对于赵将军和萧大人，还有堵在我门口虎视眈眈要揍我的宋将军来说，可绝不普通。本宫也不在乎旁人，能威胁到他们就够了。”

长生老脸一红，支吾道：“你这么说，也有点道理。”

又听他补充了一句：“而且公主耿直坦率，容易轻信于人，也比较好掳。”

“你……”长生气结。

“哈哈哈，本宫现在说的可都是实话。”李敬笑着，不再留恋与她难得欢愉的片刻对话，回到桌旁，去读方才拿到的那几封密信了。

长生远远看着他，心情起伏不定，暗自做了三次深呼吸，才打消了冲过去打他一顿的念头。心道是：人啊！还是不能惦记着做坏事，纵使他不仁不义，自己也不想做利用感情的坏人。

如果说一个人在乎你，就等于将一把可以从背后刺伤他的匕首交到了你手上，你会怎么处理？她问自己这个问题，而后得出的答案大概是，会丢掉吧。

然后另外拿起两杆长枪，与他正面对决。

于是，还是老老实实考虑怎么逃跑才是正事，她叹了口气，觉得一切思绪又回到了原点。

二人各自沉思了好一会儿，都没有言语，等到长生想通了，李敬已经开始专心地写密信了。

长生蹑手蹑脚地上前，想要偷看两眼。被他发现，大大方方地给她看了。可惜上面写的都是看不懂的暗语，看了也是白看。

长生不满地朝他翻了个白眼，开始在周围闲晃。晃悠到书架处的时候，她突然闻到一股似曾相识的气味，再仔细闻闻，回想起来好像是自己被黑衣人迷晕的时候，手帕上的味道。

莫非这里藏了迷药？她意识到这一点，有些激动，用余光瞥着李敬，见他没有朝自己的方向看，便在架子上小心地翻找起来。

为了不让他起疑，还故意假装自己在这里乱转，只是想套他的话而已，问道："你要以我作为筹码与朝廷谈判，进行的如何了？"

李敬头也不抬，回道："你们派了使臣来交涉，你猜是谁？"

"萧子律。"长生几乎不假思索便说出了这个名字。

李敬笑了一下，点点头，道："我猜你也知道他会来。"

"对。"长生一边察看书中有没有夹层，一边道："我还知道，他还准备好了交涉不成就打你。"

李敬的想法却与她不同，停下笔，摇摇头："不，很可能同意交涉本身就是个幌子，他一开始的计划就是把你抢回去。我可听说，他把手下的探子都放出来了，在高密附近满世界地找你呢！"

长生听到这句话，觉得有点意思，玩味道："可是你很确定，他找不到我？"

李敬笑而不答。

她便当做他是默认了。

这时，仆役来通知，晚膳已经备好了，随时可以过去用膳。李敬便趁着吃饭的功夫，岔开了话题。

吃完饭回去，长生细细琢磨一番，拿起笔来，在纸上涂涂画画，分析着自己的所在地。

两军交战的战线在长广和高密一带，她本以为自己在高密，可是现在李敬说不是，那么会是在长广么？她仔细想想，觉得也不是。既然李敬这么有信心能不被萧子律找到，显然是在一个更为意想不到的地方。但是又不能离高密太远，否则时间上不允许李敬经常在两地之间往返。

长生回忆着萧子律给自己画过的地图，根据自己的种种猜测，一番勾勾画画后，大致锁定了自己可能会在的位置——宋魏两国的交界地带，而且很有可能是在魏国内。

她在纸上写下"岐县"二字，这就是她推断的现在自己的所在地，而后思考了一下，如果从此地逃跑，该如何才能以最快的速度安全获救。并以此为根据，开始筹备逃跑计划。

她的第一个计划，是想乔装打扮成这些低着头，不轻易以面目示人的黑衣人，偷偷溜出去。

但是很快，又发现这个计划行不通，因为她无论如何也模仿不出他们悄无声息的步调。自己暗搓搓地跟在人家身后走上两步，对比一下，反差巨大，很容易就会被发现。

第二个计划，是想偷偷爬上树，然后从墙头上翻出去。虽然院子里有人巡逻，但是通过连日观察，她已经摸索出了他们巡逻路线的规律，知道了什么时间，在哪个地点有空当，可以躲避巡逻的视线。

并且，她以为，树上应该是巡逻者的一个盲点。毕竟，一般人不会想到哪国的公主居然是个上树小能手。

想到这儿，她为自己当初没有给李敬表演过这个拿手绝活而感到由衷的庆幸。

接下来唯一的问题就是，如何能支开每天跟在自己身边贴身监视的那名黑衣女子了。

算来算去，长生又想到了迷药的气味。于是找各种借口，又去跟李敬叙旧了好几次。终于，功夫不负有心人，找到了一个散发出那股味道的瓷瓶，并悄悄从中偷取了一些，用纸包好，收了起来。

而后便借着散步的借口，暗中留意，哪棵树可以作为她逃出生天的踏板。

就在她进行着紧张而周密的逃跑计划同时，李敬和萧子律在被百济人占领的高密碰面了。

二人一如往日，友好地行礼作揖，互相问候，和和气气地坐了下来。

与萧子律同行的，还有好不容易才把长广夺回来的守将宋安知。同萧子律相比，他的脸色就要不好看得多了。若不是有萧子律镇着场子，恐怕他随时都能冲上去，拎起李敬的衣领，与他大战三百回合，逼他说出长生的下落。

萧子律却还能冷静地与这些人对坐饮茶，宋安知死死按着佩剑，心里对他的这份稳重也是十分佩服。

李敬带的人见宋安知显露出敌意，也纷纷做出一副随时可能拔刀出鞘的架势。

萧子律便是在这种剑拔弩张，好像一根头发丝飞起来，都会被空气瞬间割断的压迫感下，从容地喝着茶，等李敬先开口说话。

李敬只好先退一步，笑着让自己人退回去，把手老实放在一边。

萧子律这才给宋安知递了个眼色。

宋安知一万个不乐意，沉着脸，先抬起一根手指，再抬起一根，费半天劲才把手拿开。

李敬开口，重复了一遍自己的条件。其实也不麻烦，只要宋军撤军，将兖州一带割让给百济，他就可以放平阳公主走。

萧子律不说答应，也不说不答应，而是问道："不知太子殿下想要兖州一带有何用处？此地离百济本国甚远，又处宋魏两国交界，恐难治理。恕萧某愚钝，实在想不出太子殿下夺取的用意。"

李敬非常真诚地与他四目相对，两手交叉，食指互相碰了碰，道："个中缘由，怕是不便与萧大人细数。再说，今日在此相会，条件恐怕轮不到萧兄来开吧。"

萧子律淡淡一笑，显得很无所谓的样子，道："长广我们已经夺回来了，如今兵临高密城下。谁来开条件，还真说不定。"

"哦？"李敬从怀中掏出一张帕子来，轻轻在手上擦了擦，道："萧大人当真这么认为？"

萧子律知道他是故意让自己看那个帕子的，也看清了那是长生最喜欢的，时常带在身上的一条。但只是视线淡漠地扫过一眼，便继续不慌不忙，语气无波地与他进行磋商。

萧子律开出的条件是，允许百济渔船在兖州沿海一带自由往来，亦可与我朝通商贸易，不额外征收税赋，以此来交换平阳公主。

李敬不同意，坚持要对方割让整个兖州。

二人谈了一天，谁也不肯让步，没有谈拢，萧子律先带着宋安知退回了长广。

宋安知回到军营中，愤愤不平地一屁股坐下，直呼李敬贪心不足，已经给了他台阶下了，还不肯滚回百济老家。

萧子律也面色凝重地一下一下用手杖叩击着地面，不说话。

宋安知见状，忍不住问他："萧大人不急？"

"当然也急。"萧子律回答。

宋安知却觉得没看出来，叹道："也不知长生怎么样了。"

提到长生二字，萧子律莫名觉得心被揪了一下，仿佛被人用那张丝帕紧紧勒住了一般，胸口闷塞难言。但是为了不自乱阵脚，他依旧保持着平静的面容，只有愈发冷峻的目光流露出他内心的狠厉。什么长广，什么兖州，他可不是来割地的。不过是想亲自来把她接回去罢了。敢抢他的东西，还得寸进尺，这个李敬恐怕是不想活了！

宋安知并不知道他的计划，还在惆怅地一步三摇头，甚至有些后悔立下这个战功，觉得如果不是自己打下了长广，逼退了百济人，长生也就不会被掳走，当做交换的筹码了。

当初他还设想过，好不容易晋封了将军，是不是就有勇气把一直藏在心底的话说出口了？并对她的回答抱有过期待，如今……

萧子律则思索着，不知道给渔夫的“秘密武器”能不能派上用场。

二人各有所想，一时宁静，只有军帐里的篝火发出木柴受热断裂的噼啪声响。

也是在这个晚上，长生第一次尝试上树了。

可惜刚爬到一半，就差点被发现，赶忙又滑了下来，假装只是靠着树发呆，表面不动声色，胸腔扑通扑通狂跳。

她总共进行了三次尝试，大概了解了自己爬树的速度，确认了从树冠上确实可以跳到院墙上之后，便赶忙一路小跑，在看管自己的黑衣女子睡醒前坐到桌边，假装自己一直在看书。

黑衣女子睡眼朦胧地醒过来，揉揉眼睛，对于自己竟然在不知不觉中睡着了一事显然非常讶异，疑惑地抬头看了一眼。见长生正老老实实地坐在桌前，抻着懒腰看书，一副坐久了舒展舒展筋骨的样子，与平日并无任何不同之处，才安心地擦了擦嘴角的口水，打起精神来，继续缝补前日被她刮坏的衣物。

长生一直用余光瞥着她的动作，看到她没有起疑，默默松了口气。

她觉得萧子律大概能同李敬周旋一阵子，但最多也就两三天，谈判便需要有一个结果。留给自己的时间不多了，她偷来的迷药也不多了。因为这几天李敬都没回来，也没法再进去偷一次，没有机会再试了，最好明天就行动。

可是，今天爬树的速度并不理想。长生在袖中紧紧握着装着迷药的小纸包，紧张得额头都出了汗。

与此同时，萧子律手下的探子们也在行动，带着他从长沙王府借来的秘密武器——海盗，寻到了位于魏国境内的岐县。

他们在长广和高密周围盘查数日后，逐步把长生可能在的地方缩小到了三个地点，岐县便是其中一处。虽然萧子律寄希望于海盗能够像猎狗一般嗅到主人的气味，追踪而去，但是负责行动的渔夫本人对此却不抱什么期待，还是老老实实地，按照传统办法地毯式排查。

他不知道的是，这些突然出现的陌生人，已经引起了宅邸内高崎的警觉。

高崎想与李敬商议一下该怎么办。然而李敬被萧子律拖着，传话说三日之内都回不来，教他自行处理宅邸中的各项事务，务必保证这三天内不出任何差池。

高崎一边在院中插着手踱步，一边暗想，这些形迹可疑的人定是宋国的探子，只是不知道来了多少人，有没有发现此处宅院的异样。

李敬走的时候带走了一批人马，万一这个节骨眼上，对方找到了长生的藏匿地，上门来抢人，不知自己防不防得住。思前想后，有人报告第三次在门口看见疑似宋国探子行迹的时候，他觉得，与其等着被发现，不如贯彻李敬一贯秉持的先下手为强的精神，派人去把宋国的探子做掉，免除后患。于是叫来几个黑衣人，对其吩咐一番，在县城里设下了埋伏。

暮色降临，几名黑衣人藏身在人丁寥落的街道上，等待悄无声息中给“偶然”出现的宋国探子致命一击。

长生则掏出纸包，将最后一点迷药倒进了看守自己的黑衣女子平常惯用的茶杯里。

今日的她对院中一丝一毫的风吹草动都格外敏感，不知道为什么，巡逻的人好像变少了，两段巡逻之间的时间间隔似乎稍微长了那么一点。也不知道是真的发生了什么，还是自己的错觉。

她不敢掉以轻心，在仆役喝完水，昏昏睡倒后，赶忙拎着裙裾，轻手轻脚地绕到树后，纵身跃起，使出平生最快的速度攀爬，心里默念着：长生你能做到，长生你可以的，你很棒，一定能爬上树，一定能逃出去！要是再逃不出去，就只能悬梁自尽了啊！总不能成为萧子律谈判时的拖累，被他嘲笑一辈子吧。

在这股强大的信念趋势下，她仿佛只用一瞬间就爬上了树顶，心脏都快要从嗓子眼里跳出来了，捂着嘴不让自己剧烈地喘息发出声响，向下看去，发现巡逻的人还没有出现，才稍微松口气，又小心翼翼地爬上树枝，朝院墙挪去。

成功跳上院墙的一刻，她简直有种想哭的冲动。但不远处出现的人影让她没有时间停留犹豫。她紧张地翻过墙，抓着瓦片一动不动，连呼吸的声音都不敢发出。待到在心里默数了几十个数，确定那人该走远了之后，才尽量纵身一跃，轻盈落地。

胳膊酸痛不已，麻木的双脚踩踏在枯枝落叶上发出的声响都能令她心惊胆战。所幸，好像没有被人发现。

光秃秃的树枝在昏暗的天幕下显得狰狞可怖，好像索命的鬼手，一阵阴风吹过，她的身体不由得抖了一抖。一刻也不敢停留，急急忙忙顺着小路跑开，远离这个恐怖的牢笼。

长生一边跑，一边觉得自己的计划还挺顺利。可是她不知道的是，就在她行动的同时，两方的探子也在暗中展开了几场殊死搏斗。

一个人在不知不觉中被利刃割破了喉咙，一个人戳瞎了另一个人的双目。

她只顾着奔跑，赶快跑出城，确定自己在哪儿，该怎么往长广方向去。

而就在她刚刚跑到城门口，瞧见高悬的“岐县”两个大字，发现自己果然在魏国境内，并对自己的判断力沾沾自喜的时候，宅院内的高崎听说了院外发生的巷战，前来确认长生的情况，发现早已人去屋空。

“人呢！”气急败坏的他飞起一脚踹在正在熟睡的黑衣女子脸上。

黑衣女子睡梦中骤然惊醒，惊愕万分地捂着脸，左顾右盼了一会儿，整个身心都坠入了刺骨冰冷的深渊，嘴唇颤抖着，连连跪地磕头求饶。

“妈的，废物！连一个手无缚鸡之力的弱女子都看不住！”高崎厉声骂了一句，不由分说拔出剑来，狠狠地朝她挥去，以宣泄心头之怒，并喝道：“还不给我去追！”

黑衣女子的左臂被他划伤，霎时翻出血肉，却连捂一下都来不及，就颤颤巍巍地站起来，跑出去叫人了。

少顷，在宅院里仔细搜寻了一番无果后，宅邸内的黑衣人倾巢而出，兵分几路，前去追人。

长生此时刚刚跑出岐县，正在岐县外盘旋曲折的山道上迷茫地思索该走哪条路。

百济的探子行动速度飞快，很快就追了上来。远远地瞧见身后的人影，长生感到一阵心慌，急忙躲到树后。

她看了看身后的群山，觉得绕路到其中应该可以躲过探子的追捕，然而也很容易把自己绕丢。可是老老实实沿着官道走，又会被发现，这可怎么办呢？

此时此刻，她无比希望从天而降一匹千里神驹，载着她一路狂奔向友军的怀抱。

正当她提心吊胆地等着百济的探子走远的时候，突然，一道疾风自她背后掠过，似乎有人经过，却没有脚步声。长生心里一阵激灵，意识到了什么，迅速起身，拔腿就跑。

可惜她跑得再快，也不是百济探子的对手。尽管试图通过迂回蛇行来甩掉对方，甚至为此不惜翻滚下坡，也没有成功，很快被人追上，捉住了手臂。

“放开我！”长生不甘心就这样被捉回去，愤恨地飞起一脚，与他缠斗在一起。

二人扭打之中，探子吹着口哨，学了声鸟叫，向同伴传递消息。长生趁其不备，抄起早就藏在袖中的一块石头，狠狠地朝他的太阳穴敲了一下。

探子闷哼一声，捂住了头，长生趁机挣脱，继续逃跑。可惜为时已晚，出来参与追捕的探子们听到同伴的报信声纷纷赶来。

看着周围聚集越来越多的黑影，长生一颗心沉了下去。一个人她都不好对付，更何况是一群？

正在这时，她惊讶地发现，树林中又出现了另一拨人，在黑衣探子们追逐她的时候，还有几个打扮奇怪的人从后面追上来，与他们纠缠在一起。

长生不知这些来路不明之人是敌是友，更加紧张，一时除了暂时躲起来也不知如何是好，打算观察一下再说。没想到十分倒霉，自己藏身的地方竟然又被百济探子发现了。

这次发现她的还是一个身强体健的男子，她抗争不过，被人挟持着走了出来，高喊道：“平阳公主在我手上，尔等还不速速停手！”

混乱的打斗渐渐停止了，由于长生被匕首抵住了脖颈，奇装异服的人都不敢乱动，纷纷受制于黑衣人一方。

长生这才知道，他们八成是萧子律的人，七上八下了一晚上的心稍微感到一丝喜悦。

渔夫警惕地看着黑衣男子一方人聚集在一起，押着长生一步步朝岐县的方向退，为她的安全考虑，一时也想不出什么良策。

毕竟现在在人家魏国境内，宋魏两国还在交战，不被岐县的地方官员发现趁火打劫就不错了，难道还想请人家出面主持公道吗？

长生朝他挤眉弄眼地使眼色，让他去长广搬救兵。他也不是没看见，但是他拎了拎手上的藤篮，冒出一个想法，悄悄地打开了篮子上系的绳结。

正在他解绳子之时，远处忽然又传来一阵马蹄声，紧接着一道亮光破空而来，利箭射在了长生身边的一棵树干上，吓了她和挟持她的探子一跳。

探子一走神的功夫，又觉腿上吃痛，不知被什么咬了一口。长生朝他乱蹬的腿上看去，惊喜地唤了一声："海盗！"

小雪貂正卖力地撕咬着欺负主人的坏人，从他的脚踝上撕下一片血肉模糊的肉来。

而就在他疼痛不已，手忙脚乱之时，又一根利箭不偏不倚地射过来，从他的前额射入，脑后射出。男子还没反应过来怎么回事，双目圆瞪，当场毙命。

长生感觉到匕首沿着自己的脖子划了一下，割破一点皮，坠落下去，几乎来不及做任何思考，拔腿便朝渔夫跑去，海盗也迅速跟上。

从愣怔中反应过来的百济人急忙去追，又有几道冷箭射出，一箭一个黑衣人。

别说长生，连渔夫都看傻了。

来者何人，箭法如此了得！长生回眸去看，只见夜色中出现了一匹暗色骏马，马上一人以纶巾包裹住口鼻，疾驰而来，径直跑到她面前，勒马停住，将手伸向她，道："上来。"

这声音，好熟悉，长生感到难以置信的同时，一股热泪湿了眼眶。

月色下，男子把纶巾向下拉了些，露出一张苍白清瘦的面容——正是失踪数月的刘义符。

渔夫也认了出来，赶忙拱手行了一礼。

刘义符也朝他一拱手，道："这些百济人就交给你们处理了，长生由我照看，你们放心，一定在天亮之前赶到长广。"

"这……"渔夫干笑一声，显然有些犹豫。

然而还没等他考虑好，长生已经抱着海盗，扶着刘义符的手，上了马背，语气爽快，对他道："放心吧，义符哥哥肯定能安全把我送到。我们先走一步，你照应好弟兄们，尽快跟上来。"

既然公主本人都发话了，渔夫也不好再说什么，只好同意。

于是刘义符匆匆而来，又匆匆而去，调转马头，带着长生朝东南方向疾驰。

呼啸的北风阴魂不散地在身后追赶，长生冻得缩了缩脖子，惊喜地问他："你怎么会在这儿？"

刘义符在夜色中策马飞奔，专注地抓着缰绳，半晌才回：“我……其实离开建康之后，就一直向北走来着，想到处去看看。”

他的声音轻飘飘的，听起来没什么底气。

长生疑惑地回眸看了一眼。

又听他叹道：“说实话，我心里有气，郁结难舒，觉得宋国之大，竟没有我的容身之处，便想干脆逃去投奔魏国，有朝一日也教我那父亲和萧子律吃点苦头才好。”

长生眸光暗了暗，将被风吹起，挡住视线的鬓角撩开，问他：“然后呢，你并没有那么做是么？”

刘义符沉默一瞬，苦笑道：“然后我刚到魏地不久，宋魏两国便开战了。听说百济人出其不意，欲夺兖州，我内心片刻不得安宁，无论如何也无法置身事外。于是又打消了去平城的念头。回兖州的路上，遇到了从前认识的一个故交。那人是萧子律手下的一名细作，告诉我你被百济人掳走了，大概就藏在岐县一带。我便打算帮忙寻找，没想到约好了见面的时间地点，他迟迟没有出现。后来我出门察看一圈，发现那些奇怪黑衣人的行踪，便也跟了过来。只是怕追不上他们，又去找了一匹马，耽搁了些时间。”

长生觉得这一切发生的可真是太巧合了，巧合得令她脑海中第一次浮现出“天意”这个念头，感叹道：“原来如此，多亏了你的那位故交，不然我现在还不知道人在哪里。”

至于这位故交为何没有出现，二人虽然没有明说，但有着相同猜测，于是都心情沉重，缄默了片刻。

长生有太多话想对他说，到了嘴边，又觉得说不出口，徒劳地灌了一肚子冷风。

经过一夜的惊心动魄，天光乍破之时，二人一骑来到了长广。刘义符扶着长生下马，前去呼唤城门的守军，通知萧大人和宋将军，平阳公主回来了。

守夜的士卒一听公主两个字，盔甲都来不及穿戴好，急急忙忙地擎着火把一路朝城中快跑。

长生冻得站在原地搓着手跳来跳去，见刘义符又翻身上了马，蹙眉道：“你不与我一同回去吗？”

刘义符握紧缰绳，看了一眼初曙中披了一层金光的恢弘城楼，只觉无论离乡多远，再看到这副画面，还是忍不住心潮澎湃，面上露出淡淡的笑意，道：“不了。”

长生停下来，依依不舍地看着他。

他低下头，深深望进她的眼底，温声道："我已经知道父皇病重的消息，若是回去，那两个弟弟定不容我。眼下又正值战乱……我与其一辈子隐姓埋名，做个游魂，不如去别处，做点更有意义的事，你说是么？"

长生的目光错综复杂，一时也不知该支持他还是劝他，摸着海盗的小脑袋，纠结半晌，才问："我知道你在想什么，可是当细作很苦，你当真愿意就此漂泊零落，根无所依？"

刘义符郑重地点了点头，而后扯动缰绳，调转马头，笑道："不过你不要误会，我这么做不是为了萧子律，也不是为了朝廷，是为了我大宋的百姓。毕竟，我是宋人，我的根永远在建康。"说着，他回眸，朝她温然一笑，策马远去。如同沧海一粟，尘沙一缈，消失在越来越明亮的晨曦里。

与此同时，身后传来城门洞开的吱吱呀呀的声响。长生丝毫没有在意，只是久久地凝望着他离开的方向，看着他比当初分别之时更加瘦削的肩膀，心中为再一次离别而感到阵阵酸楚，亦不禁感慨，他果然还是她的义符哥哥，历经沧桑，俗世刁难，未曾改变。

此行凄苦，愿君珍重。她用手拢在嘴边，高喊了一句："记得给我写信啊！"

北方吹来萧瑟的寒风将她的声音吹得发抖，也不知道能不能冲破阻碍传达到对方耳中。

海盗从她的怀里探出头，也朝远方看去。长生抬手抚摸着它暖暖的绒毛，轻轻叹了一口气，忽然感觉到一双手臂自身后环过来，二话不说将她轻柔地笼在怀里，一双温热的手掌捂住了她冻得通红的素手，一股熟悉的香气在她的鼻翼边萦绕。

她微微一怔，便听到萧子律的声音在她头顶温柔平静地轻叹："长生，你回来了。"

噙了许久的泪，在这一刻潸然而落，她转身，不由分说地扑到他怀里，放声大哭。哭此行艰险，哭为了救她而死去的人，哭与刘义符短暂的重逢又分别，哭对这个熟悉的声音的思念……她也说不清楚缘由，只想痛痛快快地哭上一场。

萧子律任她在怀中放肆，抬起手来，轻轻地拍着她的背。

拍了一会儿，长生终于不哭了，揉着眼睛，又推着他的胸口，嗔了句："都怪你！"

萧子律一脸平静地应着："对，怪我。"

长生一听，反倒破涕为笑："怪你什么？"

"什么都怪我。"萧子律说着，拉着她的胳膊，转身朝城门内走，温声哄道："快进去吧，别在这儿丢人现眼了。"

"谁丢人……"长生不满地嘟囔了两句，唇角的笑意却不知为何，一直未退却。只要一侧眸，见到他，就忍不住想要向那还尚未露面的东君借来三月的春风，描绘在芙蓉面上。仿佛心里的所有不安都在这一刻，霍然消散了。

萧子律察觉到她的视线，稍微转头，眉眼低垂，稍加思索，问道："你该不是被掳了一趟，傻了吧？"

"才没有。"长生嘴上这么说着，心里却觉得，自己八成真是傻了。不然为什么被他呛了一句，非但不生气，反而更加想笑了，还想拉着他的手，让他牵着自己走。这可真是太奇怪了！

心念一动，不知什么时候，她推搡着他胳膊的手向下滑落，被他顺其自然地牵住，二人便在众目睽睽之下，保持这样的状态，直到将她送到驿馆。

长生简单梳洗一番，换了身衣服，睡了一觉，晌午又和萧子律一同出城去了高密。一同走进李敬会客前厅的时候，三个人的表情都非常好看。

长生和李敬面面相觑，一个笑得春风得意，一个笑得满面无奈。

萧子律则若无其事地招呼着长生入座，那样子好像早就跟李敬说过了，今天会带她一起过来似的，语气淡漠道："约好的三日之期已到，不知道萧某的提议，殿下考虑的怎么样了？"

还没等李敬作答，长生便晃着腿，笑眯眯地跟着问道："几日不见，殿下可有想我？"

"自是相思成狂。"李敬苦笑一声，耸了耸肩。

萧子律在一旁，用手杖敲了敲她的腿，提醒她注意一下措辞和形象，不要过于嚣张。

长生乖巧地把腿老实放好，但是嘴上还是得理不饶人地将李敬奚落了一番。

李敬手上仅有的筹码都被人夺了回去，这场"谈判"自然也就无疾而终了，迫于无奈，只得接受萧子律的条件，并于十日之内撤兵，退回百济。

他倒是输得痛快，并没有表现出狗急跳墙，气急败坏的情绪，只一如既往挂着笑意，轻飘飘地说了一句："愿赌服输，在下没什么可说的。"

该谈的都谈完了，萧子律站起身来，抖抖衣袖，居高临下地睨了他一眼，风度翩翩道："如此，萧某和公主便告辞了。殿下慢走，恕不相送。"而后招呼长生。

长生刚想跟上，突然想起来什么，看了一眼抱在怀里的海盗。

小雪貂眼巴巴地盯着原来的主人，胡乱蹬腿，看起来一副很想扑回他身边的样子。

她抬眸看了一眼李敬，再看看海盗，一时不知如何是好。

李敬的目光幽幽地系在她身上，一眨不眨地凝望进她的眼底，既没说把海盗要回来，也没说让她抱回去。

长生正在为难之时，听萧子律在旁边提点了一句："还留着做什么？徒增伤感罢了，回去再给你买一只八哥。"

八哥哪有海盗可爱啊，暖暖的抱着多舒服，长生不悦地白了他一眼。但心里明白，他说的是对的，留着海盗，她就忘不了李敬，忘不了他对自己做出的种种诱骗，只会不断催生心中的负面情绪。

最终，她还是最后一次怜爱地摸了摸小雪貂的头，极尽温柔地对它道："该回家了，海盗。"说着，两只手将它放在了地上。

小雪貂先是往李敬的方向跑了两步，再停下来，回头看看她。

长生怕自己后悔，故意不去与它对视。

小雪貂便可怜巴巴地，一步三回头，跑回了李敬脚下，轻车熟路地跳到他腿上，蹭着他的衣料，露出一脸舒服的表情。

李敬抬起修长的手指，戳了戳它的小爪子，目光却依旧停留在长生身上。

长生没有看他，只最后看了小雪貂一眼，便跟着萧子律走了。

李敬握着小雪貂的爪子，仔细一闻，还残留着一股她的味道，不由挑了挑眉，笑容寂寞而灿烂。

而长生跟萧子律一路出了高密城门，才从失去海盗的伤感中稍微解脱出来，摇头叹气，感慨了两个字："完败。"

萧子律见她又露出那副小人得志的表情，可爱得很，忍不住抬手戳了一下她的太阳穴，叹道："你啊，唯恐天下不乱。"

"我哪有！"长生侧过头，一本正经地看着他，解释道："我最大的心愿就是天下太平。"

"才怪！"萧子律挑眉看了她一眼，半分也不相信。

长生撸起袖子就要去抢他的手杖，以示报复。萧子律抬手去挡，二人吵吵闹闹地，往留守在城外的部队走去。

而路的那头，特地前来相迎的宋安知看着嬉笑打骂的二人，低着头，久久不愿上前。

长生一直走到他面前，才留意到他的存在，热情地打了一声招呼。

宋安知的笑容与李敬有九分相似，垂眸道："下官不辛苦，公主能平安回来就好。"

刚刚夺下长广的时候，他还曾想过，有朝一日自己会不会有勇气对她提起，自己一直想把她捧在手心，想要成为她的夫君，给心中多年漂泊不定的感情一个圆满的归宿。

然而今时今日，看到她和萧子律站在一起的时候。他才知道，自己建立再多功业都无济于事。

她的眼里只有萧子律，看着萧子律的时候，眸中如同凝汇了亿万星辉的光华。而萧子律调侃她的每一句话，语气里也满满的都是宠溺。

他知道那是什么样的眼神，也知道她永远不会用那种眼神看向他。

红线的另一端根本无法延伸到她的手中，被她握紧，有所依托。只能被北风吹落，化作春泥，默默相护。

他沉默着，脑海中各种乱七八糟的念头来回闪过，仿佛看到小时候的她和现在的她同时存在，而那个小小的，甜甜的叫着他的身影，在朝现在的长生跑去，与她融为一体，而后变得越来越透明，越来越模糊，直至消失不见。

突然听她唤了自己一句："宋将军。"

他竟分不清呼唤自己的是现在的她还是过去的她，愣怔半晌，才发现，她和萧子律已经走出去很远了，在招呼他跟上。

而萧子律刚才还在同她斗嘴，惹得她撇嘴白眼，哼哼个没完。这会儿倒若无其事地牵着她的手，落落大方地站在那里，与她一起回头看。二人看样子都不觉得这个举动有哪里不妥。

长生嘴上还在念叨他讨厌，飞扬的神采却是半点骗不得人的。

宋安知在心里自嘲地笑了一声，心想：算了，只要她高兴，一切都随她去吧！便应着："这就来！"匆匆跟了上去。

三人上马，往长广回，路上一起讨论起了打算吃点什么好的，当做庆功宴。

吃完这顿饭，萧子律和长生就要启程返回建康了，宋安知还得留下来，直到百济的部队全部撤走。

他知道这一次道别，是与自己过去对长生情感的彻底告别。但是直至送行的最后一刻，他还是什么都没有说，选择让这个秘密伴随着黄河的波涛，永远在心底长眠。

长生又啰里啰嗦地叮嘱了一堆类似好好照顾身体，生病记得吃药，有需要找萧子律的地方千万别客气之类的话，确认他每一项都听进去了之后，才跟着萧子律上了马车。

萧子律先坐好了，随手拍拍自己身边的靠垫，笑眯眯道：“你刚才那番话说的，好像自己已经做了萧夫人了似的。”

长生在他拍的地方坐下，声辩道：“我只是代表朝廷说话，教育他要与你通力合作而已，什么萧夫人，瞧你那龌龊思想！”

萧子律心里有数，也不与她贫嘴，只是笑。

长生觉得空气被他笑得莫名有些尴尬，忍不住抬手赶他出去，道：“快出去骑你的马吧。”

此去路远，他原本就打算只陪她在马车里坐一会儿就出去的，让她能好好休息。闻言应了声好，便往外走，一只腿已经伸了出去，却又被她拉了回来，支吾道：“算了算了，就你那腿脚，逞什么能，还是老老实实坐着吧。”

萧子律回眸，挑眉问道：“那臣真回来了？”

“回来吧。”长生故作大方地点头。

萧子律这才笑眯眯地说着：“是，公主。”又坐了回去。

一路上，为了避免相对无言，唯有面色发烫的尴尬，长生同他讲了很多话，关于再次见到刘义符的激动，关于被李敬关押时的惶惶。

萧子律时不时抬手轻抚着她的头，向哄小猫小狗似的，温声道：“过去了，都过去了。”

“嗯。”长生把一肚子的话都说完了，终于轮到最后这个问题，红着脸，声音微弱，语气却坚定地问：“那，回建康之后，你还会娶我么？”

萧子律想也没想，便答道：“当然。”

于是再低头看她的时候，只见依偎着自己的少女扑扇着浓密的睫羽，星眸闪烁着点点辉光，满怀喜悦地与自己对视，向来调皮的目光变得格外乖巧。他下意识地抬手，揉着她的发，唇角勾起极为好看的弧度。

长生便又往他身边凑了凑，道："那，那你亲我一下。"

萧子律讶异地一挑眉："什么？"

"亲我一下嘛！我就信你是真心娶我，不是骗我。"

"谁要亲，一边儿去。"萧子律沉默一瞬，一脸嫌弃地抬手，糊在她脸上，将她推开。

长生嘴撅得老高，悻悻道："看吧看吧！你果然不是真心爱我，就是为了拯救世界而已。"

萧子律眉心微蹙，很认真地回道："老实说，臣时常怀疑公主出门的时候根本不带脑子。"

"我……当然带了！你到底亲不亲？"长生气得又开始挥舞着拳头敲他。

萧子律意志格外坚定，根本不管她的威逼利诱，随手拿出一本书来挡住她的脸，淡定道："不亲。"

长生磨不过他，只好靠在一边，独自一人生了一会儿闷气，嘀嘀咕咕地说着萧子律的坏话，不多时，便被马车摇晃的车辙晃睡着了。

萧子律听着她没动静了，才放过一个字也没看进去的书卷，凝视着她的睡颜，无奈地笑笑。怕她着凉，特地将自己的大氅解下，细心帮她盖在身上。

十二月的北方严寒入骨，小小的马车内，却充斥着难以名状的暖意。长生在温暖的包围中安然酣睡——并且因为之前太疲倦了，几乎睡了一路。

等到二人回到建康，分别给朝廷和家中一个交代后，便按照萧子律的安排，开始着手操办婚事。

对于这段石破天惊的姻缘，建康城里上到八十岁的老人，下到八岁的孩童，都表示不看好。更有无数倾慕萧子律的少男少女抹着眼泪，为他的生命安危感到担忧。朝中文武也不乏有私交甚好的同僚苦口婆心地劝他三思三思再三思。

这一日，萧子律进宫觐见，碰巧长生也去探望皇帝，二人在宫中长廊里遇上了。

长生走过去，从身后拍了他一下，问道："你听说了没？坊间有人开了个盘口，猜你什么时候会被我克死。"

萧子律一回头，饶有兴致地问："本人可以下注吗？"

"可以呀！或者你匿名去。"长生系紧滚着雪白毛边的狐裘披风，白了他一眼："押多久，要不要我找个人帮你投？"

萧子律装模作样地纠结了一会儿，拉过她微凉的手，握在自己温热的掌心里，勾唇笑道："要不，一辈子吧。"

长生原本都想好了，不管他说一年还是十年都要数落他一通，闻言却面色一红，支吾了两声，没说出话来。

灰暗的天幕阴云低垂已久，终于下起雪来，纷纷扬扬的细雪落在宫墙边三两棵腊梅的枝头。长生向长廊外看去，想起了去年的那个雪夜，自己把萧子律丢在荒郊野岭的深坑里，担心他会死掉而焦急不安的心情。

须臾间，就过去一整年了啊！这一年发生了太多太多的事情，多到她觉得自己好像已经年长了十岁。

而他……长生又转过头去看披着黑色大氅，在冬雪中姿容清朗，皎如玉树的萧子律，不由感慨，他大概也不会想到，一年前还是冤家对头的他们，如今竟然已经定亲了吧。

虽然她从不相信有什么命中注定，有什么天意安排，但是想起自己和萧子律在一起的种种过往，还是难免会产生一种冥冥之中，自有一条神奇的红线，一直若即若离地将自己和他的命运牵绊在一起的感慨。

萧子律低头看她若有所思的表情，疑道："怎么？"

长生想了又想，还是决定问问他："话说……你当真不怕我克你么？"

问完，又因为担心听到不喜欢的回答，挣开他的手，想要故作轻快地快走两步，与他拉开距离。却又被他拉住，听他几乎不假思索，用极为平淡的语气说道："这不是克过一次了，还没死么。"

直击心灵的一句话，令她肩头一颤，怔在了原地。

萧子律便也跟着停下来，侧身凝视她，在她热切而深情的目光中，温柔地笑笑，抬手拂落被风吹到她肩头的雪花。

长生忍不住上前一步，张开双臂，扑到了他怀里，产生了一种不管外面的世界有多寒冷，有多危险，只要与他在一起就很安全的想象。

萧子律一只手扶着紫檀木马头手杖，一只手宠溺地拍了拍她的头，笑道："好了，别闹，还在宫里呢。"

他的声线优雅醇厚，听得人阵阵酥麻。仿佛一股热流从耳根一直流遍全身，长生不由觉得燥热起来。轻咳一声，松手放开他，后退两步，又摆摆手，仿佛在说刚才什么都没有发生，自己什么都不知道似的。

萧子律也难得好心地没拆穿她，拉着她一起出宫去了。

年关将近的时候，二人终于在又一场纷纷扬扬的大雪和铺天盖地的议论声中成了亲。

一袭盛装的长生惊艳了整个建康，萧子律微弯的笑眼始终凝视着她，眼里满是骄傲。

那一天，谢灵运特地带着谢麟和萧槿前来庆贺。隔壁公主府身怀六甲的广德也为长生终于嫁出去了而松了一口气，由衷地道喜。

赌坊里的伙计们紧张得眼巴巴地朝萧府大门瞅，生怕萧子律立刻原地吐出三升血来。

长沙王和王妃哭肿了眼眶，连平日不善言谈，情绪内敛的刘义庆也在妹夫面前抹了两滴眼泪。

还有四样贺礼来自遥远的北方，其中一个是赵怀璧寄的长安特产；一个是宋安知寄的长广的海产；一个包裹上画着海盗的大头；一个则只放了一双银箸。

但是他们对于那天发生的一切都不在意，眼中只有彼此。

午夜洞房花烛，只剩下他们二人的时候，萧子律坐在长生身边，笑意盈盈地看着她。

大红的礼服，大红的纱帐，大红的鸳鸯锦，映得她面若桃花，格外娇俏可人。

长生有些羞涩地低着头，抿唇笑。

他便抬手在她头顶摸了摸，笑道：“笑什么？”

长生摇摇头：“没什么，只是事到如今，还是觉得有点不真实。”

萧子律沉默了一瞬，道：“我也这么觉得。其实我有个秘密，一直没有告诉你。”

“什么秘密？”长生好奇地问。

萧子律眉梢一挑，笑眯眯道：“关于我当年从树上掉下来的事啊！其实跟你一点关系也没有。只是那天你走后，阿槿踢毽子，不小心踢到树上去了，要我帮她摘下来。我鞋底有些打滑，不小心掉下来，才摔伤的。要怪就怪自己，怪鞋，怪树，甚至可以怪阿槿，就是怎么也怪不到你头上。”

“……”长生难以置信地瞪大眼睛，嘴唇颤动，半晌才憋出来一句：“好啊你！你竟然……你……”

亏她还总觉得自己哪里对不起他，总在被他抬杠的时候让上三分。敢情他自己心里明镜似的，一直都是故意欺负她。于是苦笑着摇头：“这么多年，你骗得我好苦，何必呢？”

“哈哈。”萧子律爽朗一笑，勾唇道：“因为觉得你被我欺负的时候特别可爱啊！”

“你……”长生扭过头去，不想理他。

又被他拍肩哄着：“好了，不气，以后我换种方式欺负就是了。”

长生抖抖肩膀，哼了一声，不屑于听。

萧子律便打着哈欠，压低声线道：“不早了，快睡吧。”

声音听起来就很催眠，于是长生也跟着打了个哈欠，困倦袭来，点了点头，回眸指了指床榻，问道：“怎么睡？”

其实她想问的意思是，谁睡里面，谁睡外面。没想到萧子律的笑容中浮现出一丝危险的诱惑，俊颜缓缓靠近她，用醇厚优雅的声线低喃了一句：“这么睡。”便吻住她柔软的朱唇，不容拒绝地将她压在身下。

长生先是愣怔地眨了眨眼，而后缓缓合眸，害羞地发出了阵阵低吟。

一夜春雨绵绵，情到深处之时，她脑海中闪过一副图画，恍然大悟：原来那象牙碟上画的是这个意思啊！

婚后就是新年，又是一年一度的例行祈福，却因为皇帝的驾崩，失去了往日气氛的喜庆祥和。

觉得自己遭遇的一切挫折不过都是因为没有及时认清萧子律的真面目，并不存在什么所谓的“命运诅咒”的长生依旧不信佛，但还是跟着父亲母亲到瓦官寺去，替刘义符点了一盏长明灯。

也是在这个新年，赵怀璧与不能回家过年的将士们一同攻下了安定，在北国的孤冷中化身为比朔风更利的刃，比磐石更坚的盾，为家国默默守护。

至于随后爆发的二皇子和三皇子的夺权之争，萧子律与她一同卷入其中，成功助三皇子上位。非但没有缺胳膊少腿，反而加官进爵，步步高升，不惑之年便官至太傅，还与长生每天吵吵闹闹地秀着恩爱。令建康城的赌坊都赚了个盆满钵满，百姓叫苦连天地追讨血汗钱等事，便都是后话了。